HEUREUX LES FÊLÉS CAR ILS LAISSENT PASSER LA LUMIÈRE

ÉGALEMENT CHEZ POCKET

TA DEUXIÈME VIE COMMENCE QUAND TU COMPRENDS QUE TU N'EN AS QU'UNE

LE JOUR OÙ LES LIONS MANGERONT DE LA SALADE VERTE

CUPIDON A DES AILES EN CARTON

LE BAZAR DU ZÈBRE À POIS

LE SPLEEN DU POP-CORN QUI VOULAIT EXPLOSER DE JOIE

HEUREUX LES FÊLÉS CAR ILS LAISSENT PASSER LA LUMIÈRE

Raphaëlle Giordano

Raphaëlle Giordano a un ADN de créative : depuis toujours elle peint, écrit, imagine. Diplômée de l'École supérieure Estienne, elle a passé quelques années en agence de communication où elle a adoré jouer avec les idées, les mots, les concepts, jusqu'à ce qu'elle comprenne que sa place était ailleurs. Elle monte sa propre entreprise d'événementiel artistique et de coaching créatif. En parallèle, passionnée par l'objet livre, elle se lance le défi de réinventer le livre pédagogique, et donne naissance à plusieurs ouvrages sérieux sur le fond, décalés sur la forme, dont *100 % Bonheur* qui vient d'être réédité en livre audio.

Toujours poussée par l'envie de creuser des thèmes qui abordent les petites et les grandes questions de l'existence, et de les restituer de manière accessible, elle choisit le roman populaire pour faire naître des histoires qui inspirent réflexions, déclics et envies de changement. Ainsi naît *Ta deuxième vie commence quand tu comprends que tu n'en as qu'une*, publié en 2015, qui devient rapidement un best-seller international. En 2017, elle publie *Le jour où les lions mangeront de la salade verte*, suivi de quatre autres romans à succès : *Cupidon a des ailes en carton* (2019), *Le Bazar du zèbre à pois* (2021), *Le spleen du pop-corn qui voulait exploser de joie* (2022) et *Heureux les fêlés car ils laissent passer la lumière* (2023). Ses livres se sont vendus à plus de 7 millions d'exemplaires. Son dernier roman, *Et ils vécurent heureux malgré tous leurs enfants*, a paru chez Récamier en octobre 2024.

Retrouvez toute l'actualité de l'autrice sur :
www.raphaellegiordano.com
www.instagram.com/raphaellegiordano
www.facebook.com/raphaellegiordanoauteure

RAPHAËLLE GIORDANO

HEUREUX LES FÊLÉS CAR ILS LAISSENT PASSER LA LUMIÈRE

RÉCAMIER

ISBN : 978-2-266-34468-5
Dépôt légal : octobre 2024

« Celui qui a été mordu par le serpent a peur de la corde. »

Proverbe marocain

« Le courage croît en osant et la peur en hésitant. »

Proverbe italien

« Celui qui n'a pas peur n'a pas de courage. »

Proverbe de Côte d'Ivoire

« La honte n’a pas pour fondement une faute que
nous aurions commise, mais l’humiliation
que nous éprouvons à être ce que nous sommes
sans l’avoir choisi, et la sensation insupportable que cette
humiliation est visible de partout. »

Milan Kundera

« La peur n’est pas le pire. L’atroce, c’est la honte
de se regarder succomber à la peur. »

Pierre Gélinas

« Tu seras aimé le jour où tu pourras montrer ta faiblesse,
sans que l’autre s’en serve pour affirmer sa force. »

Cesare Pavese

1

Quand on reçoit un message d'un homme la veille de la Saint-Valentin, cela laisse logiquement présager de charmantes intentions. Ce texto arrivé quelques instants auparavant, cette simple phrase, aurait excité et comblé n'importe quelle autre femme.

« Chère Alice. Prends juste une brosse à dents. J'enverrai une voiture te chercher… »

Adorable. D'évidence, son *match* a ressenti l'envie de lui préparer une surprise. Elle n'ose pas dire « son amoureux », car ils ont fait connaissance seulement trois semaines plus tôt sur un site de rencontres. À bien y réfléchir, elle trouve étrange cette époque où l'on parle de *matchs* plutôt que d'amoureux. Parfois, elle songe qu'elle aurait préféré vivre au XIXe siècle, lorsque les hommes courtisaient encore les femmes et que la galanterie était de mise. Faire la cour avant de faire l'amour. Une pensée surannée mais tellement agréable. Aujourd'hui, les relations se vivent en accéléré. En quelques clics, un contact. En quelques messages, un rencard. En quelques heures, déjà, toutes les lignes franchies. Ce n'est pas ce dont elle rêve. Malgré tout, elle est la première à multiplier les rencontres virtuelles, jusqu'à passer de longues soirées à « swiper » les hommes sur des sites de rencontres. Pouce à droite pour un oui ou pouce à gauche pour un non… Les destins amoureux s'en remettent désormais à des algorithmes. Qu'auraient pensé ses arrière-grands-parents de ces nouvelles pratiques qui n'offrent d'autre choix que de renoncer aux charmes du hasard et aux facéties du destin pourtant parfois si savoureuses ? En deux générations, le romantisme a rétréci comme peau de chagrin. La part d'elle-même encore fleur bleue le regrette. Mais elle bénit tout de même ces applications qui lui permettent d'aller au contact de ses congénères sans l'exposer directement. Cachée derrière un écran, elle se sent plus à son aise pour nouer connaissance. Dans la vraie vie, c'est une autre histoire. Elle se sait *particulière*, ce qui rend sa recherche encore plus difficile. « Inclassable », voilà le mot qui lui vient à l'esprit. Elle est consciente que son aspect physique ne peut être du goût de tout le monde. Sans doute à cause de son style vestimentaire qu'elle aime original, voire excentrique. Elle a tendance à se camoufler dans des vêtements qui ne mettent pas particulièrement ses formes en valeur. De même, elle laisse trop souvent ses épais cheveux auburn manger une partie de son visage, et sa longue frange en bataille dissimuler l'éclat de ses yeux bleu piscine. Il paraît tout à fait contradictoire d'opter pour un look aussi voyant quand on est, au fond, une personne autant pétrie de timidité. Il faut croire qu'elle a trouvé dans l'extravagance de ses tenues l'armure nécessaire pour oser côtoyer le monde. Car les gens lui font un peu peur. Elle ne le dirait pas à voix haute, mais c'est la réalité. Avec sa nature hypersensible, elle ne voit pas « les gens » comme tout le monde. Elle imagine malgré elle leur capacité à blesser, décevoir, tromper ou abandonner. Souvent, leurs remarques la griffent. Elle craint leur regard et leur jugement. Mais, en cet instant, c'est elle qui se regarde durement dans le miroir de son petit salon. Elle porte les mains à ses joues et écarquille les yeux dans une grimace catastrophée qu'elle aurait pu juger drôle en d'autres circonstances.

— Qu'est-ce que je vais bien pouvoir faire ?

Elle repense à son *match* et à ce fichu message. Elle devrait pourtant être ravie. Le jeune homme est charmant. Il a visiblement le béguin pour elle.

Entre eux, les choses sont allées très vite. Un feeling immédiat, une fluidité inattendue dans les échanges. Tout un tas de bonnes raisons qui pouvaient justifier cet emballement manifeste, avec pour conséquence cette proposition attentionnée et touchante. Sauf que, au lieu d'être en joie, elle est minée.

Comment expliquer que cette invitation la plonge dans cet état de stress disproportionné et incompréhensible pour la majorité des gens ? Qui pourrait imaginer le film intérieur instantané qui s'est enclenché dans sa tête rien qu'en lisant les mots « brosse à dents » ? « Brosse à dents », pour elle, ne veut pas dire juste « brosse à dents ». Non. Il renvoie à des notions plus anxiogènes. La certitude d'une nuit passée dans un ailleurs inconnu. Un appartement loué ? Un hôtel, peut-être ? Mais où ? Et si cet idiot – la peur provoque chez elle une forme d'agressivité réflexe – avait eu l'idée folle de prendre un billet de train ou, pire, d'avion ?

La promesse d'une nuit d'amour dans un lieu mystère devrait lui paraître joyeuse et réjouissante. En soi, pas de quoi se faire des nœuds au cerveau : le monsieur propose, la dame accepte, les amants se rejoignent et profitent… Le scénario classique pour des personnes normales. *Tout le monde sait faire ça*, se dit-elle. Tout le monde, sauf elle. Vraiment, elle ne se sent pas d'affronter cette situation à multiples inconnues. Son stress se teinte de tristesse face au constat de son incapacité.

« Prends juste une brosse à dents… »

C'est presque drôle. Son prétendant a-t-il la moindre idée de ce que contient un « nécessaire féminin » ? D'autant que, plus une femme manque de confiance en elle, plus son « nécessaire » est imposant. Autant dire que le sien remplit à lui seul un sac à dos. Brosse à cheveux, fer à lisser, démaquillant pour le visage, démaquillant pour les yeux, crème de jour, crème de nuit, poudre matifiante, fond de teint, mascara, eye-liner, blush, pinceau, houppette, palette d'ombres à paupières, disques de coton, et surtout, le plus important, l'anticerne, l'ami intime des matins chagrins…

Sans parler de l'attirail inavouable : les bouchons d'oreilles sans lesquels elle ne dort pas, qu'il faudrait réussir à mettre discrètement dans la nuit sans qu'il s'en aperçoive, les antalgiques pour la survenue potentielle de douleurs inopportunes, la mélatonine, voire l'anxiolytique, si jamais l'insomnie tournait mal… Sans parler non plus de la batterie externe de secours, qu'elle emporte en plus de la prise classique, pour être sûre de pouvoir recharger son portable en toutes circonstances (hôtel dans la brousse, panne généralisée d'électricité, ouragan…). Alice déploie beaucoup de créativité à échafauder les catastrophes possibles et arrive même parfois à sourire de son sens de l'exagération. Elle a l'anxiété sympathique. Teintée d'une bonne dose d'autodérision et d'humour. Son portable, donc : l'objet vital entre tous dans l'escapade imposée, car un téléphone chargé, c'est la balise de secours indispensable pour envoyer un *mayday* à un proche ou à un taxi pour s'enfuir si la situation lui devenait insupportable… Elle ne part jamais sans glisser aussi dans son sac quelques vivres, généralement des biscuits, des compotes en gourde ou une tablette de chocolat (quoi de plus anxiogène que de se retrouver coincée entre les quatre murs d'une chambre d'hôtel, le ventre creux, seule avec sa fringale nocturne nerveuse ?), une bouteille d'eau en cas de quinte de toux irritative dans les transports, des Kleenex (elle ne veut ni risquer de s'étouffer dans ses mucosités ni avoir à se moucher dans ses doigts).

Et si jamais il ronfle ?

Le mauvais film se poursuit. Elle tente un instant de voir le bon côté des choses.

Et si tu passais une soirée formidable ?

Bien essayé, mais… non. Toutes les mauvaises raisons reviennent à la charge et ses résistances se dressent comme autant de barricades infranchissables. Pourtant, elle hésite encore et ce tiraillement intérieur lui est insoutenable. Qu'est-ce qu'elle doit faire, qu'est-ce qu'elle doit dire ? Elle tourne en rond alors qu'il suffirait de s'affirmer. Dire : « Non, cela ne me convient pas. » Tout simplement. Mais c'est bien ce qui fait une partie du problème : elle ne sait pas dire non. En outre, elle n'assume pas qui elle est et encore moins sa vulnérabilité… Elle voudrait tellement être capable d'accepter sa proposition ! Cela lui est déjà arrivé de dire oui. Et son cerveau a consciencieusement enregistré les piteux résultats de l'expérience. Elle se souvient très bien que, chaque fois qu'elle a passé la nuit avec un homme qu'elle connaissait peu, elle n'a pas dormi. Dans une chambre d'hôtel, c'est l'angoisse de ne pas pouvoir s'isoler. Après l'amour, les hommes s'endorment comme des souches, la plupart du temps. Elle, elle reste là, les yeux collés au plafond. Elle ne se sent pas le droit de bouger, de peur de réveiller l'autre, alors que, pour s'endormir, elle a besoin de gigoter, d'étaler ses jambes à quarante-cinq degrés, de rouler d'un côté et de l'autre, parfois de faire voler la couette… Sans le savoir, son *match* lui a envoyé un aller simple pour une nuit blanche. Or, quand elle ne dort pas, elle n'est plus la même. Un peu comme un mogwai qui devient gremlin. La fatigue, l'anxiété, la crispation l'envahissent, l'angoisse monte et, là, elle n'a plus qu'une idée en tête : fuir. Se donner une telle autorisation ne va pas de soi. Et quel embarras, d'infliger ça à son compagnon de nuitée ! Il le prendrait pour lui, certainement. Et la honte l'empêcherait d'avouer ses blocages et bizarreries ridicules.

« J'enverrai une voiture te chercher. »

Son cerveau lance un code d'alerte devant l'information manquante. Il a oublié de dire où. *Où, putain ?* Elle en revient à l'agressivité réflexe de l'hyperanxieuse au bord de la crise de nerfs. Elle ferme les yeux. Elle se rend bien compte que ce n'est pas contre lui qu'elle est en colère, mais contre elle-même. Mille fois, elle a rêvé qu'un homme ose le romantisme d'une jolie surprise. Car elle adore cette forme de créativité amoureuse.

Les gens « normaux » diraient qu'elle exagère, qu'elle n'a qu'à prendre deux coupes de champagne et que ça glissera tout seul, que c'est dommage parce qu'elle passe sûrement à côté de moments chouettes. Et voilà. La honte et la culpabilité s'ajoutent à l'angoisse, à présent. Comme d'habitude. Elle voudrait tellement être ce qu'elle n'est pas. Elle entend les battements sourds de son cœur cogner dans sa poitrine. Ce devrait être ceux de l'amoureuse, touchée et émue par ce cadeau de Saint-Valentin. Pas une telle pression. Elle pousse un soupir à fendre l'âme. Elle est déçue par elle-même et énervée contre lui. Mais il ne pouvait pas deviner que rien que le mot « surprise » la mettait dans tous ses états. Jamais elle n'oserait l'avouer. À vingt-huit ans, aucune de ses histoires sentimentales n'a passé le cap Horn des trois mois. Elles se broient avant sur les récifs de sa personnalité complexe.

Elle regarde tristement le texto. Elle sait que cette demande sonne le glas de cette relation naissante. Elle n'aura pas le courage de se justifier. D'expliquer ce qui se joue pour elle. De dévoiler sa part d'ombre à ce quasi-inconnu. Il ne comprendrait pas. Il s'offusquerait. Ou peut-être même pas. Il la trouverait bizarre. Timbrée. Nulle. Tout irait très vite. Comme d'habitude. Il ne chercherait pas à creuser. Il laisserait les quelques jours de silence de convenance avant d'assener le texto de grâce, la banderille de rupture.

Elle n'aurait même pas le temps de lui dire qu'elle ne s'appelle pas Alice.

2

Auguste est au volant au côté de son directeur, Gérard. Il conduit la voiture de fonction de la boîte. Une voiture vitrine soigneusement choisie en guise de signe extérieur de réussite et afin de faire valoir la notoriété de son bureau d'études auprès de sa clientèle haut de gamme. Son boss pianote sur sa luxueuse mallette en cuir noir réservée aux rendez-vous importants. À eux deux, ils vont devoir porter l'image d'Eden Garden, bureau d'études expert en végétalisation et aménagement paysager. Il s'agit d'un gros budget. Très gros budget potentiel, comme l'a indiqué la cliente par téléphone. Gérard s'est déjà longuement entretenu avec elle. Une femme charmante qui lui a parlé de sa grande maison à Rueil et de ses ambitions pour ses extérieurs, bien qu'elle ne se soit pas encore décidée sur un style de jardin en particulier. C'est tout l'objet de ce premier rendez-vous physique qu'il a accepté après s'être assuré du sérieux de la demande. Sa procédure est simple : les personnes qui appellent pour obtenir un devis doivent au préalable envoyer des photos du lieu pour exposer leur problématique paysagère. Huit personnes sur dix le font. Ce qui élimine d'emblée vingt pour cent de ceux qui ne sont pas assez motivés dans leur démarche. Gérard est un homme pragmatique.

Soucieux que l'entrevue se déroule au mieux, et afin de se donner toutes les chances de décrocher ce contrat mirifique, Auguste discute des arguments à déployer pour séduire leurs prospects prometteurs, M. et Mme de Montlhéry. Il sait que, dans une présentation, la forme compte autant que le fond. L'intonation, l'expression non verbale, la synchronisation des gestes avec son interlocuteur… Il attache beaucoup d'importance à ces petits secrets de bon communicant et d'expert en techniques de vente. Il se met en condition en répétant son discours avec Gérard, comme un comédien son texte. La tonalité de sa voix est calibrée avec soin pour incarner la confiance en soi et un professionnalisme inébranlable.

— On voit que tu as bossé ! Bravo. C'est autre chose que l'année dernière !

Auguste accueille avec joie le compliment de son directeur. Il est vrai que, l'année passée, il avait perdu pied lors d'un rendez-vous client décisif, ce qui à l'époque avait contrarié Gérard. Par moments, Auguste avait bafouillé, s'était mélangé les pinceaux dans la présentation des options et avait perdu soudainement le fil de ses idées… Auguste n'aurait pour rien au monde confessé que le coupable était son trac, qui le submergeait lorsque les enjeux devenaient trop importants. Il s'était platement excusé auprès de Gérard, avait prétexté un problème personnel venu perturber sa concentration. Le directeur l'avait cru et avait pardonné cette petite faiblesse à l'oral, conquis par ailleurs par la qualité du travail de son architecte chouchou. Auguste avait détesté cet épisode et en aucun cas il ne voulait être repris en flagrant délit de défaillance ! Alors il s'était offert les services d'un coach pour gagner en aisance. Les résultats extérieurs étaient plus que satisfaisants… Pourtant, à l'intérieur, c'était une autre histoire. Auguste réussissait désormais à maquiller son stress, mais malheureusement pas à le faire disparaître.

Dans l'habitacle, les deux hommes sont maintenant silencieux, chacun plongé dans ses pensées. Auguste a les yeux fixés sur la route. Sa ride du lion s'est creusée, ses mains se sont crispées sur le volant et sa paupière gauche sautille imperceptiblement. Il tourne la tête vers Gérard et espère de tout cœur qu'il ne remarquera pas ces signes de nervosité. Non, il regarde par la fenêtre, sans doute concentré à calculer toutes les hypothèses du brief à tiroirs qu'il compte présenter à ses prospects.

Auguste tente de dissiper son malaise et cherche les mots qui pourraient l'apaiser. Il repense à ses années de rugby et à ce que l'entraîneur criait à son équipe dans les vestiaires. « Soyez forts, les gars ! Montrez-leur ce que vous avez entre les jambes ! Vous êtes des bonshommes, ou quoi ? » Il se récite mentalement les mêmes injonctions supportrices. D'habitude, ce type d'autosuggestions fonctionne. Mais, aujourd'hui, l'importance du rendez-vous le submerge. Il transpire de l'intérieur. Son sang bouillonne. Il est à un tournant professionnel. S'il arrive à faire ses preuves sur ce gros dossier, il y a de fortes chances que Gérard lui propose enfin un poste d'associé. Son rêve depuis des années. Auguste a beaucoup sacrifié à sa carrière. À trente-trois ans, il ne s'est pas marié, n'a pas encore eu d'enfant. Qu'importe ! Petit, il s'était souvent fait moquer par les gosses de son âge, à cause de ses lunettes vert fluo et de son drôle de blaze. Difficile de porter un prénom d'empereur quand on a une tête de clown. D'où le rugby. Biscotos dissuasifs. Et les lentilles de contact dont il bénissait chaque jour l'existence. Une fois au lycée, il était même devenu un beau garçon très courtisé. Enfin il se sentait heureux, bien dans ses baskets. Jusqu'à ce qu'une mauvaise expérience sentimentale ruine de nouveau son estime de soi encore instable… Une histoire dont il subissait encore les effets dans sa vie d'homme. Auguste a quelque chose à prouver, au monde, à lui-même… Il a soif d'en découdre et de montrer ce dont il est capable. En premier lieu à son boss, qu'il respecte et dont il guette l'approbation. Sa promotion, il la veut. Mordicus.

La voiture s'arrête devant un grand portail noir ouvragé. Quand Auguste sonne au visiophone, une voix féminine lui répond avec entrain et l'invite à se garer au bout de l'allée. Alors qu'il serre le frein à main, Auguste sent une petite boule lui compresser le plexus. Dieu merci, son magnifique sourire à huit cents euros de blanchiment dentaire donne le change à son patron qui sort de la voiture sans se rendre compte de rien. Au moment où Auguste met un pied dehors, une horde de petits chiens s'abat sur lui.

Une meute de chihuahuas ! Il ne manquait plus que ça. Auguste en prend un dans ses bras. Le mini-cerbère grogne un peu, mais les caresses et les paroles apaisantes d'Auguste finissent par lui faire baisser la garde. Un couple d'une soixantaine d'années les attend sur le perron. La femme est joliment replète, les formes généreuses cintrées dans un tailleur élégant. Pour parer à la fraîcheur de ce début d'automne, elle a jeté sur ses épaules un grand châle de cachemire jaune assorti à sa coiffure relevée en chignon banane sophistiqué. À ses côtés, son mari se tient immobile, droit comme une allumette, dont il épouse les caractéristiques physionomiques : mince, sec et rigide. Auguste note la coupe impeccable de son costume bleu marine foncé.

— J'espère qu'ils ne vous ont pas embêtés ! s'exclame Claire de Montlhéry, confuse.

— Pas le moins du monde, madame. Ils sont bien mignons.

La cliente rosit de contentement. Elle est fière de ses petites bêtes, et elle semble les bichonner sans retenue. Elle en est gaga et ne s'en cache pas.

— Comment s'appellent-ils ?

Claire fait les présentations. Voilà Réglisse qu'elle a pris dans ses bras. Et, à ses pieds, Dragibus et Carensac. Auguste est surpris. Il ne s'attendait pas à des noms aussi rigolos venant d'une personne comme elle.

— En vieillissant, il y a toujours ce moment où on a besoin de retomber en enfance ! s'amuse-t-elle en voyant sa mine interloquée.

Auguste sympathise avec le clan canin sous le regard ravi de la cliente. Il sent qu'il marque des points. Son mari, André-Louis, sans doute pressé d'en venir au fait, abrège les effusions animalières et les somme de le suivre au salon. Auguste échange un regard entendu avec Gérard sur la somptuosité du lieu. Tout a été refait avec un goût exquis. Matériaux nobles, mobilier choisi avec soin, structuration ingénieuse de l'espace…

— Votre intérieur est magnifique, madame, se permet Auguste, sincèrement impressionné.

— N'est-ce pas ? lui répond Claire, le visage heureux.

Une telle qualité de conception, jusque dans les moindres détails, ne peut être que l'œuvre d'un professionnel aguerri, songe Auguste, admiratif.

— Vous avez dû recourir aux services d'un cabinet d'architecte de renom. Je les connais peut-être ? tente Gérard pour soutirer cette information, toujours utile pour mieux cerner la concurrence.

— Non, je ne crois pas…

Auguste discerne sur le visage de Gérard la petite moue de contrariété caractéristique lorsqu'il ne parvient pas à obtenir ce qu'il a demandé. Visiblement, Claire de Montlhéry préfère jouer le mystère.

— En tout cas, l'homme a du talent ! ajoute Gérard en reprenant sa figure joviale de parfait entrepreneur, charmeur et enthousiaste.

— C'est une femme.

La phrase sort de la bouche de Claire sur un ton plein de malice. Contente de son petit effet, elle invite les deux messieurs d'Eden Garden à pénétrer dans son salon.

Ils prennent place autour d'une table basse élégante, et leur hôtesse sert une tasse de thé Pu Erh impérial dans de la jolie porcelaine de Chine. Auguste observe à travers les grandes baies vitrées le jardin encore en friche. C'est là qu'Eden Garden intervient. Il commence à exposer le champ des possibles, leur chante le catalogue des jardins de rêve, à la française, à l'anglaise, à la japonaise… André-Louis l'interrompt. Il a réfléchi avec sa femme à ce qu'ils voulaient et aimerait leur exposer le topo : son métier d'expert en aéronautique les a conduits à s'expatrier pendant de nombreuses années.

— Nous avons vécu dans plusieurs endroits, au Canada, en Afrique, en Chine… malgré tout, le pays qui nous a le plus marqués reste le Brésil. Nos enfants sont grands aujourd'hui, mais c'est là qu'ils ont connu leurs plus belles années ! Nous gardons un souvenir mémorable de cette période…

Sa femme lui coupe la parole :

— C'est pour cette raison que nous voudrions retrouver cette ambiance-là, ici, en France, dans notre jardin.

— En somme, ce que vous nous demandez, intervient Auguste, c'est Rio à Rueil-Malmaison !

Claire éclate de rire. Son époux, lui aussi, semble apprécier le trait d'esprit et gratifie les deux partenaires d'Eden Garden d'une esquisse de sourire prometteuse.

— Vous avez le sens de la formule. Ça me plaît. Vous avez tout à fait compris notre souhait.

Auguste sent quelque chose se desserrer au niveau de son nœud de cravate. Le rendez-vous se passe bien. Il recommence à respirer. Son chef le couve d'un regard approbateur. Auguste a préparé sa tirade. *C'est le moment*, songe-t-il, *de leur faire briller les yeux sur le champ des possibles !* Il a bien profité des conseils de son coach : « Tous les grands orateurs emploient des images fortes. Vous devez créer une atmosphère, permettre à vos clients de rêver. Attrapez-les par le bout de l'émotion et non du rationnel ! Ce ne sont pas les détails techniques de votre métier qui vont les intéresser en premier, mais le fait que vous leur apportiez une vision vivace de leur projet. Ce qu'ils veulent, c'est vivre à travers vos mots les sensations que provoquera leur somptueux jardin paysager… » Les paroles de son coach résonnent encore dans sa mémoire et fouettent son inspiration. Soudain, il se met debout et commence la séance de projection imaginaire du futur parc des époux Montlhéry. Bien qu'il n'ait pas encore travaillé sur le projet, Auguste a dans son disque dur tellement de références de végétaux qu'il est capable d'improviser sur le vif le récit d'une balade végétale.

— Imaginez…

Il laisse planer les points de suspension quelques secondes pour captiver son auditoire. C'est réussi. Claire et André-Louis sont suspendus à ses lèvres.

— … vous réveiller le matin, ouvrir votre grande baie vitrée et profiter à perte de vue de la splendeur de végétaux rares et exotiques à souhait. Pas de simples palmiers, non… Rien de commun dans mes projets pour vous ! Je pense déjà à des palmiers à jupons ou des palmiers Phoenix dont le déploiement des branches n'est pas sans rappeler la queue extraordinaire de l'animal légendaire…

Claire a les yeux écarquillés et André-Louis est bouche bée. Envolé, le trac. Auguste, emporté par sa passion et encouragé par ces expressions faciales dénotant un indéniable intérêt, poursuit son récit.

— Si je vous mets des fleurs, ce ne sera pas un simple hibiscus. Non, tel un chasseur de plantes, j'irai chercher pour vous des variétés inconnues du grand public, des collections de plantes rares élevées en nurserie – oui, cela existe aussi pour les plantes –, des *Daphne gemmata* aux inflorescences jaunes, des magnolias blue baby à la floraison bleu métallique ou pourquoi pas des *Carpinus fangiana*, le légendaire arbre à queue de singe, un charme qui a les feuilles les plus grandes du genre…

Auguste marque une pause comme au théâtre. Il sent qu'il a réussi à embarquer les Montlhéry très loin. Ils ont des étoiles dans les yeux et un sourire réjoui flotte sur leurs lèvres. Le cœur d'Auguste se met à battre plus fort. L'émotion d'avoir relevé son défi. Il se rassoit lentement et lance avec une modestie teintée d'humour :

— Ce ne sont bien sûr que des premières idées…

— Elles ne sont pas mauvaises, renchérit le mari qui, en bon négociateur, ne veut pas donner l'impression d'être conquis trop vite.

— Elles sont excellentes, tu veux dire, mon chéri !

Il lance une œillade contrariée à sa femme, puis ramène la conversation sur un terrain plus technique.

— Nous, ce que nous voulons, c'est profiter de notre jardin de jour comme de nuit, hiver comme été !

— Ne vous inquiétez pas, nous intégrerons cette donnée dans le cahier des charges, le rassure Gérard.

— Mais autant de végétaux, ce ne sera pas trop d'entretien ? interroge Claire. Je n'ai pas du tout la main verte et je n'ai aucune intention de passer mes week-ends à jardiner !

— Vous n'aurez rien à faire, chère madame, répond le directeur du tac au tac. Toutes les plantes seront équipées d'un système d'arrosage automatique extrêmement perfectionné.

— Je pourrai même m'en occuper personnellement, à distance, depuis mon smartphone ! ajoute Auguste avec un clin d'œil entendu.

Claire s'extasie. André-Louis étudie les contrats types qu'Auguste a préparés. Il ne paraît même pas tiquer sur le montant à verser pour financer le bureau d'études. Un rêve, ce client ! Car la plupart grimacent à l'idée de débourser une telle somme pour le budget de conception sans être sûrs de réaliser les travaux par la suite.

Dragibus grimpe sur les genoux d'Auguste qui le caresse distraitement d'une main derrière les oreilles, tandis qu'il tend de l'autre un stylo à André-Louis pour la signature. Seul le chien semble percevoir sa fébrilité, car il se met à lui lécher la main sans s'arrêter. Le regard d'Auguste reste braqué sur les documents et sur le bras suspendu d'André-Louis.

— Attends, André-Louis !

— Qu'y a-t-il, ma chérie ?

— Nous n'avons pas encore parlé d'Henriette à ces messieurs !

— Ah oui, c'est vrai… Henriette…

Auguste fronce les sourcils. Qu'est-ce qui va bien pouvoir mettre des bâtons dans les roues de cette signature ? Son boss, lui aussi, s'est figé. Claire se tourne vers les deux hommes pour s'expliquer.

— Voilà. Henriette est la personne qui s'est chargée de toute la rénovation et de la décoration de notre intérieur. Je crois d'ailleurs que vous avez pu vous rendre compte par vous-mêmes du travail exceptionnel qu'elle a effectué ? Elle a tellement de goût, n'est-ce pas, mon chéri ?

Tout à coup, Auguste trouve agaçante cette manière de se donner du « mon chéri » à tour de bras ! Le chéri en question donne raison à sa femme.

— … Et c'est pour cela que nous voulons que vous collaboriez avec elle sur le projet.

Auguste croit avoir mal entendu.

— Comment ça, collaborer ?

— Oui, faire équipe, quoi !

Le moral d'Auguste s'effrite en une fraction de seconde. Il commence à entrevoir le topo. Henriette ? La cliente essaie de caser une de ses amies seniors pour la faire travailler. On lui met de force quelqu'un dans les pattes qui aura son mot à dire sur tout, pourra empiéter sur ses plates-bandes, contrecarrer ses plans, contredire ses idées… C'est une catastrophe ! Inconsciente de ce qui se joue dans la tête d'Auguste, la cliente poursuit son dithyrambe.

— Elle est fabuleuse, vous allez l'adorer !

Plus un son ne sort de la bouche d'Auguste. Gérard prend la parole à sa place.

— C'est une condition *sine qua non* ?

Auguste, dans un ultime geste aussi désespéré qu'absurde, croise les doigts derrière son dos pour marabouter le verdict.

— Oui.

On vient officiellement de lui imposer une partenaire.

3

Elle n'est pas du matin. C'est d'ailleurs l'un de ses grands bonheurs depuis qu'elle travaille en free-lance : se lever tard et se coucher à pas d'heure. Pour rien au monde elle ne retravaillerait en entreprise. L'idée d'être obligée de se rendre tous les jours au même endroit et d'y retrouver les mêmes personnes lui donne de l'urticaire. Elle a pourtant tenté l'expérience à la sortie de l'école. Elle a tenu deux ans et trois mois. Un exploit. Elle se souvient encore de l'angoisse des dimanches soir et de l'inévitable insomnie qui allait de pair. La perspective d'y retourner et de rester huit heures d'affilée vissée dans un fauteuil de bureau, obligée de paraître dans son élément aux yeux des collègues… Quelle horreur ! Un open space livré aux courants d'air et aux regards, sans retranchement possible. Un frisson désagréable lui parcourt l'échine à ce souvenir. Heureusement, sa vie a bien changé aujourd'hui. Depuis qu'elle est à son compte, elle respire de nouveau. Elle peut travailler comme ça lui chante, en pyjama si elle en a envie, personne ne sera là pour trouver à y redire ! Si elle passe une mauvaise nuit, ce n'est plus un problème : elle oublie le réveil et rattrape ses heures de sommeil sur le matin. Elle est à l'écoute de ses rythmes, tout simplement. Les résultats n'en sont que meilleurs. Elle en a d'ailleurs eu la preuve très récemment avec le dossier des Montlhéry. Ils ont été enchantés de sa prestation ! S'ils savaient ses petits secrets de fabrication… Le nombre de fois où l'inspiration pour ses *mood boards* lui est venue tard dans la nuit, en mangeant de grosses cuillérées régressives de Nutella et en dansant comme une folle sur des airs latino-américains !

Claire lui a passé un coup de fil il y a trois jours. Maintenant que tous ses intérieurs sont réaménagés, elle veut s'attaquer aux extérieurs et elle a pensé à elle.

« Mais je ne suis pas architecte paysagiste ! », avait-elle objecté.

Claire n'avait rien voulu entendre. Elle souhaitait réellement qu'Henriette collabore avec un bureau d'études spécialisé.

« Je tiens absolument à ce que vous participiez à la conception ! Même s'ils ont le savoir-faire avec les végétaux, c'est votre patte que je veux retrouver. Vous avez des idées et le chic des assemblages de matières réussis. »

Claire était décidément une perle de cliente. Henriette avait soulevé une ultime objection, soufflée par sa trop grande honnêteté :

« Claire, j'apprécie beaucoup que vous ayez envie de me confier cette nouvelle mission, mais pourquoi gonfler davantage votre budget ? Je suis sûre que les architectes paysagistes que vous avez contactés sauraient vous proposer un très bon projet sans avoir recours à moi.

— Ma chère, vous sous-estimez votre talent ! Ne vous souciez guère de l'enveloppe. André-Louis m'a donné carte blanche. Vous savez comme il tient à me faire plaisir : il est tellement souvent en déplacement pour le travail… Alors, c'est oui ? »

Demandé si gentiment…

Parce qu'elle a dit oui, la voilà debout à 7 heures du matin, hagarde et bougonne, en train de se faire couler un café extra-fort. Peut-être qu'elle a mis un peu trop de poudre. Il est imbuvable. Elle le boit quand même pour tenter un électrochoc sur ses neurones apathiques. Le bureau d'études lui a donné rendez-vous à 9 heures. Est-ce que c'est une heure pour discuter affaires ? Rien de tel qu'un peu de grogne et de mauvaise foi pour aider à se réveiller. Elle essaie d'avaler quelque chose, rien ne passe. Inutile de mettre ça sur le compte de l'heure matinale. Elle sait très bien que c'est sa *pétocharde* qui vient lui tenir compagnie, des fois qu'elle s'ennuierait d'elle. Elle n'est jamais loin, avec sa mallette à trac et sa panoplie de symptômes prêts à l'emploi : glotte serrée, mains moites, bafouillements, tachycardie et bouche sèche…

T'as personne d'autre à embêter, ce matin ?

Non, la pétocharde a décidé de lui coller aux basques. Dans la salle de bains, elle lui fait rater son trait d'eye-liner. Dans les toilettes, elle se moque de ses pipis de nervosité. Elle y retourne pour la deuxième fois en moins de cinq minutes. *Encore ?* souffle la pétocharde.

Elle enfile des vêtements confortables. Elle n'a aucune envie d'être serrée dans une paire de collants ni de porter une jupe qui la mettrait mal à l'aise. Après tout, l'affaire est déjà conclue et elle n'a personne à convaincre.

Le trajet lui paraît long. Pas moyen de se concentrer sur sa lecture. Le bureau d'études se trouve à

Versailles, et, de là où elle habite, ce n'est pas la porte à côté. Métro avec changement puis RER. Enfin elle arrive à la bonne adresse. Elle ne peut pas passer à côté : une très belle plaque est posée sur le mur où brillent les lettres d'Eden Garden. Les locaux du bureau d'études sont situés au rez-de-chaussée. Ses grosses boots à semelles compensées n'ont que faire des pavés inégaux. Dans ce métier de terrain, mieux vaut oublier les talons de donzelle. Elle reste interdite quelques secondes devant la porte.

Alors, tu sonnes ?

Elle somme la pétocharde de lui foutre définitivement la paix. Elle entend un déclic. Quelqu'un a ouvert à distance. Elle pénètre dans le hall. Plusieurs personnes présentes s'agitent autour de malles et de gros sacs sans lui prêter aucune attention. Un molosse trapu d'une cinquantaine d'années aboie des ordres à un jeune homme au teint basané, à la carrure plus fluette mais aux muscles des bras étonnamment développés.

— Kenzo ! Tu gères l'équipe d'extras pour porter tout ça dans le camion ? C'est toi qui conduis.

— OK, Tony. N'oublie pas d'appeler le client Pelletier pour le prévenir de la livraison des pots cet après-midi.

— Arrête-toi, gamin ! Tu me crois vraiment capable d'oublier ?

À la tête du jeune garçon, elle comprend que oui. Kenzo entraîne les trois autres hommes, et tout le monde sort. Le hall est désormais désert. Avec la pétocharde qui ne la décramponne pas, elle hésite à se lancer dans l'exploration des locaux à la recherche d'un interlocuteur. Quand soudain la porte du bureau en face d'elle s'ouvre. Un homme apparaît dans l'embrasure.

Elle l'examine de la tête aux pieds. Grand. Belle stature étoffée. Jolie veste de tailleur portée sur un jean foncé casual chic. Traits harmonieux. Cheveux bruns et coupe soignée. Un authentique perturbateur d'hypothalamus féminin. Le cœur d'Henriette fait le grand huit dans sa poitrine. Elle ne s'attendait pas à tomber nez à nez avec un tel canon ! Peut-être cette mission, qu'elle appréhendait tant, va-t-elle devenir beaucoup plus intéressante qu'elle ne le pensait finalement ?

À son tour, il la détaille. Le pantalon large taille haute, le sous-pull vaguement blanc rentré à l'intérieur, les grosses chaussures tout-terrain, les cheveux châtain clair tirant sur le roux relevés à la hâte, le début d'un trait d'eye-liner sur l'œil droit, le teint luisant faute de poudre compacte. Elle n'a pas le temps d'ouvrir la bouche qu'il lui saute dessus pour l'entraîner dehors.

— Vous êtes très en retard ! Les autres ont déjà levé les voiles ! Vous aurez de la chance s'ils ne sont pas encore partis. Allez vite les rejoindre au camion !

Elle se retrouve dehors, tente de protester, mais il vient de claquer la porte sans lui dire au revoir. Elle met une minute à recouvrer ses esprits. Ses paroles lui reviennent et tout s'éclaire. Il l'a prise pour un des jardiniers ! Quelle piètre impression elle a dû faire ! Il va falloir réparer ça. La pétocharde s'accroche à ses mollets de plus belle, tandis que son doigt légèrement tremblant appuie pour la seconde fois sur la sonnette.

Auguste retourne s'enfermer dans le bureau de direction, que Gérard lui a laissé pour la matinée. Son boss ayant un rendez-vous extérieur important ce matin, il lui a demandé d'accueillir l'architecte décoratrice imposée par Claire de Montlhéry. Cette histoire l'avait d'emblée irrité et cela n'était pas en train de s'améliorer avec le retard de l'indésirable recrue. 9 h 20. Ils ne vont pas partir du bon pied ! Auguste a horreur des personnes non ponctuelles qui pensent pouvoir disposer du temps des autres à leur guise. Agacé, il s'approche de la machine à café pour se resservir une tasse quand la sonnerie de la porte d'entrée retentit de nouveau. Il sursaute. C'est peut-être enfin son rendez-vous qui arrive. Il réajuste machinalement sa cravate et se dirige vers le hall. Il ouvre.

— Encore vous !

Le ton n'est pas vraiment hospitalier. Puis une once de culpabilité le traverse, de faire payer ses humeurs à cette aide-jardinière sans doute embauchée en extra pour une bouchée de pain. Il n'avait pas eu le temps de détailler son visage tout à l'heure, mais maintenant il voit très clairement les deux billes bleu piscine qui le fixent avec appréhension derrière une grosse frange. La jeune femme ouvre la bouche et Auguste se demande si un son va finir par sortir de sa gorge. Ce trac manifeste le ramène à un peu plus d'empathie.

— Je peux vous aider ? s'enquiert-il d'une voix radoucie.

— J'ai… J'ai rendez-vous avec M. Bartholdi…

— Ah… Il ne vous a pas prévenue ? Gérard n'est pas là ce matin. Vous voulez lui laisser un message ?

Elle a l'air très embêtée et se tortille les mains.

— Pouvez-vous lui dire que… Henriette Pétrin est venue ?

— Henriette ?… L'architecte d'intérieur, c'est vous ?

Elle acquiesce. Auguste tombe des nues. Il était persuadé d'avoir affaire à une sexagénaire sûre d'elle, voire un brin suffisante, et voilà que débarque une gamine à l'air paumé, habillée comme un sac, à peine tombée du nid de l'école… Quel âge peut-elle bien avoir ? Sans s'en rendre compte, son ton redevient sec. Toujours l'agacement.

— Je vois. Très bien. C'est moi qui vais vous recevoir. Je m'appelle Auguste.

Dans ses yeux, il lit de la surprise et comme un éclair fugace de connivence à l'évocation de son prénom rare. Elle se dit peut-être qu'ils font partie du même club des malchanceux au prénom bizarre ? Certes, Auguste, c'est gratiné. Mais Henriette… Qu'était-il passé par la tête de ses parents ? Elle a dû en souper, de la blague facile du genre « Hen-rillette, le prénom qui sent le pâté »… De quoi être la risée des cours de récré… *La pauvre*, songe-t-il. *Ne la plains pas trop quand même. N'oublie pas qu'elle risque de te compliquer la tâche tout le long de cette mission !* Néanmoins, Auguste se sent tenu à un minimum de correction. Il lui tend alors la main en signe de bienvenue. Elle ôte son gant de cuir et lui tend la sienne. Il s'étonne de découvrir des ongles rouges manucurés avec soin, qui contrastent singulièrement avec le reste de son look négligé. Une très jolie main chaude et douce aux doigts fins.

— Suivez-moi !

Il lui emboîte le pas jusqu'à son bureau. L'entretien peut enfin commencer.

4

Henriette s'avance et remarque l'inscription sur la plaque métallisée. « Direction ». Elle en déduit que ce monsieur revêche est le directeur du bureau d'études. Il s'assoit derrière son imposant bureau et la toise. Elle n'arrive à lire aucune expression sur son visage. Et pour cause : il reste de marbre, tant et si bien qu'elle est tentée de l'appeler immédiatement « monsieur le Commandeur ». Elle est intimidée, mais l'agacement généré par ce piètre accueil lui donne un sursaut de combativité. D'entrée de jeu, elle veut miser sur son atout principal : la créativité. Peut-être ses idées bien argumentées pourront-elles dérider l'homme sans visage qu'elle a en face d'elle ?

— Je connais suffisamment le couple Montlhéry, à présent. Si nous séduisons Claire, la partie est gagnée. Son mari lui offre ces jardins pour lui faire plaisir avant tout. C'est elle que nous devons convaincre.

Henriette, restée debout, appuie maintenant ses mains sur le bureau pour se donner une contenance et prend sa voix la plus affirmée en essayant d'oublier le trouble provoqué par son impassible interlocuteur.

— Pour que le projet aboutisse, donnons-lui du rêve ! Proposons-lui des végétaux rares, rigolos, audacieux, surprenants, sur le thème d'un paradis vert à la mode de Rio !

Auguste toussote : elle a les mêmes idées que lui. Comment parviendra-t-il à se démarquer aux yeux de Gérard, si cette fille débarquée de nulle part propose aussi bien que lui ? Il se crispe dans le grand fauteuil, irrité de se sentir en danger. Il veut tenir sa place coûte que coûte et ne la laissera pas marcher sur ses plates-bandes aussi facilement ! Et s'il la collait aux tâches ingrates pour l'écarter de la partie intéressante de la conception ?

— Commençons par être pragmatiques. Je souhaite en premier lieu que vous vous occupiez du cadastre à la mairie. Et que vous revérifiiez toutes les mesures fournies par les clients.

Il voit passer une lueur de colère dans les yeux bleus de la jeune femme. Elle n'est pas dupe. Tant pis, il n'a pas le choix. Même s'il n'est pas très fier de son approche, il doit faire comprendre à cette fille qu'il gardera la direction de projet. Il continue à l'enquiquiner.

— Le plus important, c'est la précision. Tout ça se joue au centime près. On ne peut pas se permettre de penser aux fioritures avant d'avoir posé des bases solides au projet d'aménagement. C'est en général le défaut des décorateurs…

Henriette s'offusque et s'efforce de garder son calme. Quel odieux individu ! Comme si elle ne connaissait pas les étapes ! Son ton péremptoire l'énerve prodigieusement.

— Je vous rappelle que je suis architecte d'intérieur ! dit-elle pour mettre les points sur les « i ».

— … Et décoratrice.

— Oui, mais…

À ce moment-là, deux hommes font irruption dans le bureau sans prévenir. Elle les reconnaît. Ce sont les deux mêmes que tout à l'heure. Auguste se lève et vient aux nouvelles.

— Déjà vous ? Qu'est-ce qui se passe ?

Le jeune homme tout fin prend la parole.

— On t'a cherché. Fallait le dire, que tu prenais le bureau de Gérard !

Henriette saisit l'information et fronce les sourcils. Il n'est donc pas le directeur ? Elle lui en veut de n'avoir pas clarifié son statut et elle s'en veut de s'être laissé impressionner inutilement.

— Oui, pas le choix, c'est plus pratique pour recevoir…

D'un geste désagréable, il montre la demoiselle, comme s'il s'agissait d'un colis encombrant. Les deux zigotos lui jettent un coup d'œil furtif.

— Alors, qu'est-ce qui se passe ? répète Auguste.

— On a un problème sur le chantier de la rue Soufflot. Les pots des *Trachelospermum jasminoides* sont arrivés cassés. On a dû annuler la mise en place pour ce matin. Le client était furieux.

— Quel merdier ! s'exclame son confrère sans faire dans le chichi verbal.

Tous les deux ont l'air de former un sacré binôme, avec un petit côté Laurel et Hardy.

— Bon, je vais appeler le fournisseur et l'assurance. Je rajoute ça à ma *to-do list*, soupire Auguste.

Les deux hommes se tournent de nouveau vers Henriette. Ils attendent des explications. Auguste se résout à faire les présentations, non sans cacher sa contrariété ni sa mauvaise humeur grandissante.

— Je vous présente Henriette, l'architecte d'intérieur des Montlhéry qui va travailler avec moi sur la conception des jardins.

Laurel s'avance vers la jeune femme et tend une grosse pogne calleuse qu'elle serre avec fermeté pour donner l'impression d'une assurance qu'elle est loin de ressentir.

— Tony. Je suis le chef de chantier. Vous êtes la bienvenue chez nous, tant que vous n'avez pas peur de vous retrousser les manches et de mettre les mains dans la terre quand y a besoin !

Le ton est donné, Henriette se le tient pour dit. Faut-il parler de sa terreur irrationnelle des vers de terre et de toute bestiole grouillant dans le sol ? Non. Elle décide de ne pas se tirer directement une balle dans le pied et de taire ce léger handicap, l'une des raisons pour lesquelles elle n'est pas devenue architecte paysagiste. D'autant que le Tony n'a pas l'air de faire dans le sentiment, et elle serait étonnée qu'il éprouve la moindre sympathie devant ce genre de faiblesse.

— Vous pouvez compter sur moi ! Toujours aux avant-postes quand il s'agit de rendre service !

La réponse semble lui plaire, et c'est au tour de Hardy, le petit, de se présenter.

— Moi, c'est Kenzo. Je suis jardinier paysagiste, mais c'est aussi moi qui assure l'interface entre les projets et les gars sur le terrain. Alors si vous avez une question, n'hésitez pas à venir me trouver.

Auguste s'approche de Kenzo pour lui donner une tape amicale sur l'épaule.

— Ne vous fiez pas à son jeune âge ! Même s'il n'a que vingt-quatre ans, Kenzo est un vrai pro. Il a déjà dix ans de métier. À l'origine, il est Compagnon du devoir. Sur le terrain, c'est souvent lui qui nous apprend des trucs, pas vrai, Tony ?

— Vrai ! Auguste, tu déjeunes avec nous tout à l'heure ? Ce serait bien d'y aller pour midi… C'est que je suis levé depuis 6 heures du mat, moi !

— Je ne pense pas, Tony. Avec tous ces aléas, je n'aurai pas le temps.

Le jeune Kenzo se crispe imperceptiblement. Il se demande ce que peut vouloir dire « aléas ».

— OK, les gars, à plus tard. Il faut que je termine avec la demoiselle…

Les gars s'en vont en adressant à Henriette un signe de tête. Elle a hâte d'en finir. Décidément, rien ne s'est passé comme elle l'aurait voulu. Le quiproquo d'abord. Et puis le moment embarrassant de dire son nom. Henriette. Elle avait failli un instant reprendre le prénom d'Alice, comme elle le faisait si souvent dans sa vie personnelle. Mais là, dans le travail, elle ne pouvait se le permettre. Pourquoi un choix de prénom aussi désastreux pour une fille ? Ses parents étaient fous de peinture et surtout d'Henri Matisse. Ils attendaient un garçon et elle était arrivée. C'est ainsi que, à son plus grand regret, elle était devenue un Henri à couettes. Une Henriette. Elle reconnaît que son interlocuteur fait fort aussi, côté prénom. Auguste ! À présent, elle trouve qu'il lui va comme un gant. Cet homme lui paraît froid et hautain comme un buste en plâtre d'empereur. Pas dénué de charme cependant, reconnaît-elle à contrecœur.

Les voici seuls de nouveau. Deuxième round de confrontation. Il tente encore de prendre le dessus.

— Je pense qu'on a posé des bases claires. Ce qui m'intéresse, c'est que vous puissiez apporter un bon *mood board* à la cliente lors du prochain rendez-vous. En tout cas pour tout ce qui est mobilier, on s'entend. J'imagine que vous n'y connaissez rien en plantes.

Elle s'étrangle devant ces propos vexants et s'en veut de rougir. Elle déteste ce petit air satisfait de celui qui est certain de la supériorité de ses compétences pour mener à bien ce projet d'envergure. Elle ne comprend pas son obstination à instaurer un tel climat de compétition. Cela lui semble absurde. Mais il faut voir le bon côté des choses. Il l'a piquée au vif, et elle a envie d'en découdre.

— D'accord, concède-t-elle. Je m'occupe du *mood board* pour le mobilier extérieur et vous du *mood board* pour les végétaux. Par contre, hors de question que nous ne fassions pas la conception ensemble !

Ils se défient du regard. Elle ne cille pas. Il en est surpris. Bras de fer avec les yeux. Il le sait, Henriette a dans son jeu une carte maîtresse : Claire, la cliente, qui serait très mécontente si elle apprenait que son architecte favorite n'a pas participé à la création de ses extérieurs.

Il n'a pas le choix. Il va devoir composer avec elle.

5

Elle n'en revient pas, de s'être ainsi affirmée tout à l'heure. D'habitude, elle est plutôt du genre discret, qui cherche à ne pas se mettre en avant. Une peur de déranger héritée de la petite enfance. Elle avait entendu si souvent sa mère raconter à ses amis combien elle avait été un bébé pénible qui pleurait sans arrêt les trois premières années. Elle se plaignait longuement des affres de la maternité, avant de lancer sa plaisanterie préférée : « Iouzeconnedomze ! » Henriette n'avait compris l'expression qu'à l'adolescence. « *Use condoms !* » Sa mère et elle ne devaient pas avoir le même sens de l'humour. Elle en a gardé une blessure profonde, l'impression de n'avoir pas été vraiment désirée. Dès qu'elle a pu, sa mère a recommencé à travailler, préférant échapper le plus possible à ses obligations maternelles qui l'ennuyaient prodigieusement. Elle déléguait, à grand renfort de nounous et de filles au pair. Puis, suite à une promotion, elle s'était mise à voyager beaucoup, la laissant souvent seule en tête à tête avec son père, ni très causant ni très empathique. Tout ce qu'il voulait, c'était avoir la paix. Pas vraiment compatible avec les envies de jouer et de s'exprimer d'une enfant. Henriette ne souhaite pas repenser à tout ça ! Elle ne songe plus qu'à une chose : rentrer chez elle, dans son antre, sa bulle, seule et à l'abri.

Enfin, elle pousse la porte de son appartement avec un soupir de satisfaction. Elle pose son sac et son manteau, mais elle n'est toujours pas désencombrée de ses émotions fortes. Maintenant qu'elle a tenu la dragée haute à Auguste, il va falloir qu'elle se montre à la hauteur. Ils sont convenus de travailler dans un premier temps chacun de leur côté sur des idées d'aménagement des jardins. Ils pourraient alors soumettre leurs projets respectifs à Gérard, le directeur d'Eden Garden. Rien qu'à l'idée de ce grand oral où elle devra convaincre et faire ses preuves, Henriette a la bouche sèche. Déjà, petite, c'était une crise de tachycardie assurée dès qu'on l'envoyait au tableau. Elle se souvient avec précision des sensations éprouvées : les mains moites, l'emballement du cœur, l'envie de disparaître devant tous ces regards braqués sur elle, la certitude que certains dans l'assemblée n'attendaient qu'un faux pas pour se moquer, juste histoire de gagner quelques points de popularité. Un jour, il s'était passé quelque chose d'abominable. Elle était encore en primaire, et la maîtresse l'avait appelée au tableau. Tandis qu'elle se dirigeait vers l'estrade, elle s'était étonnée de voir une bosse bizarre sous son pantalon au niveau du genou. Mais impossible de s'arrêter pour s'occuper de l'affaire. Trop tard. La maîtresse lui avait demandé d'effacer les inscriptions à la craie. En s'activant à la tâche, le pire était arrivé : là, sur sa chaussure, avait glissé la petite culotte de la veille restée coincée dans le pantalon sans qu'elle y prenne garde. Ce moment l'avait marquée à vie. L'hilarité générale, l'embarras de la maîtresse qui n'avait pu s'empêcher de sourire, la honte incrustée en elle pour toujours.

Aujourd'hui, elle n'a plus huit ans. Elle essaie de se convaincre qu'il faut dépasser toutes ces vieilles appréhensions. *Tu n'es plus la même. Ne pense pas à ça maintenant. Tu n'en es pas encore à la présentation ! Commence par le début, mets-toi au travail !*

Oui, le travail. C'est ce qui la sauve, bien souvent. Ce qu'elle aime par-dessus tout, c'est pouvoir avancer sur les dossiers au calme, dans son environnement préférentiel, soustraite au regard et au jugement des autres. Sa sensibilité exacerbée la rend forcément plus vulnérable à la critique. Elle a donc très tôt réfléchi aux manières de se protéger, surtout dans la phase de lancement d'un projet, au moment où il est très important de préserver les jeunes pousses d'idées de toutes remarques castratrices. Si l'élan initial est coupé, il est presque impossible de repartir. Elle se prépare une grande tasse de café. Elle n'a pas faim. L'adrénaline lui a coupé l'appétit. Elle a hâte de s'y mettre, car, elle se connaît, elle sait que c'est l'une des seules choses qui apaiseront ses craintes. Elle a déjà des idées, mais elle a besoin d'encore plus de matière à inspiration. Alors elle sort de sa bibliothèque sa collection de *AD Magazine*, une des meilleures revues d'architecture et de déco. Elle les feuillette, les étale un peu partout sur sa table basse et par terre. Elle a besoin de ce fouillis visuel pour construire le projet dans sa tête. Elle attrape son carnet de croquis et commence à dessiner des mises en situation. Même si presque tout se fait aujourd'hui sur logiciels, elle est incapable de se passer du papier et de ce rapport intime entre la main et l'esprit pour accoucher des idées. Et c'est peut-être tant mieux. Elle n'est pas une machine de guerre sur AutoCAD. Elle laisse ça aux p'tits génies de Penninghen, ses anciens camarades en archi intérieure. Elle n'a jamais été très forte à l'école. Cela n'a pas changé durant ses études supérieures. Elle en a un souvenir… fatigant. Les cours l'ennuyaient. Elle aime fonctionner à l'instinct, apprendre sur le tas, et surtout à travers des cas pratiques sur le terrain. Finalement, elle a fait ses armes en intervenant pour des restaurants à Saint-Tropez et sur différents lieux de villégiature. Elle relookait le concept du sol au plafond. Elle avait eu la chance de tomber sur des gens qui lui avaient fait confiance sans être trop regardants sur ses compétences académiques, et la liberté d'action qu'ils lui avaient donnée avait libéré quelque chose en elle. Elle avait retrouvé le goût d'apprendre autrement et regagné un peu de confiance en elle. Suffisamment pour revenir s'installer à Paris comme free-lance. C'était un statut qui lui convenait bien. Plus que tout, elle ne voulait pas se sentir enfermée dans une boîte. Elle ne supportait pas l'idée d'être coincée tous les jours au même endroit à la botte de gens qui la comprendraient mal.

Elle boit une gorgée de café. Il est froid à présent. Le crayon s'agite à toute vitesse sur le Canson. Elle arrache les pages au fur et à mesure qu'elles se remplissent de croquis. Pour l'instant, elle accueille tout ce qui vient sans chercher à se brimer ni à critiquer. L'heure du tri et de l'analyse viendra plus tard. Elle a l'impression de jouer aux Lego. C'est très amusant pour elle, de chercher un emplacement pour chaque élément, de les agencer intelligemment, de construire un petit monde pratique, confortable et ressourçant. Elle est peut-être une bille en savoir-faire végétal, mais, question matériaux, elle en connaît un rayon.

Et, au niveau de l'esthétique, elle n'a pas son pareil pour marier les différentes matières. Le secret, c'est *se nourrir l'œil*, comme elle dit. Alors elle passe un temps fou sur Pinterest et Instagram. Des mines d'or pour se constituer un vivier d'images ! Sur Instagram, elle suit des personnes inspirantes, des influenceurs, de même que des gens chez qui elle était en stage, d'anciens camarades d'école, des brocanteurs…

Pendant la semaine qui suit, elle s'immerge encore plus profondément dans ses recherches. Elle ne sort quasiment pas. Internet est pour cela un outil extraordinaire. Il est devenu presque inutile de se rendre en bibliothèque tant la source d'information est immense sur la Toile. Autre technique créative : le googlestorming. Autrement dit, elle cherche des idées *via* le célèbre moteur de recherche. C'est ainsi qu'elle est tombée sur les jardins du Palacio Capanema, véritable référence de l'architecture contemporaine au Brésil. Elle est en admiration devant l'œuvre paysagère de Roberto Burle Marx, qui traite les formes organiques libres du jardin comme de la peinture abstraite moderne.

Elle s'abreuve de son œuvre, dont le parc Aterro do Flamengo fait aussi partie. Il y a introduit des arbres de la forêt amazonienne et des espèces à floraison saisonnière afin de garantir des fleurs tout au long de l'année.

Et cette pelouse avec deux espèces d'herbe ? Elle adore. Elle est fascinée par la façon dont l'artiste utilise deux nuances d'herbe pour enchevêtrer les courbes et rappeler le mouvement des vagues…

Elle voit si bien Claire et André-Louis se prélasser dans un jardin botanique inspiré de Rio, avec quelques centaines d'espèces rares. Elle imagine un carnaval de couleurs et de formes excentriques !

Enfin, il lui vient une idée folle : installer un bassin qui rappellerait la baie de Guanabara !

Au huitième jour de travail intensif, ça y est, elle tient son projet : elle a dans la tête l'intégralité des jardins des Montlhéry ! Il est 2 heures du matin. Ses yeux brûlent et papillonnent. Elle s'allonge un instant au milieu des papiers et sombre en un claquement de doigts dans un sommeil profond.

6

Auguste arrive de très bonne heure au bureau d'études. Il veut avoir le temps de revoir sa présentation avant la réunion de 10 heures. Il a beaucoup travaillé. Plus que sur n'importe quel autre dossier. Il a tout pour être confiant. Il a trouvé de belles idées. Il a soigné son document et a même prévu d'animer chaque slide PowerPoint. Gérard devrait être impressionné. Du moins l'espère-t-il. Alors pourquoi ce nœud d'appréhension désagréable au niveau du plexus ? Ce n'est tout de même pas Henriette qui l'inquiète ? Ce petit bout de femme aux airs adolescents qui a à peine écrit trois lignes sur son curriculum vitæ ? Il se demande ce qu'elle va proposer. Va-t-elle empiéter sur ses plates-bandes ? Lui faire de l'ombre devant son boss ? Peu probable, tente-t-il de se rassurer. Il passe en revue pour la énième fois les pages qui exposent ses partis pris paysagers pour vérifier que rien ne manque. Il aurait pu omettre un détail, une légende ou un prix. Tout compte. Il transporte ensuite son matériel en salle de réunion. Il tient à s'assurer des branchements et du bon fonctionnement de la projection. Rien de pire au moment de lancer une présentation PowerPoint que de cafouiller avec un problème informatique ! Il ne laisserait pas une telle chose se produire. Il s'entraîne une ou deux fois avec la télécommande. Tout a l'air de marcher. Il checke l'heure. Le temps a filé. Il entend du bruit dans les couloirs. Les autres sont probablement en train d'arriver. Gérard passe la tête dans la pièce et lui lance un « Bonjour » chaleureux. Plus Auguste apprend à le connaître, plus il a de l'estime pour lui. Comme s'il incarnait cette figure paternelle positive qui lui a tant manqué.

— Comment ça va, Auguste ? Je vois que tout est déjà prêt ! Parfait. Tu me donnes cinq minutes ? Je me sers un café. Ah, voilà la demoiselle. Bonjour, Henriette !

— Bonjour, monsieur. Ravie de vous rencontrer.

— Ah non, pas de « monsieur ». Gérard, c'est très bien. Et, si vous permettez, on se tutoie. Tout le monde se tutoie ici, n'est-ce pas, Auguste ?

Henriette félicite Gérard sur son enseigne. Auguste s'agace en son for intérieur de ce jeu de courbettes, puis il se convainc que cette mauvaise foi ne l'honore pas.

Allez ! Force-toi un peu à être aimable ! Après tout, elle ne t'a rien fait, cette nana...

— Bonjour, Henriette. Entre, installe-toi.

Elle est encombrée d'un gros sac à dos doublé d'un sac en bandoulière. *Mais qu'est-ce qu'elle peut bien transporter là-dedans ?* se demande Auguste. Elle commence à déballer tout son attirail et sort un ordinateur portable, des câbles, de beaux livres d'archi, quelques magazines, ainsi qu'un bloc à dessins. *Ne me dis pas qu'elle a fait des croquis de mise en situation ?*

Tout à coup, Auguste se demande si sa présentation va être à la hauteur. *Qu'est-ce qui m'arrive ?* Il s'excuse auprès d'Henriette et de Gérard qui vient de la rejoindre avec son expresso. Il prétexte un document oublié pour aller se passer de l'eau sur le visage aux toilettes. Le trac met du brouillard devant ses yeux. *Bon sang de merde ! Faut que je redescende !* Il n'aurait pas dû prendre un deuxième café ce matin. Il a les mains qui tremblent. Et si jamais Henriette et Gérard s'en aperçoivent ? Que penseront-ils ? La fille se réjouirait sans doute de le voir en difficulté. Gérard froncerait les sourcils dans une expression mi-surprise, mi-déçue, et ça, il ne le supporterait pas. Auguste ouvre sa braguette au-dessus de l'urinoir. Étrangement, le contact avec son sexe le rassure.

— Tout va bien aller, Maverick, lui chuchote-t-il.

— À qui tu parles ?

Kenzo vient de faire irruption et se dirige vers le second urinoir, inconscient du coup au cœur qu'il vient d'assener à son collègue.

— Quoi, moi ? À personne !

Son collègue commence à se soulager tout en lui adressant un sourire qui lui paraît goguenard. Auguste a maintenant son palpitant qui bat à cent quatre-vingts. *Arrête ! Il n'a pas pu entendre ! Tu te fais des idées...* Pour quelqu'un qui venait ici pour se calmer, c'est raté. Il remonte sa fermeture Éclair fissa et, dans sa hâte, y coince un bout de chemise. Il repart dans une série de jurons. Il est traversé par l'image honteuse de lui en train d'animer la réunion avec ce pan de tissu sorti de sa braguette. Le même type d'embarras que la feuille de salade coincée dans les dents, en pire.

— Tu veux que je t'aide ? lui demande gentiment Kenzo.

Il ne manquerait plus que ça ! songe Auguste. Heureusement, il y parvient seul, puis s'enfuit des toilettes en grommelant contre la terre entière et surtout contre lui-même. *Quel con, mais quel con !* Lorsqu'il pénètre de nouveau dans la salle de réunion, il a conscience d'être dans les pires dispositions.

Henriette lui adresse un regard perçant. Est-ce qu'elle arrive à lire en lui, à deviner ses appréhensions ? Ce serait regrettable. Heureusement, il a appris à opacifier ses expressions. Cela demande un peu d'entraînement. L'objectif est de ne pas ciller. Il s'attarde sur la teinte bleutée assez rare des yeux d'Henriette. Gênée, elle les baisse pour fixer obstinément ses mains. Aujourd'hui, elle est en pantalon, mais elle a pris soin de mettre un chemisier à motifs floraux sous un pull coloré moulant. Ainsi donc, elle a des seins. Il se rend compte que cette observation est totalement déplacée. Il bénit le ciel que les humains ne puissent pas lire les pensées d'autrui. Il s'engueule dans un coin de sa tête et s'exhorte à la concentration. Gérard ouvre la séance et rappelle les enjeux de ce dossier, au cas où ils ne seraient pas assez clairs.

— Étonnez-moi ! lance-t-il en conclusion pour donner le ton de ses attentes.

Entre Auguste et Henriette, l'ambiance est électrique. C'est Auguste qui se jette à l'eau le premier. Son exaltation dissout son trac presque instantanément. Il en est le premier surpris. Sa présentation bluffe Henriette. Il paraît tellement à l'aise ! Il sourit quand il faut sourire, marque une pause quand il faut marquer une pause. Et, par-dessus tout, elle est très impressionnée par la créativité et l'ingéniosité de ses choix végétaux.

— Bien sûr, pas d'ambiance Rio sans *Livstonia chinensis*, indispensables palmiers ! déclare-t-il d'une voix experte agaçante. (Puis il se tourne vers Henriette.) Mais que penses-tu des *Cycas revoluta* ?

Il s'attend à la voir balbutier, ce qui ne manque pas d'arriver. Il enchaîne sans attendre de réponse. Son objectif est juste de remettre les choses à leur place dans l'esprit de Gérard : le spécialiste, ici, c'est lui.

— La *Cycas revoluta* est une plante primitive, quasi préhistorique, à feuillage persistant. Elle ressemble autant à un palmier qu'à une fougère arborescente, mais elle amène encore une autre sorte d'exotisme… Henriette, tu sais ce que c'est une plante à feuillage persistant ?

Pour qui me prend-il ? s'agace-t-elle en silence.

— Oui, c'est une plante qui conserve son feuillage toute l'année.

Bon, bien sûr, elle le sait. Il sort l'artillerie lourde de son expertise végétale. Pour habiller les jardins des Montlhéry, ce n'est plus Rio, c'est Versailles. Pléthore de fougères arbustives, *Lagerstroemia*, agapanthe, albizia, *Armeria maritima*, cordyline, yucca, bambous, *Gunnera manicata*, jasmins, hémérocalles et *Passiflora…* un tel faste de couleurs et de formes donne à son projet une audacieuse excentricité. Les yeux de Gérard brillent. Il est content. Auguste se rassoit, le corps encore fébrile du trac de la présentation, et son diaphragme se débloque aussitôt.

Henriette sait que son tour est venu. Elle se met debout. *Debout, c'est mieux. C'est toujours plus dynamique*, se dit-elle. Dommage que ses jambes soient en coton. Elle s'appuie discrètement sur la table pour se donner une contenance. C'est le moment d'aller puiser dans ses ressources profondes. Au début, le son de sa voix est un peu hésitant et monocorde. Elle sent qu'elle n'a pas entièrement l'attention de l'assistance. *Non, pitié ! Pas le syndrome traumatique de « l'élève au tableau » !* Avec elle, c'est le risque. Que ses idées bouchonnent à l'intérieur de son esprit et qu'aucune n'arrive à sortir intelligiblement de sa bouche. Dans ces moments de grand stress, elle ressemble à un poisson échoué en train d'agoniser hors de l'eau. *Il faut que je me ressaisisse !* Elle décide de se raccrocher à ses esquisses qu'elle étale un peu partout sur la table et attend une réaction.

— C'est remarquable ! s'extasie Gérard. Tes croquis sont magnifiques. Tu as un vrai talent pour l'aquarelle. Je pense que cela va beaucoup plaire à la cliente. Ça change des *moods boards* photo et des mises en situation 3D sur Lumion, pas vrai, Auguste ?

Auguste se voit contraint d'acquiescer. Ces compliments donnent un véritable coup de fouet à Henriette, qui profite de cet élan impulsé par le patron pour dérouler ses arguments, comme si elle attrapait une vague et décidait de la surfer. Quelques instants plus tard, Gérard congratule Henriette autant sur le fond que sur la forme.

— Je ne sais pas où tu es allée chercher tout ça. Très original, ton concept de « peinture paysagère » : se servir des végétaux comme d'une palette graphique et colorée, j'adore ! Et le nuancier d'herbe pour dessiner des vagues, très fort ! Quant au bassin pour rappeler la baie de Guanabara, c'est excellent. Beau travail, Henriette.

Elle rougit comme une tomate mûre, aussi sûrement qu'Auguste blêmit.

— Oui, bravo, Henriette, très belles idées, un brin extravagantes mais séduisantes, lui concède Auguste, les dents serrées.

Il cogite à toute allure pour trouver une façon de contrer son adversaire.

— En revanche, est-ce que tu as pu commencer à chiffrer ? Est-ce que tes propositions vont rentrer dans le budget ?

Gérard approuve l'intervention d'Auguste. Il insiste sur l'importance de rester dans l'enveloppe fixée, déjà conséquente. Un point partout, la balle au centre.

— Je… Je ne peux pas encore le dire avec précision.

Elle rougit de nouveau, embarrassée et furieuse de cette nouvelle pique d'Auguste. Gérard conclut la séance.

— Chacun de vos projets contient des trouvailles intéressantes. Peut-être que le mieux serait de mixer les deux pistes, non ? clame-t-il avec enthousiasme, inconscient du malaise qu'il sème chez ses interlocuteurs. Regroupez-vous, travaillez ensemble ! Je crois que vous avez beaucoup à vous apporter l'un et l'autre. Vous êtes très complémentaires. Claire de Montlhéry a vu juste en préconisant cette collaboration.

Dans son esprit, l'affaire est déjà entendue. Auguste et Henriette n'ont qu'à se retrouver ici au bureau pour peaufiner le projet commun.

— Quinze jours, cela devrait suffire, n'est-ce pas ?

Gérard fait les questions et les réponses. Il s'occupera de prendre rendez-vous avec les Montlhéry pour leur exposer leur plan d'aménagement paysager. À l'écouter, il n'y a plus qu'à. La réunion est levée. Gérard file à un autre rendez-vous et laisse le binôme en face-à-face. Auguste tente de camoufler sa contrariété et Henriette son stress grandissant. Il se dit que, quitte à être dans la panade, autant agir en professionnel et laisser son affect de côté.

— Bon, on s'organise comment ?

Sa voix froide et pragmatique vient de donner le ton de leur collaboration.

7

Henriette a du mal à s'y résoudre, pourtant il va bien falloir. Aller tous les jours chez Eden Garden. Travailler aux côtés d'Auguste. Si on lui avait dit ça dans les trois premières minutes de leur rencontre où elle l'avait trouvé si beau, elle aurait sûrement sauté de joie. Mais c'était avant leur mémorable entrevue. Même si, pour parler familièrement, Auguste est un bono, le masculin de bonasse, preuve en est que cela ne fait pas tout. Ses antennes d'hypersensible ne s'y trompent pas : il a une dent contre elle. Elle se demande pourquoi. Henriette a beau chercher, elle ne voit pas en quoi elle peut représenter le moindre danger. C'est un peu comme si Auguste lui piquait son rôle, parce que, d'ordinaire, c'est elle qui voit le monde comme une menace. Henriette peut monter en épingle les plus petits sujets d'inquiétude jusqu'à les ériger en véritables affaires d'État. Les gens « normaux » aussi se noient parfois dans une goutte d'eau. Mais elle, les gouttes d'eau qui font déborder le vase, elle en a tellement accumulé qu'elle pourrait remplir une piscine ! Ce matin, tandis qu'elle attend sur le quai de RER, elle est reprise par ses appréhensions bizarres qui ressurgissent spécialement quand elle est nerveuse. C'est son premier jour chez Eden Garden en tant que collaboratrice officielle avec Auguste. L'idée d'un tête-à-tête prolongé avec lui la perturbe. La promiscuité l'inquiète. La pression du challenge, l'envie d'être à la hauteur et, cerise sur le gâteau, le trouble physique qu'il génère. Seulement, elle n'a pas le choix. Par loyauté envers Claire de Montlhéry, elle ne peut pas reculer. Cette femme avait cru en elle et lui avait donné une chance inespérée. Qui aurait confié l'ensemble de son projet de décoration intérieure à une architecte en début de carrière ? Claire avait ensuite pris le risque de la recommander auprès d'un cabinet d'architectes de renom comme Eden Garden. Aujourd'hui, Henriette ne peut pas la décevoir. L'argument financier n'est pas négligeable non plus. Ce n'est pas tous les jours qu'un projet d'une telle envergure se présente, et les honoraires proposés pourraient lui permettre de tenir plusieurs mois et de pérenniser son activité professionnelle libérale par ailleurs souvent incertaine. À tous niveaux, le projet Montlhéry est une aubaine. Henriette se doit de donner le meilleur d'elle-même. Pourtant, malgré sa bonne volonté, le parcours s'annonce semé d'embûches. Elle n'aurait jamais imaginé l'arrivée dans le décor d'un confrère retors et mal luné, le genre de tempérament qui exacerbe ses fragilités.

Elle craint de se sentir encore plus gauche que d'habitude. Mais, après tout, quelle importance ? Avec ses doutes et son manque de confiance, elle ne pense pas pouvoir lui plaire, de toute façon. Elle ne peut croire qu'un homme puisse s'attacher à elle après avoir découvert ses peurs et ses bizarreries. Elle parvient à les camoufler en début de relation, mais plus le monsieur entre dans son intimité, plus il devient difficile de les masquer. Henriette imagine la honte qu'elle ressentirait si quelqu'un comme Auguste découvrait ces facettes inavouables. Par exemple, sa peur irraisonnée de tomber ou qu'on la pousse sur les rails du métro, l'obligeant à se tenir éloignée du bord ! Difficile à confesser ! Henriette saute vite dans le métro avant que les portes ne se referment sur elle. Il est bondé. Elle lutte contre sa sensation d'étouffer. Elle tente de mettre son esprit ailleurs et revient sur sa réflexion autour de son instabilité émotionnelle, sûrement pas étrangère à ses problèmes relationnels avec sa mère. Et certainement aussi d'autres microtraumatismes durant son enfance qui ont dû achever de perforer sa sécurité intérieure en de multiples endroits. Une accumulation d'expériences malheureuses, de gifles narcissiques, d'ego égratigné a lentement grignoté sa confiance en elle. Elle regarde les visages impassibles qui l'entourent et semblent encaisser si bien l'inconfort et le sentiment de claustrophobie. Elle se met à ruminer sur sa *peurosité*. Oui, elle a l'impression d'être une femme perméable à la peur. Ce mot lui est venu un jour alors qu'elle était au volant. Elle était bloquée seule dans les embouteillages depuis plus d'une heure et la pluie diluvienne frappait sur la carrosserie. Ce bruit insupportable sonnait à ses oreilles sensibles comme le tintamarre des gamelles métalliques frappées par des prisonniers sur des barreaux de cellule. La sensation d'incarcération l'avait submergée jusqu'à provoquer une crise d'angoisse sans précédent. Elle avait été obligée de serrer le frein à main, de mettre ses feux de détresse, puis elle avait reculé son siège et s'était mise à pleurer toutes les larmes de son corps. Les voitures l'avaient klaxonnée, puis rageusement dépassée. Un automobiliste, vitre baissée, lui avait aboyé de se garer sur la bande d'arrêt d'urgence et d'arrêter d'emmerder le monde. Ce jour-là, la peur de rester coincée sans pouvoir s'échapper d'une situation insupportable avait achevé d'ancrer en elle un sentiment de vulnérabilité. Depuis, Henriette n'est pas sereine. Elle a toujours cette appréhension de ne pas gérer ce qui pourrait se produire. Elle a la vie à fleur de peau.

Certains naissent avec un bouclier naturel. Les événements fâcheux semblent peu les atteindre. Les impacts négatifs glissent sur eux sans pénétrer leur système. Henriette, quant à elle, a imaginé ce concept de peurosité, car elle a l'impression que les peurs traversent facilement les pores de sa peau et circulent à toute blinde, tel un kayak fou dans un torrent, jusqu'à envahir les territoires cardiaques et cérébraux de son système.

Quand elle sort du wagon et de cet étau humain, elle pousse un énorme soupir de soulagement. Remonter à l'air libre lui fait du bien. Elle hâte le pas en direction du bureau d'études. L'épreuve des transports en commun lui a déjà ôté de l'énergie. Il lui faut du sucre. Elle a acheté un pain au chocolat sur le trajet et se cache dans un coin pour l'avaler avec un café pris à la machine. Elle a toujours sur elle un poudrier avec un miroir pour vérifier que des miettes ne sont pas restées collées au coin de sa bouche ou, pire, sur ses dents. Auguste apparaît à ce moment précis. Embarrassant. Elle referme abruptement le poudrier et se lance dans quelques amabilités d'usage. Auguste n'a pas l'air dupe du ton forcé. Mieux vaut se mettre au travail. C'est lui qui prend les commandes au clavier. Il n'y a même pas eu de débat. Les jours précédents, ils ont déjà redessiné ensemble tous les plans sur AutoCAD, en reportant les cotes avec une précision millimétrique. L'étape suivante est claire : ils doivent tomber d'accord sur les idées afin de réaliser une mise en situation en trois dimensions des futurs jardins des Montlhéry. Henriette s'attend à un micro-bras de fer sur chaque détail. Elle ne s'est pas trompée. Auguste veut défendre ses choix végétaux ambitieux, car certains des arbres évoqués flirtent avec le monumental. Ce qui écarterait la possibilité de construire un bassin, comme le suggérait Henriette. Chacun y va de ses arguments, et Henriette se dit que, à ce rythme, ils ne s'en sortiront jamais !

— Fais-moi confiance ! Je connais bien Claire, maintenant, et je te dis qu'elle sera séduite par le charme d'un plan d'eau. D'autant qu'elle m'a confié son affection pour les poissons d'eau douce… Nous pourrions tout à fait planter les plus grands arbres dans cette partie du jardin, ce qui créerait une agréable zone d'ombre, tu ne crois pas ?

Auguste réfléchit. Elle scrute son visage renfrogné. Elle déteste le silence qui s'installe entre eux. Horreur ! Henriette entend son ventre gargouiller. Elle est en pleine digestion. Et puis, elle a bu trop de café. Quelle erreur ! Son corps se contracte, stressé par le contact rapproché avec cet homme devant qui elle veut faire bonne figure. Elle serre son sphincter de toutes ses forces. Elle n'ose imaginer l'angoisse d'un bruit inapproprié dans ce silence qui se prolonge et devient pesant. Elle se racle la gorge en guise de subterfuge. Dieu merci, Auguste finit par se prononcer.

— Bon, d'accord. Je te suis sur l'idée du plan d'eau. Mais je te préviens que, si elle n'aime pas, je n'hésiterai pas à dire que ça vient de toi !

— Trop aimable. Ce ne sont pas les cours de l'école d'architecture de Versailles que tu aurais dû suivre, mais ceux de Nadine de Rothschild !

— Qui ça ?

— Nadine de Rothschild, bien sûr, la baronne. Elle donne d'excellents conseils de savoir-vivre et d'élégance aux messieurs comme toi.

Auguste fait pivoter son fauteuil ergonomique pour se tourner vers elle. Il plante son regard un peu trop brillant dans celui d'Henriette.

— Et qu'est-ce qu'ils ont, les messieurs comme moi ?

— Ils ont besoin qu'on arrête de les brosser dans le sens du poil !

Elle soutient son regard, étonnée de sa propre insolence. Un ange passe. Est-ce qu'il va se fâcher ? Contre toute attente, soudain, il éclate de rire. L'atmosphère s'allège enfin.

— Je ne m'attendais pas à ça…

— À quoi ?

— Non, rien…

Il ne s'attendait pas à son sens de la repartie, et le petit côté piquant de son caractère ne lui déplaît pas.

Elle est soulagée de sa réaction. Il n'est pas aussi susceptible qu'elle aurait pu le croire. Tant mieux ! Si la tension entre eux pouvait baisser d'un cran, ça leur faciliterait la vie pour mener à bien ce fichu projet pharaonique !

Auguste observe Henriette à la dérobée. Il se surprend à apprécier chez elle ces accès d'impertinence. De ce qu'il connaît d'elle, il la pressent de nature plutôt réservée. Mais quand sa timidité se craquelle, il entrevoit un tempérament beaucoup moins lisse. Par moments, elle le regarde avec ses yeux de biche effarouchée, comme s'il lui faisait peur. Il a conscience d'être dur avec elle depuis le départ et il s'en veut…

un peu. D'autant que, s'il est tout à fait honnête, il est assez impressionné par ses compétences en dépit de sa courte expérience. Il n'irait pas jusqu'à le lui dire, mais il lui trouve un vrai talent créatif, et sa présence sur le projet apporte quelque chose de nouveau et de frais dans l'approche. À titre personnel, cela s'avère même positif, d'avoir quelqu'un pour le challenger. Bon gré, mal gré, ils ont fini par s'entendre sur les idées et par mixer les deux pistes. Le résultat prend une belle tournure. Elle a aussi réussi à relever quelques-unes des mauvaises habitudes de travail d'Auguste. Tant de rigueur et de professionnalisme chez une junior l'ont scotché. Et énervé, bien sûr. Chaque fois qu'il se sent pris en faute, cela réveille en lui son syndrome de l'imposteur. Le gars qui ne mérite pas vraiment sa réussite. Le branleur des bancs de l'école refait surface. Il n'a jamais été un gros bosseur. Il surfait sur ses facilités, comptait sur la chance, s'y mettait à la dernière minute… La technique avait fonctionné. Aujourd'hui, Auguste a conscience que, pour aller un cran plus loin, il lui faut s'ouvrir davantage à la critique et à la remise en question. Simplement, son ego masculin supporte mal que cela puisse venir de cette gamine étrange et déroutante.

Après cet épisode, Henriette est revenue tous les jours à l'agence. Trois autres architectes paysagistes sont présents sur le plateau et travaillent dans leur coin. Elle s'est montrée d'une redoutable efficacité, soufflant sans cesse de bonnes suggestions, force de proposition sans pour autant s'imposer. Tact et bienveillance… Des qualités qui montrent une maturité plutôt rare pour son jeune âge. Discrète et simple d'abord, elle a su s'intégrer auprès des autres membres du bureau. Il n'y a qu'avec lui qu'Henriette est restée sur la réserve. Froideur et distance, voilà ce qu'elle lui sert. Il s'en agace intérieurement.

Lors d'une réunion, Henriette a lancé un laïus sur l'esprit *open source* : mettre en commun les informations – la même base de données des collections de végétaux et de mobilier, enrichie par les nouvelles trouvailles sur chaque projet –, faciliter l'accès aux recherches afin de s'inspirer les uns les autres…

— Comme ça, on forme une équipe avec tous le même cerveau ! a-t-elle conclu dans un joli éclat de rire.

Auguste en a eu le sifflet coupé. Si en plus elle avait une âme de leadeuse… Il se rend compte qu'il doit désormais composer avec un facteur imprévu : la confusion de ses sentiments à l'égard d'Henriette. Un mélange d'agacement et de considération grandissante au fil des jours.

Après deux semaines passées côte à côte, Auguste est face à un indiscutable constat. Non seulement Henriette bosse vraiment bien, mais il se pourrait aussi que, par un sacré coup de chance, ils finissent par former une incroyable équipe…

8

Le grand jour de la présentation chez les Montlhéry arrive enfin. L'enjeu est de taille car, même s'ils ont payé pour la réalisation de cette étude, rien ne les oblige à y donner suite si par malheur ils ne sont pas convaincus. Signeront-ils le projet Rio imaginé par la team *Henriguste* ? C'est la question que l'équipe se pose. Tony et Kenzo viennent aussi au rendez-vous. Pour les très gros projets de ce type, il est important de donner l'impression aux clients que tout le monde est sur le pont. Qui plus est, une telle mobilisation fait en général forte impression. Le mot d'ordre a été lancé la veille : prière d'adopter une tenue vestimentaire de circonstance. Kenzo paraît engoncé et mal à l'aise dans son costume qui doit passer plus de temps dans le placard que sur ses épaules. Tony, lui, rentre le ventre comme il peut, mais finit par ouvrir le bouton de la veste pour pouvoir respirer de nouveau. Auguste a du mal à reconnaître Henriette. Quel est donc ce bout de tissu qu'elle porte autour des hanches ? Serait-ce une jupe ? Il ne savait pas qu'elle avait des jambes si fines et fuselées, aujourd'hui spécialement mises en valeur par des cuissardes en cuir. Il constate qu'il n'est pas le seul à avoir les yeux qui dérivent de ce côté-là. Kenzo et Tony ne perdent pas une miette non plus de la transformation. C'est humain, après tout. Le métier de l'aménagement paysager est un univers d'hommes. Rares sont les femmes qui s'y aventurent. Sur le terrain, il faut une sacrée force physique pour bouger les plantes et les pots, sans parler des autres travaux manuels incompatibles avec une quelconque manucure.

La petite troupe se met en route. Auguste a préparé la mallette complète avec l'ordinateur portable dernier cri et la télécommande pour faire défiler les slides à distance et les commenter sans avoir besoin d'appuyer sur un bouton du clavier. Henriette tient sous son bras un carton à dessins dans lequel elle a glissé ses croquis réalisés à l'aquarelle. Elle espère que les Montlhéry y seront sensibles. C'est vrai qu'ils sont beaux. Malgré tout, d'expérience, Auguste a constaté que rien n'était aussi convaincant qu'une balade en trois dimensions dans ses futurs jardins. Cette immersion dans une réalité virtuelle aide considérablement le client à se projeter. « Il a besoin de s'y voir ! » insiste-t-il souvent. Henriette et lui ont répété leur intervention la veille afin de se répartir le temps de parole. Le climat tendu des premiers jours s'est mué en une sorte de neutralité professionnelle satisfaisante. Le projet tient la route, mais Auguste est prudent. Ce n'est jamais gagné d'avance et, par le passé, il a pu avoir de mauvaises surprises, des plans tombés à l'eau d'une façon assez incompréhensible. Le client reste par nature imprévisible. Il aimerait être totalement confiant, oublier un instant les enjeux. Peine perdue. Il est nerveux tant il veut bien faire. Auguste est du genre à aller loin dans le détail. Il a pris soin par exemple d'acheter un spray mentholé à la pharmacie, car il est pour lui crucial d'avoir une haleine irréprochable pendant un exposé oral. Il a également passé du temps à cirer ses chaussures. Pas n'importe lesquelles. Des Finsbury. Le cuir est une matière vivante. Il y a un procédé précis pour en prendre soin. Auguste possède la panoplie complète. Le lait nettoyant, ensuite la crème hydratante à appliquer avec une chamoisine, puis enfin le cirage enrichi à la cire d'abeille. Il exécute le lustrage avec une grosse brosse en pur crin de cheval. Il a aussi pensé à se limer les ongles et à hydrater la peau de ses mains. Il se souvient encore de ce que sa mère lui disait : « On juge un homme en regardant ses mains et ses pieds. » Bien sûr, ce qu'on lui demande avant tout, c'est d'être un bon architecte paysagiste. Néanmoins, la dimension commerciale est primordiale, surtout avec cette ambition qui l'anime de devenir associé et à terme de monter son propre bureau d'études. Il a mis une touche de parfum Dior et espère que ces effluves camoufleront les phéromones du stress. Henriette lui jette des regards à la dérobée. Il se surprend à vouloir les décoder. Chercherait-il de sa part un signe d'approbation ? Est-ce qu'il attend inconsciemment qu'elle lui tende un miroir gratifiant pour lui donner confiance ? Il serre les mâchoires : hors de question qu'elle s'aperçoive ne serait-ce qu'un instant de ce trac qui lui noue les épaules. C'est lui le senior, lui qui doit donner l'exemple et tenir son rang. Tony et Kenzo partent en camionnette avec Auguste, Henriette et Gérard se retrouvent dans la voiture de fonction. Assise à l'arrière, Henriette ne pipe mot. Heureusement que Gérard a de la conversation pour trois. Ils arrivent bientôt à Rueil-Malmaison. L'équipe au complet se dirige vers la porte d'entrée. Claire de Montlhéry vient leur ouvrir. Comme à son habitude, elle est souriante et enjouée. Henriette a de l'affection pour elle. Chaque fois qu'elle la voit, elle ne peut s'empêcher de penser à sa mère, incapable de la moindre démonstration. Dire qu'il peut exister un tel contraste de tempérament d'une personne à l'autre !

— Entrez ! Mon mari nous rejoint dans une minute. Nous avons tellement hâte de découvrir votre projet !

Cet enthousiasme aurait dû déstresser Auguste. Bizarrement, il n'en est rien. Au contraire. On n'a pas envie de décevoir une femme aussi adorable. Cela commence à faire du monde dans le petit salon. La maîtresse de maison propose à boire. Elle a aussi disposé dans une coupelle quelques boudoirs. Tony et Kenzo se jettent dessus, n'écoutant que leur gourmandise. Claire surprend le regard désapprobateur d'Auguste et vient à leur défense.

— Ils ont raison de profiter de ces quelques biscuits ! Ils sont là pour ça.

Jamais elle ne les aurait traités comme des malappris. Cette femme est exquise.

— Et vos petits chéris, comment vont-ils ? s'enquiert Auguste.

— Oh, ils vont très bien. Ils sont à la cuisine, comme ça, ils ne nous dérangeront pas.

— Vous laissez vos enfants à la cuisine ? lance Tony.

Claire a un sourire amusé et indulgent.

— Ce sont mes chiens ! Mes enfants sont grands, maintenant.

Tony se raidit dans son fauteuil. Il sait qu'il est le roi de la bourde et s'excuse. Claire ne lui en tient pas rigueur.

André-Louis choisit ce moment pour entrer. Tout le monde se lève. C'est un peu cérémonieux, mais lui semble trouver ça naturel.

— Asseyez-vous, je vous en prie.

On sent que c'est un homme qui a l'habitude de diriger. Dans un binôme, il faut toujours un gentil et un méchant. Face à ce couple, aucun doute sur la répartition des rôles. André-Louis risque d'être bien plus tatillon que son épouse. Auguste projette de lui prêter une attention toute particulière. La règle de base, poser quelques questions d'ordre personnel pour créer un climat de confiance. André-Louis reste assez hermétique à cette stratégie. Il fait partie des hommes impartiaux et jugera sur pièces si le projet proposé par Eden Garden mérite son assentiment. Comme convenu, Gérard s'occupe de l'introduction. Un petit laïus huilé pour rappeler les hauts standards d'exigence de leur bureau d'études. Tony et Kenzo continuent de s'empiffrer discrètement tout en opinant du chef aux propos du boss. C'est à ce moment-là qu'Henriette est censée intervenir. Elle se lève et ouvre son carton à dessins pour s'emparer des croquis supposés étayer la présentation de ses idées. Tout à coup, la température dans la pièce a pris dix degrés. Henriette farfouille dans son cerveau pour y trouver ses mots, mais son attention est perturbée par le bruit de mastication des deux zigotos. Elle n'arrive pas à s'extraire de ce parasitage sonore qui sème en elle une confusion totale. En un clin d'œil, Auguste comprend que les mots resteront bloqués sur le seuil de sa bouche. Il repère le rouge aux joues, le souffle court et les pupilles légèrement dilatées, caractéristiques de la panne sèche à l'oral. Il connaît. *C'est drôle, on a les mêmes symptômes…*, songe-t-il, avec une soudaine bouffée d'empathie pour elle. L'envie de la tirer d'affaire le saisit malgré lui. Sans réfléchir, il prend la parole, quitte à empiéter sur les lignes de texte d'Henriette. Il expose leurs idées communes, truffe son discours de palabres exotiques pour mettre des paillettes dans les yeux des Montlhéry. C'est étrange, comme ce sauvetage inattendu lui permet d'oublier son propre trac et lui donne même un sacré élan d'audace. Henriette finit par retrouver ses esprits et ajoute quelques détails bien sentis. Les Montlhéry ont tout écouté sans rien laisser transparaître de leurs impressions. Lorsque le dernier slide disparaît de l'écran, un silence s'installe. L'équipe d'Eden Garden attend anxieusement une réaction. Claire de Montlhéry reste en retrait pour laisser son mari s'exprimer en premier. Tous les yeux sont rivés sur lui. Il prend un temps infini pour se saisir de son verre posé sur le guéridon à côté de lui et boire une gorgée. Il le repose d'un geste tout aussi lent, le regard flou, impénétrable. Puis, enfin, ses lèvres bougent.

— C'est… excellent !

L'équipe met quelques secondes à percuter la teneur de ces mots. Ils ont gagné la partie ! Gérard adresse des félicitations muettes à la team *Henriguste*. Il a le regard étincelant de l'homme d'affaires en train de calculer sa marge conséquente. Tony et Kenzo sourient comme des bienheureux tout en balayant les miettes éparses sur leur costume de figurants. L'affaire est conclue. Il est temps de prendre congé. Tout ce petit monde se dirige vers le hall d'entrée. Henriette s'approche discrètement d'Auguste. Sa main se pose sur son avant-bras.

— Merci ! glisse-t-elle dans un murmure où il perçoit un mélange de reconnaissance et d'excuses.

— Pas de quoi…, grommelle-t-il.

En réalité, il est content. Vraiment content. Soulagé aussi. Pour un peu, il l'aurait remerciée. Pour son joli travail. Sa contribution. Ses idées. Et même pour son cafouillage, qui lui a permis de sortir une nouvelle fois de lui-même aujourd'hui et d'assurer cette présentation qui comptait tant pour lui. Encore une jolie occasion de montrer à Gérard son étoffe d'associé et d'effacer définitivement le raté de l'année précédente. Claire de Montlhéry s'approche d'Henriette et d'Auguste.

— Encore bravo à tous les deux. J'étais sûre que vous formeriez une belle équipe.

Puis elle se tourne vers Auguste avec un air espiègle.

— Alors, j'ai bien fait de vous la présenter, n'est-ce pas ?

Pour toute réponse, Auguste tousse dans son poing. Tout à coup, on entend des aboiements aigus et des bruits de griffes qui grattent fort à la porte. Ses chihuahuas en ont assez, de ne pas être de la fête.

— À mon avis, ils veulent vous dire bonjour ! s'exclame Claire de Montlhéry à l'adresse d'Auguste qui avait tant sympathisé avec les chiens la fois précédente.

— Volontiers, Claire !

Elle ouvre la porte de la cuisine et les trois petites terreurs sortent en trombe. Ils sautent partout et font de tels bonds que l'on se demande s'ils n'ont pas été croisés avec des kangourous ! Auguste donne des caresses à profusion pour le plus grand bonheur de Carensac, Dragibus et Réglisse. Dans le joyeux brouhaha, personne ne s'aperçoit du recul d'effroi de Tony, le gros dur. Dès qu'il a vu apparaître les chihuahuas, son sang s'est figé dans ses veines. Il s'est mis à trembler de tous ses membres et il a senti des sueurs froides lui parcourir l'échine. Un si grand bonhomme terrorisé par de si petites bêtes ? Qui pourrait comprendre sans se moquer ? Il se souvient de la voisine de palier dans son enfance, qui possédait un chihuahua. Du haut de ses cinq ans, le petit garçon était chaque fois traumatisé lorsque la créature poilue aux dents pointues et aux yeux exorbités lui sautait dessus. Aussi hargneux que craintif, le chien de la voisine n'aimait pas les enfants et, qui plus est, avait dû sentir la peur de Tony. Un jour, celui-ci avait voulu amadouer le chihuahua en lui donnant un bout de son biscuit et, en guise de remerciement, s'était fait mordre jusqu'au sang.

— Ça va, Tony ? T'es tout pâle…

Kenzo est un vrai gentil. Toujours à prendre soin des autres. Mais, aujourd'hui, Tony se passerait bien de sa sollicitude. Il n'a pas envie que son collègue le surprenne à chocoter pour une raison aussi ridicule. Il crèverait de honte s'il devait avouer sa trouille de ces microbestioles ! Il lui répond un peu sèchement :

— Ouais, ouais, ça va ! Je vais attendre au camion…

Tony cherche à reculons la poignée de la porte d'entrée pour garder les monstres dans son champ de vision. Heureusement, les fauves ont l'air occupés à léchouiller Auguste et Henriette. Une fois dehors, et hors de vue, Tony s'enfuit à toutes jambes et peine à retrouver son calme. Ce n'est qu'une fois à l'abri dans l'habitacle de la camionnette qu'il peut commencer à reprendre son souffle. Les tremblements s'estompent au fil des minutes. Malgré tout, son inquiétude persiste : comment va-t-il réussir à intervenir sur ce chantier s'il ne peut pas sortir du véhicule ?

9

Le retour à l'agence se passe dans une joyeuse ambiance. Quelle satisfaction de voir ses efforts récompensés et d'être ainsi gratifiés ! Gérard le confirme, ils viennent de décrocher le plus gros budget de leur histoire !

— Alors là, mes cocos, ça mérite une célébration !

Gérard est rarement aussi familier. Il doit être au summum de la jubilation. Henriette et Auguste se regardent sans mot dire et se demandent si cette victoire sonnera pour eux l'heure du dégel. Henriette prend Auguste à part un instant.

— Je… Je tenais à m'excuser pour tout à l'heure si j'ai perdu mes moyens en début de présentation… Je suis encore très traqueuse devant les clients…

Auguste a l'air étonné de cette confession. Un sourcil qui se soulève, ça ne trompe pas. En son for intérieur, il admire Henriette de parvenir à reconnaître devant quelqu'un d'autre son trac et ses difficultés d'expression orale. Pour le coup, il la trouve courageuse. C'est vrai qu'elle s'est montrée hésitante au moment de se lancer, mais, vers la fin de l'exposé, ses interventions se sont révélées plus que convaincantes. En a-t-elle conscience ? Auguste aurait eu là une belle occasion de se montrer tel qu'il est, vrai et authentique. Avouer que lui aussi est bouffé de trac à l'idée de décevoir et pallie son anxiété par un perfectionnisme encombrant. Pourtant, en cet instant, quelque chose le retient. La pudeur ? L'ego, oui, surtout ! Il n'a pas envie de tomber le masque devant elle, et tient à préserver son image d'homme fort et sûr de lui. Il essaie de se convaincre que c'est le choix le plus juste. Après tout, cette jeune partenaire n'a-t-elle pas plus besoin d'un modèle que d'un alter ego vulnérable qui aurait les mêmes peurs qu'elle ?

— Ce n'est rien, Henriette. Cela peut arriver à tout le monde, d'avoir un coup de chauffe, et les enjeux avaient de quoi mettre la pression. L'important, c'est qu'on ait pu retomber sur nos pieds et que tout finisse bien.

— Oui, je te félicite. Tu as été remarquable.

Auguste ne peut quand même pas la laisser lui lancer des fleurs sans lui recréditer une partie du mérite !

— Tu as été très bonne aussi, Henriette.

Il voit à sa tête que la jeune femme a du mal à accepter le moindre compliment. Il n'arrive pas à comprendre comment elle peut d'une manière aussi criante douter d'elle-même, alors que, par ailleurs, elle dispose d'un indéniable talent… Gérard fait irruption.

— J'espère que vous avez faim ? J'embarque tout le monde chez Georges ! On va célébrer cette belle réussite d'équipe. Tony ? Kenzo ? Vous êtes prêts ? J'ai réservé pour 13 h 15. On a tout juste le temps d'y aller !

La petite troupe se met en route et, un peu comme dans une sortie scolaire, ils se suivent. Gérard est en binôme avec Tony. On ne sait pas lequel des deux parle le plus fort. Grosse voix et grosse personnalité. En deuxième position suivent Auguste et Henriette.

Ils se sont trouvé une passion commune pour le mobilier contemporain et discutent à bâtons rompus des plus grands designers. Henriette a un véritable coup de cœur pour Miles Hartwell and Matt Withington. Spécialement leur baignoire hamac. Quand elle s'anime, Henriette n'est plus la même personne. Auguste l'observe, intrigué et presque amusé. La passion gomme sa réserve naturelle. Ses mains s'agitent, son timbre de voix devient plus vibrant et chaud, et ses yeux brillent d'un éclat presque fiévreux. Il doit reconnaître que c'est plaisant, d'être le témoin de cette transformation. Il l'écoute d'une oreille distraite, plus concentré sur les traits de son visage que sur son discours dont il ne saisit que des bribes. Baignoire suspendue. Havre de paix. Véritable sculpture. Merveille d'esthétisme. Elle se tourne vers lui pour lui demander :

— Et toi ? Quel est ton designer préféré ?

Il est alors obligé de sortir de ses pensées et de revenir à la conversation.

— J'avoue que j'ai un faible pour Achille Castiglioni. Ils sont vraiment forts, ces Italiens ! On peut dire qu'il aura laissé en héritage quelques créations mythiques ! Tu connais sans aucun doute sa lampe Arco ?

— Oui. J'adore ce côté design industriel. Il était dans l'architecture, d'ailleurs, au départ, non ?

— Absolument. C'est peut-être ce qui lui a donné l'inspiration pour travailler des nouvelles formes avec des techniques et matériaux innovants !

— Et tu vas voir des expos de temps en temps ?

— J'essaie. Je reste à l'affût de ce qu'il se passe. Dans nos métiers, c'est important, de se nourrir l'œil…

Personne ne s'est aperçu que Kenzo marche tout seul depuis le début. Il s'est tenu à l'arrière du convoi.

En réalité, l'initiative de ce déjeuner impromptu le met plus que mal à l'aise. Il connaît ce restaurant, même s'il n'y est jamais allé. Il s'agit d'un restaurant huppé, gastronomique. Gérard tient à marquer le coup. L'ardoise va être salée. Kenzo trouve ça drôlement sympa, qu'un patron fasse profiter ses employés de ses succès. Il s'en veut de ne pas parvenir à s'en réjouir. Il imagine déjà l'endroit. Ses banquettes, ses lustres, ses serveurs en col blanc. Vraiment pas sa came. Il préfère aller manger son sandwich au bistro avec les copains ouvriers. Il se sent plus dans son élément dans un rade avec des personnes de sa condition. Le groupe arrive devant chez Georges. Gérard passe devant. L'hôtesse les accompagne jusqu'à leur table. La banquette est attribuée d'office à Henriette, privilège féminin oblige. Tony s'assoit à côté d'elle. L'idée qu'un autre puisse avoir envie de s'y installer ne l'a pas effleuré. Les règles de préséance lui échappent totalement. Gérard ne s'en offusque pas et prend place sur une chaise en face de lui, Auguste à ses côtés. Kenzo se retrouve en bout de table, comme une pièce rapportée, ce qui accentue encore son inconfort. On leur apporte la carte. Une par personne. Il se retrouve tout seul avec la sienne, et le malaise monte encore d'un cran. Il y a beaucoup de mots qu'il ne comprend pas. *Mon Dieu, qu'est-ce que ça peut bien être, un zéphyr de truffe ? Et là, des cuisses de nymphes désossées ?* Sans parler de la surprise exquise, en nuage sur une délicate crème potagère… Kenzo a des sueurs froides. S'il demande, tout le monde le prendra pour un con. Et s'il ne demande pas, il risque de se retrouver avec un plat qu'il déteste. Il sera peut-être forcé de le manger ou, pire, de s'en rendre malade ! Il se voit déjà en train de dégueuler aux toilettes ! Quel cauchemar ! Il décide de choisir au hasard, tant pis. Les autres ont l'air de passer un bon moment, s'amusent de ces intitulés énigmatiques et farfelus pénibles. Gérard tient la conversation et multiplie les gargarismes de congratulations sur l'excellente affaire qui vient de se conclure. Qu'il monopolise l'attention arrange Kenzo. Il en profite pour avaler rapidement son entrée qui n'est pas mauvaise. Il y a deux fourchettes différentes, une grande et une petite. Comme il ne sait pas laquelle prendre, il se saisit de la cuillère à soupe. Henriette lui jette un regard à la dérobée, un peu comme aurait fait sa mère, et il se demande soudain s'il n'est pas trop voûté sur son assiette. « Tiens-toi droit ! lui répétait-elle sans cesse quand il était enfant. Je vais finir par te mettre un balai entre les omoplates ! » Menace qu'elle avait mise à exécution une fois, d'ailleurs. Il se souvient encore de l'humiliation. Cela n'avait pas été la seule. Était-ce sa faute, s'il n'était pas doué à l'école ? À ses difficultés avérées s'ajoutait un manque d'intérêt ferme et définitif pour les enseignements académiques. Kenzo était un cancre malheureux. Il avait ancré très tôt un complexe d'infériorité et traînait comme un fardeau le poids de son inculture. Même lire n'était pas si facile. Quant à l'écriture, entre sa dysgraphie et sa dysorthographie, c'était presque mission impossible. À l'âge adulte, il était passé maître dans l'art du camouflage, pour ne jamais rien laisser paraître de ses difficultés. Heureusement, il compensait par son aisance dans l'expression orale. Son bagou, comme lui disaient ses copains de quartier. C'est ainsi qu'il avait fini par gagner la confiance de Gérard et par rapidement se voir confier des responsabilités au sein de l'entreprise. Il se rappelle quand il a quitté l'école, à quatorze ans, pour commencer son compagnonnage, combien sa mère s'est fait de cheveux blancs. Elle pensait qu'il n'arriverait à rien. Dix ans plus tard, Kenzo a trouvé sa place au sein d'Eden Garden. Il peut être fier d'être non seulement irremplaçable sur les chantiers aux côtés de Tony, mais aussi d'assurer ce rôle crucial dans l'interface entre les équipes terrain et les clients, rôle dont il s'acquitte à merveille grâce à une formidable invention : le téléphone portable ! Plus besoin de se torturer à l'écrit… Oui, il a des raisons de redresser le menton. Pourtant, dans une circonstance comme celle-ci, toutes ses plumes de vilain petit canard réapparaissent. Surtout devant « les archis », qu'il imagine mille fois plus cultivés que lui.

Le serveur apporte la suite. Les choses se gâtent. Gérard branche la discussion sur le dernier film qu'il est allé voir au cinéma. Henriette l'a vu aussi et semble en avoir été bouleversée.

— J'ai même pleuré ! lâche-t-elle, avant de regretter visiblement sa confession.

Tony éclate d'un rire gras.

— Ah ! Ce n'est pas à moi que ça risquerait d'arriver ! Il y a que les femmes pour sortir leur mouchoir devant un film !

Son ton est taquin. Tony n'est pas méchant, c'est juste que le tact, il ne connaît pas. Fait-il partie de ces hommes à la sensibilité verrouillée ? Henriette repense à sa peurosité et se dit que la peau de Tony doit être dure comme du cuir. Imperméable. Rien ne doit l'atteindre, ou si peu. Est-on plus heureux quand on ressent moins ? Henriette se pose la question. C'est bien ça, le problème. Elle se pose beaucoup trop de questions. Cela doit être reposant, d'avoir un système émotionnel en mode veille comme Tony. Auguste aussi a vu le film et a beaucoup aimé la prestation des comédiens. Il a eu très peur dans les premières minutes et puis finalement le scénario a réussi à l'embarquer.

— C'est surtout le livre qui était formidable ! Vous l'avez lu, le livre ?

Ses yeux font le tour de l'assemblée et le visage de Kenzo vire au vert. Aucun son ne sort de sa bouche entrouverte. Tony intervient pour répondre à la place de son collègue.

— Ha, ha ! Demandez pas ça à Kenzo ! Il a jamais lu un livre ! Pas vrai, Kenzo ?

Dans l'univers de Tony, le tacle amical est de mise, et les gars passent leur temps à s'envoyer des vannes. Une manière d'instaurer un climat de camaraderie virile. Tony ne peut pas soupçonner l'impact de sa remarque sur le jeune compagnon si complexé de son inculture. Gérard enchaîne sur d'autres sujets-fleuves. Kenzo, lui, ne peut dissiper le malaise qui grandit en lui. Tout le monde doit le prendre pour un teubé. Un crétin, un illettré, une grosse tache. Soudain, il a envie de pleurer. Une grosse boule de coton dans le fond de sa gorge commence à l'étouffer. Il serre les dents. Il se mord la joue pour essayer de dissiper la sensation. Il ne manquerait plus qu'il se mette à chialer. Il enfonce ses ongles dans la paume de ses mains. C'est trop fort. Il sent qu'il va craquer. Il se lève brusquement de sa chaise et disparaît aux toilettes. Personne n'a remarqué, sauf Henriette, qui a des antennes pour repérer les sensibilités acérées. Elle le suit du regard et a l'impression de suivre aussi sa souffrance à la trace. Quand Kenzo revient s'asseoir, elle note les yeux légèrement rougis, et les manches mouillées qui racontent certainement comment Kenzo s'est aspergé le visage d'eau fraîche pour retrouver ses esprits. Elle ne fera pas de remarque. Elle ne veut pas ajouter à son embarras. Elle connaît ce genre de ressenti et sait que la seule chose dont Kenzo a besoin pour l'instant, c'est qu'on lui foute la paix. Elle a soudain un élan d'empathie pour ce garçon et lui adresse un sourire chaleureux et enveloppant. Kenzo se demande ce qui lui vaut ce signe si amical, mais il prend. Cela lui procure un indicible réconfort et il adresse un remerciement muet à Henriette.

10

Pour Henriette et Auguste commence un travail de fond. Un travail de fourmi. Ils ont dessiné un projet de rêve, maintenant il s'agit de le faire exister dans le réel. Ils doivent vérifier la disponibilité de chaque article, de chaque référence. Ils passent des heures au téléphone avec les fournisseurs. Souvent, la réponse n'est pas immédiate. Alors il faut attendre qu'ils rappellent. Une simple pièce manquante peut bloquer l'avancement de tout le puzzle. Et si la pièce est définitivement indisponible, cela peut contrarier tout l'équilibre de l'agencement. Les architectes paysagistes sont semblables à des peintres en trois dimensions. On raconte que Cézanne pouvait laisser une zone blanche sur la toile des jours entiers, prenant le temps de choisir le ton le plus juste afin de créer l'harmonie la plus subtile avec les couleurs adjacentes. De la même manière, la conception paysagère est un art délicat où il faut être attentif à chaque détail de couleur, de forme et de lumière. C'est ce qui plaît le plus à Auguste, qui se sent heureux d'exprimer ses facettes d'artiste, avec un avantage en plus sur l'approche picturale : il a la chance de créer, non pas en deux dimensions, mais en quatre ! Les trois dimensions du volume, et la quatrième dimension olfactive, une composante qui n'existe pas en peinture, cantonnée à la bidimensionnalité. Être architecte paysagiste offre des possibilités infinies pour ravir les sens. Tout en épluchant les catalogues de référence, il entame une conversation avec Henriette pour écouter son point de vue sur la question.

— Je suis on ne peut plus d'accord sur ton idée de jardin polysensoriel. Flatter les yeux, l'odorat, je trouve ça super. Et tu veux que je te dise, je pense qu'on peut aller encore un cran plus loin…

— Ah oui ?

Les jambes étendues devant lui, dans une posture très décontractée, Auguste s'amuse à faire pivoter son fauteuil à roulettes. Il joue la nonchalance, alors qu'en réalité, la créativité d'Henriette le fascine. Il ne tient pas à le montrer. Il ne veut pas qu'elle prenne confiance et cherche à garder un certain ascendant sur elle. Il doit incarner une figure d'autorité pour que le contrôle du projet ne lui échappe pas. Henriette, de ce fait, n'a pas l'impression d'avoir capté l'attention d'Auguste, alors il la voit douter en face de lui.

— Enfin… je ne sais pas vraiment si c'est une bonne idée… mais je me disais que ce serait intéressant d'amener aussi la dimension de l'ouïe dans le projet…

Elle veut créer une cinquième dimension ? Ça devient fou, se dit Auguste, néanmoins impatient d'entendre la suite.

— L'ouïe ? Je ne vois pas ce que tu peux vouloir dire.

Elle balbutie légèrement comme quelqu'un qui va sortir une connerie et qui a peur d'être ridiculisé.

— Eh bien, oui, l'ouïe. On a déjà la vue, avec la richesse des graphismes et des formes, on a aussi l'odorat, avec les différents parfums des fleurs et des arbres à senteur marquée. Grâce au bassin, nous pouvons utiliser l'eau pour créer du son.

— Explique-moi ça, dit-il d'une voix faussement détachée.

— On pourrait créer artificiellement une petite cascade, par exemple en superposant de belles vasques. Ce serait comme une fontaine d'extérieur en circuit fermé.

— Il faut voir…, répond Auguste laconiquement.

Il ne regrette pas de jouer la carte du scepticisme. Ça lui donne l'occasion de la voir s'enflammer pour le convaincre.

— Tu n'imagines pas l'impact de la musicalité sur l'humain ! Les bénéfices considérables pour le repos de l'esprit, la plénitude. D'ailleurs, ils l'utilisent beaucoup, dans les jardins zen !

Auguste s'amuse à la taquiner en se faisant l'avocat du diable.

— Justement ! Je te rappelle qu'on est censés être à Rio, pas au Japon !

— Je ne vois pas pourquoi on ne profiterait pas des bienfaits du son en Amérique latine ! Oh, et puis flûte !

Elle arrache la page du catalogue, la froisse et la jette comme un ballon de basket dans la poubelle située à deux mètres. La boulette de papier tombe à côté. Henriette croise les bras sous sa poitrine et se renfrogne, les narines frémissantes de contrariété. Il ne lui connaissait pas ce tempérament de feu. Elle cache bien son jeu. Il se rend compte qu'il est allé trop loin et qu'il l'a blessée. Il se lève pour ramasser la feuille et la déplie consciencieusement. Il s'agenouille devant elle pour lui rendre la page défroissée. Elle la refuse.

— Excuse-moi, je ne voulais pas t'énerver.

Henriette ne s'est pas déridée. Il lui adresse un sourire contrit, mais elle reste de marbre.

— Je ne sais pas pourquoi tu casses toujours mes propositions !

— Je n'ai rien cassé, tente-t-il de se défendre.

— Si !

Henriette sent qu'elle n'est plus dans une juste posture professionnelle. Quand elle est heurtée, elle a les réactions émotionnelles d'une gamine de dix ans. L'adulte en elle essaie de la raisonner, d'expliquer que c'est ridicule, de surréagir pour si peu. Peine perdue. Elle a ses foutus yeux qui piquent. Pourvu qu'il ne s'en aperçoive pas ! Déjà qu'elle a du mal à asseoir sa crédibilité…

— Je vais te dire une chose. Je crois même que c'est une putain de bonne idée.

Elle ouvre les yeux comme des soucoupes et n'en croit pas ses oreilles. Est-ce qu'il a bien dit « putain de bonne idée » ?

Il se retourne dans un mouvement théâtral en pointant un doigt vers elle.

— Et tu sais quoi ? On va la présenter aux Montlhéry ! Ouaip.

— Quand ça ? demande Henriette d'une voix encore chagrinée.

— Aujourd'hui !

Il compose devant elle le numéro de téléphone des Montlhéry.

— C'est Claire ! l'informe-t-il en mettant sa main devant le micro.

En quelques phrases parfaitement énoncées, il expose leur concept polysensoriel et la nécessité de passer la voir pour lui montrer les suggestions visuelles.

Henriette admire son aisance vocale. Auguste a un style franc, direct, chaleureux sans être obséquieux. Il a appris aussi à placer au bon moment ces fameux sourires qu'on entend au téléphone. Quand il raccroche, elle sait qu'il a obtenu le rendez-vous.

— À quelle heure ? s'enquiert-elle pour faire court.

— Elle n'est pas libre avant la fin d'après-midi, elle nous attend pour 18 heures.

Auguste aime les affaires rondement menées. Il paraît excité et content, mais a l'air d'oublier un petit détail :

— J'ai peur que ça ne nous laisse trop peu de temps pour nous préparer, s'alarme Henriette. D'autant que Claire aura envie qu'on lui présente les produits disponibles pour concrétiser l'idée…

Il hausse les épaules en guise de réponse et lui lance avec un brin de provocation :

— T'inquiète. On est large !

À 18 heures précises, ils sont garés dans l'allée des Montlhéry. Réglisse, Dragibus et Carensac se précipitent jusqu'à la voiture pour les accueillir dans un concerto d'aboiements suraigus. Auguste en attrape un dans chaque bras et leur parle en essayant d'échapper à l'assaut de leurs petits coups de langue.

— Une si grosse voix dans une si petite bouche ! s'amuse Auguste.

Henriette, elle, se met à genoux pour caresser Réglisse qui tourne sur lui-même de joie. Ils entendent une voix derrière eux.

— Eh bien ! Vous avez la cote ! Entrez, je vous en prie. Il fait vite froid, quand la nuit tombe.

Henriette et Auguste suivent la maîtresse de maison escortés par la horde de chihuahuas.

— Votre mari n'est pas là ? interroge aimablement Auguste.

Claire explique de son habituel ton enjoué qu'André-Louis est en mission en Australie pour quinze jours. Auguste jurerait de voir passer sur le visage de Claire une ombre de tristesse.

— Il doit vous manquer.

— Que voulez-vous, c'est ça, d'avoir choisi un homme d'affaires ! Je suis fière et je ne veux pas l'empêcher de réaliser ses ambitions juste pour rester auprès de moi. Et puis, ça ne durera pas toujours. Il finira bien par prendre sa retraite d'ici quelques années !

Auguste s'assoit dans le fauteuil bleu-gris et s'enfonce dedans. Quelque chose le gêne dans le bas du dos. Il y a un truc coincé entre le dossier et le coussin. Il se soulève légèrement et aperçoit un petit bout de tissu. Étonné, il découvre une sorte de doudou mâchonné. Claire s'en aperçoit et le lui arrache presque des mains avec un rire embarrassé.

— Oh, désolée que vous soyez tombé là-dessus. Mon petit-fils a dû l'oublier la dernière fois…

— Ah ? C'est embêtant, ça. Un doudou oublié, en général, ça crée des petits drames.

— Pensez donc, il en a plusieurs. Il ne s'en sera même pas aperçu…

Henriette, qui a déjà des neveux, trouve sa réponse un peu étrange. Claire range le doudou dans la poche de son tailleur et Henriette ne peut s'empêcher de fixer le bout de tissu régressif tout droit sorti de l'enfance qui dépasse de cet habit de dame d'un certain âge. Improbable rapprochement. Mais Henriette n'est pas là pour s'appesantir sur ce genre de détail. Elle doit convaincre Claire sur ce projet de bassin et commence donc sans attendre à lui parler des vasques superposées qui feraient office de cascade.

— Et on pourrait même mettre toutes sortes de poissons ! s'enflamme Henriette.

— Ce n'est pas trop d'entretien ?

— Ne vous inquiétez pas, vous n'aurez à vous soucier de rien. Il y aura un système d'aération et de filtration ultra-performant pour que vous ayez toujours une eau claire.

Auguste se lance dans des explications détaillées. Il aime être précis et estime qu'il est important de donner toutes les informations nécessaires à la cliente pour qu'elle puisse juger du sérieux et de la qualité de leurs prestations techniques. Il s'embarque dans la description du filtre qui nettoie le bassin. Comment il retient les particules organiques en suspension susceptibles de troubler l'eau, dont il régule la température tout en favorisant son oxygénation. Henriette voit l'attention de Claire baisser. C'est criant : elle commence à s'ennuyer et étouffe même un bâillement dans son poing. Henriette donne un coup de coude dans les côtes de son partenaire pour tenter d'arrêter son laïus. Auguste lui lance un regard noir. Il ne comprend pas qu'elle essaie de l'interrompre dans cet exposé nécessaire et passionnant pour réussir à vendre l'idée à leur cliente. Il poursuit sur l'œuvre de la lampe UV et son fascinant travail en amont du filtre.

— Rendez-vous compte, elle parvient à détruire les bactéries – responsables de certaines maladies chez les poissons – et les microparticules d'algues – qui teintent l'eau en vert. Incroyable, non ?

— Oui, incroyable ! s'exclame Henriette sur un ton maquillé de jovialité, tandis qu'elle jette sur Auguste un regard de bûcheron sur le point d'attaquer un arbre à la tronçonneuse. Claire, je pense que vous avez toutes les informations pour prendre votre décision. Nous n'allons pas vous déranger plus longtemps…

— Attendez, nous n'avons pas encore parlé des plantes d'eau ni des variétés de poissons !

Henriette est courroucée. Auguste va finir par tout faire rater, avec son zèle absurde !

— On en parlera à un autre moment. J'ai l'impression que Claire est un peu lasse, à présent, n'est-ce pas, Claire ?

La cliente ne dément pas.

— Oui, c'est vrai… Je préférerais que vous m'envoyiez des propositions, avec des suggestions en images afin que je n'aie plus qu'à choisir.

— Pas de souci, Claire. Nous allons vous laisser…

Auguste et Henriette sont déjà debout quand Claire les retient.

— Je ne vous chasse pas, vous savez. Que diriez-vous de prendre un apéritif ? La journée est finie et je ne suis pas pressée, personne ne m'attend… Nous pouvons parler d'autre chose que du projet ?

Henriette est embêtée. Elle ne veut pas froisser la cliente, mais, en même temps, ce rendez-vous l'a fatiguée. Depuis ce matin, elle est sur les chapeaux de roues pour monter en express cette présentation, sans parler du face-à-face permanent avec Auguste qui lui pompe l'énergie. Trop. Ça commence à faire trop. Elle a envie de se retrancher, de se retrouver seule dans ses pénates pour pouvoir digérer ce flot d'informations et d'émotions du jour. Henriette a la tête qui tourne. La cliente a dû voir son sang se retirer du visage.

— Ça va, Henriette ? Asseyez-vous, vous êtes toute pâle ! Ne bougez pas, je vais vous chercher de quoi vous requinquer !

Henriette se rassoit. Maintenant, il va falloir rester. Cela n'a pas l'air de ravir Auguste non plus. Malgré tout, il prend gentiment de ses nouvelles et elle s'étonne de cette soudaine sollicitude. Claire revient les bras chargés. Elle a sorti sa bouteille de vin cuit, ses biscuits apéritifs et même un petit bloc de foie gras qu'elle gardait de côté.

— Avec du bon pain aux graines toasté, vous allez voir, ça va vous remettre d'aplomb !

Tout compte fait, Henriette mange avec appétit, et ses joues se colorent de rose. Claire babille de tout et de rien, visiblement heureuse d'avoir de la compagnie. Auguste s'amuse avec les chiens et s'improvise dresseur de pacotille pour leur apprendre à donner la patte à l'aide d'une friandise. Henriette l'observe du coin de l'œil et se dit que ce n'est pas le même homme quand il n'est pas sous le coup de la pression professionnelle. Elle observe son visage souriant, décontracté. Pourquoi diable est-il aussi formidable avec les bêtes et aussi détestable par moments avec les humains ? Les verres se sont vidés. Pourtant, Claire n'a pas l'air d'avoir tellement envie de les laisser partir.

— Encore un peu de Martini ?

Ils déclinent poliment. Ils ont de la route à faire. Elle les raccompagne à la porte et les remercie chaleureusement pour leur visite. Les chiens ne veulent pas quitter Auguste.

— Je vous les embarque ? demande-t-il avec un clin d'œil rieur.

Un quart de seconde, la panique se lit dans les yeux de Claire avant qu'elle sourie à son tour.

— Ah non, alors ! Ceux-là, je les garde ! Mais bien tenté, cher Auguste.

Puis elle murmure :

— Je serais bien seule, sans eux…

Auguste et Henriette n'ont pas prêté attention à la dernière phrase de Claire. Ils sont pressés de regagner la voiture et de rentrer chez eux. Elle voit les phares s'éloigner dans la nuit noire. Le noir qui l'enveloppe. Le noir qui lui fait si peur.

Auguste et Henriette se retrouvent à rouler en silence. Typique du moment embarrassant redouté par Henriette où l'on ne sait plus quoi se dire. Elle sent poindre un mal de tête et se frotte machinalement les tempes. Auguste s'en aperçoit.

— Fatiguée ?

Elle est partagée entre dire la vérité et garder son masque de protection pour paraître plus à son avantage.

Oui, je suis claquée, vidée, dead *! Elle a eu ma peau, la Montlhéry ! Je l'aime bien, mais j'ai cru qu'elle ne nous lâcherait jamais, avec son apéro. Et toi aussi, tu m'as usée. Je te pardonne parce que t'as une belle gueule d'amour, mais, franchement, tu rates jamais une occasion d'être casse-bonbons ! J'ai pas compris quand tu t'es lancé dans une grande tirade sur les filtres nettoyants du bassin… C'était d'un chiant ! Au bout d'un moment, j'ai eu envie de te coudre la bouche pour que ça s'arrête. Maintenant, j'espère que tu vas nous conduire vite à bon port, parce que j'ai plus qu'une idée en tête : me plonger dans un bon bain chaud à la royale, et me bricoler un plateau pour m'affaler devant la première connerie télévisée…*

Au lieu de ça, Henriette tourne son visage vers Auguste et lui sourit :

— Non, non, ça va, et toi ?

Il répond sur le même ton. En réalité, il est exténué. Ces derniers jours, il a accumulé beaucoup de tensions au niveau des trapèzes. Il rêve d'un massage relaxant aux huiles parfumées, de mains chaudes d'une femme sur son corps endolori… Il pourrait appeler une de ses *sex-friends*. Il en a quelques-unes dans son répertoire qui ne demandent que ça, du plaisir sans engagement. Ça lui ferait du bien, baiser. Trois semaines qu'il n'a rien fait, avec toutes ces histoires. À sentir les frémissements dans son pantalon, Maverick a l'air d'accord. Il jette un coup d'œil furtif du côté d'Henriette. Heureusement qu'elle ne peut pas lire dans ses pensées ! Elle le mettrait aussitôt dans la catégorie des coureurs. L'affaire est plus complexe que cela. La vérité, c'est que, dès que des sentiments pointent le bout de leur nez, rien ne va plus. Autant il gère très bien sexuellement quand il ne ressent rien pour sa partenaire, autant il perd rapidement ses moyens dès qu'il est amoureux. La pression qu'il se met pour être à la hauteur le submerge. Sans cesse les mêmes questionnements inavouables reviennent le chahuter. Arrivera-t-il à la pénétrer ? À lui donner du plaisir ? Sera-t-il un amant satisfaisant ? Toujours cette satanée expérience amoureuse traumatisante de son adolescence. Il était très épris d'une jolie blonde, dans son école. Devenu coqueluche des filles, elles fantasmaient sur ce bel étalon prometteur pour les demoiselles en quête de voyages érotiques initiatiques. Des semaines à courtiser la jeune fille pour en arriver, enfin, à programmer le passage à l'acte tant attendu : le dénouement par la conclusion charnelle lors de ce week-end fatidique. C'est là que la catastrophe s'est produite. Maverick l'a lâché. C'est ainsi qu'il a surnommé son sexe, son fidèle appendice, faire-valoir de sa virilité, censé porté haut sa réputation d'as du manche digne du célèbre pilote d'avion de *Top Gun*. Ce jour-là, Maverick est resté cloué au sol. Déroute de la biroute. Plus personne à bord. Un spaghetti, une bouée dégonflée… Quel coup pour l'ego ! Il se souvient de l'avoir giflé en l'insultant à voix basse. La Priscillia était trop jeune pour avoir le recul nécessaire pour faire face à ce genre de situation, et encore moins pour le comprendre ou l'excuser. Bien sûr, il n'a pas eu droit à une seconde chance. Durablement blessé, il en a tiré une conclusion qu'il n'a encore jamais délogée à ce jour : sexe et sentiments ne font pas bon ménage. Dès que son cœur est impliqué, c'est la Bérézina. Alors, maintenant, il cloisonne et préfère de loin être le coup d'un soir qui assure plutôt que l'amoureux décevant qu'on éconduit.

Auguste chasse ces pensées indésirables pour revenir à sa passagère. Il lui a proposé de la déposer chez elle. Elle ne s'est pas fait prier. Avant de se quitter, ils se lancent les quelques fleurs réciproques d'usage pour entretenir une entente cordiale entre confrères. Il s'est garé sous un réverbère qui projette ses lumières fantomatiques sur le visage d'Henriette. Ses yeux d'un bleu extrême ressortent violemment dans la pénombre, soulignés par les ombres de ses cernes violacés. Elle a les traits tirés, le teint pâle. Visiblement, la journée ne l'a pas épargnée. Ils se disent bonsoir et il regarde sa silhouette menue s'éloigner dans la nuit.

Tiens-toi, Maverick ! Oublie ça tout de suite ! admoneste-t-il son coéquipier au garde-à-vous.

Il est vraiment temps qu'il téléphone à une ex-conquête…

11

Claire est restée un long moment devant la fenêtre après le départ d'Auguste et Henriette. Elle tient Réglisse dans ses bras et la caresse frénétiquement, comme une peluche réconfortante. Le silence s'est abattu sur la maison, heureusement perturbé par les quelques jappements de ses petits chiens qui ne la quittent pas. Une angoisse sourde monte, irrationnelle, de se savoir seule dans cette grande maison vide. Elle voit s'agiter les arbres du jardin, transformés en silhouettes inquiétantes. Son imagination fertile planque derrière chaque recoin sombre une créature prête à l'assaillir. Ou, pire, un intrus, un cambrioleur expert des belles demeures de banlieue chic. Il aurait peut-être étudié depuis des jours ses habitudes, saurait son mari absent. Le genre de malfaiteur qui déjouerait le système d'alarme avec une facilité cruelle. Le scénario est lancé dans la tête de Claire, et elle sent son cœur s'emballer dans sa poitrine. Aller donner à manger aux chiens. Oui, il faut qu'elle s'occupe. Et qu'elle fasse du bruit, aussi. Elle allume la télé et toutes les lumières. On dirait presque un soir de réception. Elle quitte le salon. Le reste de la maison est encore plongé dans le noir. Elle frissonne. Elle cherche à tâtons l'interrupteur dans la cuisine. Elle s'avance et bouscule quelque chose. Elle crie et repousse l'agresseur violemment : c'est le balai qui a perdu l'équilibre. Elle allume et constate qu'il n'y a rien d'anormal. Elle s'en veut, se trouve ridicule. Ils ont déjà pris un apéritif tout à l'heure. Tant pis. Elle débouche quand même une bouteille de vin. Elle a besoin de calmer ses nerfs. Elle ouvre le frigo et attrape tout ce qui lui tombe sous la main. Quand André-Louis n'est pas là, elle se laisse aller à un grand n'importe quoi. Tout flotte, il n'y a plus de cadre. Elle a besoin de se sentir bordée, réconfortée, et, dans ces moments-là, seule la nourriture peut l'apaiser. Elle s'octroie une orgie de mets défendus et prêts à la compulsion. Charcuterie, fromage, pain, puis, sans transition, saumon fumé, tapenade, salade aux noix, croûtons, roquefort. Elle fait d'incessants allers-retours salon-cuisine, cuisine-salon, avec un plateau toujours plus garni. Le niveau de la bouteille de vin baisse dangereusement. Elle s'en fiche, elle sent enfin le début d'une douce torpeur l'envahir. Le dernier plateau est sucré. Fruits au sirop, bac de glace vanille-caramel au beurre salé. Elle a l'estomac qui menace d'éclater. Mais on dirait que rien n'arrive à combler le vide qu'elle ressent. Quand il n'est pas là, c'est comme s'il lui manquait une partie d'elle-même. Claire pensait qu'en remplissant son ventre, la boule au niveau du plexus se dégonflerait. Maintenant, elle a mal aux deux endroits. Elle s'allonge sur le canapé avec un grognement de douleur face à la télé. C'est curieux, quand elle est angoissée, elle n'a aucune capacité de concentration. Elle ne parvient même pas à fixer son attention pour savoir de quoi parle le programme. Elle glisse sa main dans sa poche et tombe sur le doudou qui, tout à l'heure, a failli créer un incident embarrassant. Elle s'en empare et, telle une enfant, le colle sous son nez pour en respirer l'odeur apaisante, tout en mettant son pouce dans sa bouche. Elle finit par s'endormir et se réveille deux cycles plus tard. Il est 1 heure du matin. Elle regagne sa chambre en titubant. Dans l'escalier, sa propre ombre l'effraie. Elle se glisse sous la couette, mais le sommeil la fuit. Épuisée, à bout de nerfs, elle commence à sangloter doucement dans le noir. N'y tenant plus, elle attrape son portable et compose le numéro de sa fille. Va-t-elle seulement répondre à cette heure de la nuit ? Claire se raccroche à cette idée comme à une bouée de sauvetage.

— Maman ? C'est toi ? Qu'est-ce qui se passe ? Ça ne va pas ?

Claire est tellement émue que sa fille décroche qu'elle est dans l'incapacité de parler tout de suite.

— Maman, tu pleures ? Parle-moi ! Dis quelque chose !

Claire se mouche bruyamment.

— Je… Je suis désolée de… de te déranger à cette heure ! Tu dois me détester !

À l'autre bout du fil, sa fille pousse un profond soupir las.

— Bien sûr que non, maman ! Tu sais que je serai toujours là pour toi. Bon, laisse-moi deviner… Papa est parti en déplacement et tu te fais un gros flip d'être toute seule à la maison ?

— Oui… Oui, c'est ça. Je… Je n'arrive pas à gérer ! Je suis nulle, je sais, mais je me sens si seule !

— Arrête de dire que t'es nulle ! C'est pas la question.

— Mais si, en plus je te réveille en pleine nuit !

— Ça n'a aucune importance. Ce qui est plus grave, c'est que ça se produise de plus en plus souvent ! Ça ne peut pas continuer comme ça… Tu dois en parler à papa !

— Non, jamais ! Tu te rends compte, si je lui dis que j'ai peur du noir, que j'imagine qu'il y a un intrus dans chaque placard et que je n'arrive pas à dormir quand il n'est pas là ?

— Et alors ? C'est humain.

— Tu te trompes. Il ne comprendrait pas, j'en suis sûre. Tu connais son esprit archi-cartésien. Je vois déjà sa sidération et sa tête consternée… Ce genre de peur, c'est si éloigné de lui. Je ne supporterais pas d'affronter son embarras, son écoute polie mais interloquée, son incapacité à imaginer ce que je traverse…

— Qu'est-ce que tu en sais ? Tu ne lui as jamais laissé une chance de montrer comment il réagirait !

Tout au long de la conversation, Claire continue de pleurer et essuie ses larmes du revers de sa chemise de nuit.

— C'est tout vu ! L'empathie et lui, ça fait deux… Il a beaucoup d'autres qualités, mais voir une femme en pleurs, je sais à quel point ça le met mal à l'aise !

— OK, maman, OK ! Ce n'est pas maintenant que je vais essayer de te convaincre, et en plus tu es têtue comme une mule. Allez, calme-toi, d'accord ? Tu veux que je vienne ?

Rien que le fait que sa fille le propose suffit à apaiser Claire. Les hoquets s'estompent peu à peu.

— Tu es adorable, merci, ma chérie. Ça va aller… Je vais prendre un cachet…

— Maman ! C'est pas une solution, tu le sais. Et arrête de dire que je suis adorable, parce que tu vas voir, ça ne va pas durer ! Je vais mettre les pieds dans le plat avec papa, si tu ne le fais pas. Je ne supporte plus de te voir souffrir comme ça de ses absences. Tu entends ?

Claire n'en veut pas à sa fille de prendre ce ton d'adjudant-chef. Elle la connaît. Elle sait que c'est parce qu'elle lui veut du bien. C'est drôle, de voir les rôles s'inverser. La fille devient la mère et la mère devient la fille. C'est ce dont Claire avait besoin pour retrouver son calme. Quelqu'un qui soit là pour accueillir sa peur sans jugement, pour lui apporter ce réconfort et cette attention bienveillante dont elle a tant manqué quand elle était enfant. Personne n'a jamais pris soin de son sentiment d'insécurité. Sa maman-fille de vingt-cinq ans continue de prodiguer ses conseils d'une voix douce et ferme :

— Tu te prépares une bonne tisane bien chaude avec deux cuillères de miel, d'accord ? Ensuite tu te mets quelques gouttes d'huile essentielle de lavande sur le plexus. Et doudou ? Tu l'as près de toi ?

Sa fille est la seule personne au monde à être au courant de ce secret inavouable.

— Mélanie ?

— Oui ?

— Pour le doudou, promets-moi que tu ne le diras jamais à ton père.

— Promis.

Sa fille lui envoie une tonne de baisers, et Claire la remercie encore du fond du cœur. Elle exécute à la lettre les recommandations de Mélanie et, moins d'une demi-heure plus tard, sombre dans un sommeil profond et enfin serein.

12

Henriette est en chemin pour le bureau d'études. Lorsqu'elle arrive dans la contre-allée, elle aperçoit Auguste qui sort, chargé d'un gros fauteuil de bureau lourd et encombrant. Il le jette presque sur le bas-côté en pestant. Le fauteuil rejoint deux tables, trois lampadaires et un coffre à tiroirs ainsi que d'autres objets divers. Henriette se demande ce qu'il se passe.

— Tu n'as pas eu mon message ?

Il a la voix des mauvais jours. Non, cela peut paraître fou, mais cela fait plus d'une heure qu'Henriette n'a pas consulté son téléphone portable. Elle a réussi à se plonger dans son livre, dans les transports. Pour une fois, pas de digital, un vrai livre, avec des pages en papier ! Auguste éclaircit le mystère.

— Une des canalisations a pété dans le bureau ! C'est la cata ! Tout est inondé…

Gérard fait irruption à son tour.

— Ah, te voilà, Henriette ! Eh bien, tu arrives en plein naufrage ! Tu vas pouvoir rentrer chez toi. Le dégât des eaux est sérieux, le circuit électrique est endommagé, on en a pour au moins deux semaines de travaux…

Gérard a l'air embêté, mais pas effondré. Là où certains auraient pu tomber dans le catastrophisme, lui sait tenir la dragée haute aux emmerdements. Henriette admire son calme, son tempérament ancré. Ce n'est pas quelqu'un qui se laisse facilement perturber. *Il gère*, songe Henriette, envieuse.

— Comment on va faire ?

— Ça, ma petite, je te laisse en discuter avec ton partenaire !

Gérard disparaît de nouveau à l'intérieur. La voilà face à face avec Auguste. Malgré le temps froid et sec, il est en eau. Ce remue-ménage ne l'amuse vraiment pas. D'autant qu'il a besoin de ses repères pour être efficace au travail. Or, à cause de cet incident, tout est chamboulé. Il n'a pas encore pu vérifier si son matériel informatique a été endommagé.

— L'intérieur est vraiment impraticable ? lance ingénument Henriette.

— Oui. Vraiment. Sauf si tu aimes l'odeur de moisi et si tu veux dessiner tes plans à la peinture au doigt sur les murs !

— Ne t'énerve pas, je disais ça comme ça…

— En effet, tu as encore perdu une occasion de te taire.

Il a balancé sa remarque sur un ton désinvolte tout en essayant bon gré, mal gré d'empiler les meubles sauvés du désastre. Sur le coup, Henriette ne répond rien, mais elle est vraiment blessée. Elle tourne les talons et s'en va.

— Henriette ? Où tu vas comme ça ? Reviens !

Celle-ci ne se retourne même pas et lui crie d'aller se faire voir.

— Bonne chance pour trouver une archi qui pourra te supporter !

Il essaie de la rappeler. Peine perdue. Elle disparaît rapidement de son champ de vision. Il ne va quand même pas lui courir après ! Épuisé d'avance par cette journée qui commence si mal, il s'assoit sur un tabouret. Mal posé sur le sol, l'objet est instable et Auguste bascule en arrière. Vautré par terre, son costume couvert de boue, il pousse un juron inconnu dans la plupart des registres.

— Celui-là, je ne le connaissais pas ! s'exclame Tony qui vient d'apparaître sur le perron, un sandwich à la main.

— C'est déjà l'heure de la pause ? rétorque Auguste sans masquer son ironie.

— Faut pas se laisser abattre, mon gars.

— Tu m'aides pas à me relever, là ?

Tony le regarde comme s'il venait de dire une ineptie et montre son sandwich en guise d'excuse imparable. Certains jours, il ne faut pas chercher à comprendre. L'inondation est un gros problème. Néanmoins, Auguste a maintenant un problème encore plus gros. Il s'appelle Henriette.

Dans l'après-midi, une fois les contours du désastre mieux balisés, Auguste s'isole pour téléphoner à Henriette. Il est nerveux, il se demande bien pourquoi. Certes, il est important que leur collaboration fonctionne au mieux. Mais cette fille n'est que de passage. Elle n'est là que le temps d'un dossier. Ce qui relativise déjà beaucoup l'enjeu de cette malheureuse dispute. S'ils étaient amenés à travailler ensemble à longueur d'année, ce serait autre chose. Mais là… Il n'y a qu'à arrondir les angles pour que les choses s'arrangent. Après tout, la réussite ou l'échec de leur relation n'a pas tant d'importance, pour si peu de temps. Il ne comprend pas pourquoi cela lui tient quand même à cœur. Enfin, ce n'est pas si anormal : il ne veut pas que cette collègue d'un jour ait une mauvaise image de lui. Et, ce matin, il s'est vraiment comporté comme un con. Seulement ce matin ? Auguste se sent mal de devoir reconnaître que, depuis le départ, il n'est vraiment pas arrangeant avec elle. Cela lui renvoie une image de lui-même pas très reluisante. Au début, il voyait en elle une menace. C'est sûrement pour ça qu'il était tellement sur ses gardes. Mais, maintenant qu'il a appris à la connaître, il commence à l'apprécier. Son professionnalisme, sa sensibilité… et ces foutus yeux bleu piscine ! Il chasse cette image de sa tête pour revenir à ses tâches. Un : appeler. Deux : se faire pardonner. Il décroche son téléphone. Ça sonne longtemps, puis c'est elle.

— Qu'est-ce que tu veux ?

C'est pas gagné. Le son de sa voix est mordant comme une espèce canine de catégorie deux.

— Avant tout, je tenais à m'excuser pour ce matin. On était tous sur les nerfs, et je suis désolé si c'est tombé sur toi…

— Elles sentent un peu le jour des soldes, tes excuses ! T'as pas mieux en stock ?

Auguste est encore une fois surpris de sa repartie. Il sent une petite pointe dans la poitrine. C'est étonnant, ce trait de personnalité incisif, chez quelqu'un qui à d'autres moments semble vouloir se mettre en retrait, comme une tortue qui rentrerait dans sa carapace. Il n'a pas envie qu'elle parte. Enfin, pas tout de suite. Pas avant la fin de la mission, quoi !

— Je te le répète, je suis désolé. Qu'est-ce que tu veux que je fasse pour que tu en sois convaincue ? Vas-y, dis et je le ferai !

Elle laisse le silence planer, puis finit par lâcher un soupir qui entrouvre une porte de réconciliation. Il est sur la bonne voie. Il s'agit maintenant d'enfoncer le bélier.

— Allez, Henriette, je veux vraiment me rattraper…

— Mmm… je vais réfléchir à la question…

— Alors on continue ? À travailler ensemble ?

— Je ne sais pas… peut-être…

Est-ce qu'elle serait en train de le faire marcher ? *C'est le monde à l'envers !*

— Je ne vais quand même pas me mettre à genoux !

C'était un cri du cœur. Henriette commence à s'amuser, à l'autre bout du fil. Et lui à s'irriter. Il ne s'attendait pas à devoir autant ramer.

— Tu vois que tu as des idées, quand tu veux.

— Henriette, s'il te plaît, abrège mes souffrances ! Dis-moi que tu reviens dans la course !

— Bon, d'accord. Mais sache que je le fais uniquement parce que j'aime bien Claire et que je ne veux pas la décevoir. Et on fait un deal. Tu arrêtes de me lancer des piques à tout-va.

— Promis.

L'atmosphère se détend enfin entre eux.

— Tout ça ne nous dit pas où on va travailler pour avancer sur le projet !

Auguste réfléchit à la question lancée par Henriette. Il n'y a pas trente-six solutions. Ils ont besoin d'être au calme, d'avoir un ordinateur et une station de café toute proche pour tenir de longues heures. Il ne voit qu'une possibilité.

— Je te propose qu'on travaille soit chez moi, soit chez toi.

Henriette ne dit plus rien. Dans sa tête, ça mouline à toute vitesse. Elle évalue les options. Chez elle, hors de question. Elle ne se sent pas du tout prête à le laisser entrer ainsi dans son intimité ! *Parce que, aller chez lui, c'est moins intime, tu trouves ?* Elle déraille. C'est du pareil au même. Dans un cas comme dans l'autre, elle sait qu'elle sera exposée.

— Henriette ?

Elle a dû laisser un blanc trop long. Il faut qu'elle lui réponde. À tout prendre, c'est quand même mieux d'aller chez lui. *Je ne vois pas en quoi*, lui rétorque sa pétocharde, prompte à rappliquer dès qu'une situation anxiogène pointe le bout de son nez. Henriette dresse rapidement la liste des « arguments pour » dans son esprit. *C'est mieux parce que je n'aurai pas à ranger avant. Je ne craindrai pas qu'il tombe sur une petite culotte oubliée dans le couloir. Je n'aurai pas à dévoiler ma collection de vinyles rétro ringards... Voilà d'excellentes raisons.*

— OK, très bien, chez toi, parfait. Dis-moi quand et à quelle heure.

Elle a lancé ces mots comme on se jette à l'eau. Vite et sans réfléchir avant de regretter. Auguste a un grand sourire qu'elle ne peut pas voir. Il est satisfait. Non. Il est content. Très content. Les *Henriguste* vont reprendre du service. Et n'est-ce pas ça, le plus important ?

13

Auguste lui a envoyé son adresse par texto. Il habite rue Lamarck, juste derrière le cimetière de Montmartre. Henriette a toujours adoré ce quartier. À l'évidence, le coin de Lamarck-Caulaincourt, c'est le choix d'un autre Montmartre, vivant et familial, loin de l'agitation touristique. Coup de chance, ils n'habitent pas trop loin. Henriette a un petit appart rue de Tocqueville dans le XVIIe arrondissement, à proximité du parc Monceau. Pour s'épargner les transports en commun, elle a décidé de s'y rendre en Vélib'. Elle craint la circulation dans Paris, mais, au moins, elle est dehors et peut s'arrêter quand elle veut. Les premiers coups de pédales ont été difficiles. Elle passe plus de temps à lire les magazines de mode et d'architecture qu'à s'entraîner dans les salles de sport ! Peu importe si ses jambes sont un peu rouillées… La sensation de liberté lui plaît, et l'idée de ne pas être coincée comme une sardine dans le métro aussi. Quand elle dépose son vélo dans une station proche de chez Auguste, elle est contente d'elle, légèrement essoufflée et les joues rosies par l'air frais de ce mois de décembre. Cependant, elle avait oublié de mettre des gants et ses doigts sont congelés. Elle souffle dessus pour les réchauffer tout en marchant vers l'adresse. Elle arrive devant un bel immeuble en pierre de taille, à deux pas de la Villa des Arts. Il en a de la chance d'habiter là ! Auguste a indiqué « tout droit au fond de la cour, l'unique porte en rez-de-jardin ». Il n'y a pas de sonnette. Juste un curieux heurtoir en bronze représentant une élégante main de femme portant à son majeur une bague ou peut-être un sceau. Elle frappe timidement. Personne ne répond. Elle tape trois coups plus forts, comme au théâtre. Est-ce que la porte va s'ouvrir tel un rideau rouge, et quelle pièce va se jouer ce matin dans ce huis clos entre elle et lui ? Auguste apparaît, le visage détendu et souriant, la barbe naissante. *Exit* le costume. Elle ne l'a encore jamais vu dans une tenue décontractée et elle sent un minichoc dans sa poitrine. Il est en jean et pull marine. Ses cheveux n'ont pas été peignés. Le négligé lui va à ravir. Henriette a lu un truc sur la gestion des emballements du cœur : la cohérence cardiaque. Inspirer cinq, expirer cinq. C'est le moment ou jamais.

— Ça va ? Tu as l'air essoufflée…

Elle arrête la cohérence cardiaque. Dommage car, la minute d'après, elle a de nouveau le souffle coupé en regardant autour d'elle. Auguste habite un superbe loft. La pièce à vivre est incroyable ! Une hauteur sous plafond folle, une verrière de toit et d'autres fenêtres latérales qui offrent une luminosité fascinante. Les pas d'Henriette glissent sur le parquet de bois sombre qui contraste agréablement avec le blanc immaculé des murs. Dans le fond, elle aperçoit la cuisine ouverte. De très belles plantes vertes sur un rebord de fenêtre viennent réchauffer l'esthétique industrielle. Des chaises hautes design entourent l'îlot central. Réflexion faite, qu'est-ce qui n'est pas design ?

— Je peux te débarrasser ?

Auguste lui arrache presque ses affaires des mains et les dépose sur le canapé en cuir. Il a disposé deux autres fauteuils dépareillés. Henriette se retient de prendre des photos tant elle aime le décor. Le seul point négatif : elle sait maintenant qu'elle ne pourra jamais inviter Auguste chez elle. Elle ne souffrirait pas la comparaison. *C'est normal*, tente-t-elle de se rassurer, *il est plus âgé que toi et a beaucoup plus de métier. Il a déjà fait un joli bout de chemin dans la profession. Peut-être que toi aussi, dans quelques années, tu pourras t'offrir un lieu comme ça...* Ces tentatives pour épargner son estime d'elle-même égratignée restent vaines.

— Tu veux un café ?

Oui, elle veut bien. Elle prend un ton détaché, comme si tout cela lui était naturel, comme si elle n'était pas morte de trac de se retrouver en tête à tête avec lui, à devoir gérer cette proximité troublante, cette pression de la représentation. Avoir l'air bien. Présenter bien. Avoir du répondant. De l'esprit. Bref, être à la hauteur. Henriette sait que, en mobilisant toutes ses capacités et en y mettant toute son énergie, elle est capable de donner le change quelques heures. Elle connaît le coût d'une telle suradaptation. Tout à l'heure, quand elle partira, sa jauge à énergie sera au plus bas. Hypersensible, elle ressent les choses beaucoup plus intensément que la moyenne et se décharge de son énergie plus vite aussi, comme une batterie de téléphone sursollicitée. Elle est facilement vidée par les contacts humains. Tout ce qu'elle espère, c'est de ne pas avoir un coup de barre monumental devant lui. En prévision, elle a apporté une fiole d'huile essentielle de menthe poivrée. Deux gouttes sous la langue parviennent en général à lui donner un coup de fouet suffisant pour tenir.

Elle s'approche de sa bibliothèque, et son attention est attirée par un beau livre au titre intrigant. *L'Herbier érotique* ? Elle n'imaginait pas Auguste possédant ce genre d'ouvrage. Elle mesure à quel point ils ne savent presque rien l'un de l'autre. L'idée de lever davantage le voile sur son personnage ne lui déplaît pas.

— *Histoires et Légendes des plantes aphrodisiaques* ? Intéressant…

Il dépose sur la table deux tasses de café brûlant et fuit son regard. Est-ce qu'il rougit ? Son ton ne laisse rien paraître d'un éventuel trouble.

— Oui, les plantes regorgent d'histoires et de légendes extraordinaires…

— Ah oui ? Je ne savais pas. Ça a l'air amusant, en tout cas. Je n'aurais jamais cru qu'il puisse y avoir un lien entre l'érotisme et le végétal…

— Tu n'as pas idée.

Cette fois, il la regarde droit dans les yeux et de nouveau la tension s'invite entre eux. Elle se précipite pour boire une gorgée et se donner une contenance.

— Fais attention, c'est très chaud.

Trop tard, elle s'est brûlé la langue. Bien sûr, elle n'en dit rien. Elle n'a pas envie d'avoir l'air bête.

— On commence ?

Elle est contente qu'il prenne le lead. Elle ne se sent pas la force de diriger les opérations. Elle sort son ordinateur et étale également ses catalogues de produits. Il y a du pain sur la planche avec les fournisseurs.

Auguste la regarde s'agiter du coin de l'œil. Depuis qu'elle est arrivée, il joue le détachement, comme si la laisser pénétrer au cœur de son intimité ne lui importait pas. Il n'en est rien. En réalité, la mise en scène de sa décontraction a été savamment préparée. Il a anticipé le non-rasage. Il s'est lavé les cheveux avec un shampooing douceur de coton et les a séchés à l'air tiède pour leur garder un effet brillant. Il a longuement hésité entre le jean bleu et le noir. Symptômes non anodins. Il est sur le qui-vive, il le sait. Ordinairement, les seules femmes qui entrent ici sont des conquêtes faciles. Elles n'ont en général pas le temps de regarder autour d'elles ou de réellement s'imprégner de l'esprit du lieu. Avec Henriette, c'est différent. Ils sont amenés à se revoir, sont enchaînés l'un à l'autre pour les mois à venir à cause du chantier. Pour que les choses se déroulent bien, aucun faux pas n'est envisageable. Il a déjà frôlé la catastrophe le jour du dégât des eaux, il n'a pas le droit à d'autres erreurs. Car, à l'évidence, il a besoin d'elle pour aller au bout de ce projet. Ils ont eu ensemble des idées ambitieuses. Trop, peut-être. Maintenant, ils doivent se montrer dignes des attentes du couple Montlhéry. Auguste sait qu'il tient là son ticket d'entrée d'associé chez Eden Garden. Il ne veut rien lâcher. Henriette s'est mise à l'œuvre, épluchant consciencieusement des catalogues produits. Lui aussi a commencé à travailler. Pourtant, grâce à sa vision périphérique, il observe le moindre de ses mouvements. Elle ne s'en doute pas, mais il trouve touchante sa manière de gigoter, de se tortiller d'une fesse sur l'autre sur le canapé en croisant et décroisant les jambes. Comme les enfants qui ne tiennent pas en place. Drôle de dégaine tout de même, entre ses grosses chaussures et ses chaussettes montantes à rayures portées sur un collant opaque avec un short court noir. Le haut est sobre mais moulant. Un body noir à manches longues très près du corps. Il se détourne de cette vision et croise le regard trop bleu d'Henriette. Pourquoi est-ce qu'il est troublé comme un con ? Il faut briser le silence. Dire quelque chose, n'importe quoi.

— Tu vois des articles intéressants pour la cascade sonore ?

— C'est drôle, que tu en parles. C'était justement ce que j'étais en train de chercher. Qu'est-ce que tu penses de ça ?

Elle a marqué des pages avec des Post-it de couleur. Elle lui expose les photos.

— Sur le papier, c'est joli. Mais c'est trop difficile de se rendre compte sans les voir, et surtout sans les écouter ! Enfin, si l'on s'en tient à notre concept de jardin polysensoriel…

— Tu as tout à fait raison. Il faudrait qu'on aille en showroom. Je vais nous dégoter ça…

Elle commence à pianoter sur son clavier à une vitesse impressionnante. Pour lire, elle porte de petites lunettes rondes cerclées de noir. Comme si on était venu entourer ses yeux avec un stylo pointe large pour être sûr de ne pas passer à côté. Ça ne risquait pas.

— Ça y est. J'ai !

Elle tourne l'écran vers lui pour lui montrer sa trouvaille. Il s'agit d'un showroom exceptionnel, ou plus précisément un jardin expo extérieure dans le parc naturel de la vallée de Chevreuse.

— C'est dans les Yvelines, ça, non ?

— Oui. Ils disent que c'est à vingt-cinq minutes de la Défense. Trois mille mètres carrés d'exposition, ça peut valoir la peine d'aller jeter un coup d'œil, tu ne crois pas ?

Auguste acquiesce. *Être en mouvement, c'est mieux*, se dit-il. Ce sera moins gênant que de rester des heures en tête à tête.

— Allons-y !

— On y va comment ?

— Je vous emmène, princesse ! Mon carrosse vous attend…

Ils se retrouvent tous les deux dans sa voiture et rejoignent péniblement le périphérique. Paris est devenue pour les automobilistes un cauchemar à la hauteur du labyrinthe du Minotaure. Même les applications GPS les plus sophistiquées sont incapables de proposer un itinéraire plus rapide et moins encombré pour échapper à la bête noire des embouteillages. Henriette se crispe sur le siège passager. Elle checke discrètement qu'elle a bien sa bouteille d'eau. Le trajet risque d'être long. Elle a été un instant soulagée de fuir l'espace clos de son appartement, mais n'a pas anticipé que l'habitacle de la voiture serait encore pire. Depuis quelques instants, un stupide point de vigilance occupe ses pensées : veiller à ce que la main d'Auguste ne frôle pas, par inadvertance, son genou qui se dessine sous le collant opaque. Qu'est-ce qu'il lui a pris, de mettre ce short court pour une telle circonstance !

— On pourrait écouter un peu de musique ?

Ils ont la même idée, et leurs doigts appuient au même moment sur le bouton de l'autoradio. Henriette retire le sien, comme si elle avait reçu une microdécharge électrique. Le fond sonore habille leur silence. Ils ont déjà abordé tous les sujets de surface. Ils ne vont quand même pas discuter de l'actualité ! Du dernier film, du dernier livre ? C'est tout le problème, une fois les premières strates de l'intimité franchies. On se retrouve devant une porte encore fermée. Il faut un certain courage, ne serait-ce que pour l'entrouvrir et s'aventurer plus avant dans la connaissance de l'autre.

Cet intime inconnu ressemble à des terres vierges dont on ne connaît ni les trésors ni les zones marécageuses. Ni l'un ni l'autre n'ose franchir le pas et chacun préfère se réfugier dans un mutisme confortable. Poser des questions plus personnelles revient à marcher sur un champ de mines. C'est comme demander à quelqu'un comment il va. Toujours risqué. Parler de la famille ? Casserole garantie. Parler du passé ? Boîte de Pandore de récits pleins de pathos et de blessures mal refermées. À proscrire. Quant à parler de vie sentimentale, il n'en est bien sûr pas question. Ce serait aussi inapproprié que malvenu et possiblement mal interprété. Ils sont donc tous les deux condamnés à discuter de la pluie et du beau temps.

— Oh, il s'est mis à pleuvoir ! s'exclame Henriette, bénissant cet heureux événement climatique lui permettant de rompre le silence gênant.

Et Auguste de surenchérir avec le même enthousiasme bizarre :

— Oui, c'est incroyable, ce qui tombe !

Ils échangent un petit sourire de connivence, pas dupes de la platitude de leur conversation mais incapables de faire mieux.

Et poussent le même cri de soulagement joyeux quand ils aperçoivent enfin le panneau indiquant l'entrée des jardins de la vallée.

Henriette bondit hors de la voiture et prend une profonde inspiration qui libère ses tensions. Échappant à la promiscuité de l'habitacle, ils retrouvent leur naturel entrain. Le lieu est magnifique !

— Il ne va pas falloir qu'on se disperse, dit Auguste en se dirigeant vers le comptoir d'information pour obtenir un plan du site.

— Il y a tellement de choses à voir !

— Justement ! Je te propose qu'on se concentre exclusivement sur les fontaines, si l'on ne veut pas dormir ici cette nuit.

Henriette ne veut même pas penser à cette éventualité. Sauf que c'est précisément quand on se dit de ne pas penser à quelque chose que l'image apparaît à l'esprit, et Henriette se visualise déjà coincée dans le parc avec lui pour la nuit, à dormir à la belle étoile.

— Tu viens ? C'est par là. Ça va ? Tu as l'air distraite.

— Non, tout va bien, je te suis…

Concentre-toi sur le projet, s'admoneste-t-elle. Heureusement, elle est rapidement divertie par les décors successifs impressionnants mis en place dans cet espace exceptionnel. Des jardins à faire pâlir d'envie, tantôt méditerranéens, tantôt asiatiques, ici classiques, là contemporains. Il y en a pour tous les goûts !

Bientôt, ils arrivent dans l'espace des fontaines et cascades de jardin. L'eau à l'honneur, inspirante et apaisante, magnifiée par des dispositifs aux formes et matières originales. Pierres jaillissantes, lames et tables d'eau… Henriette semble époustouflée. Auguste aime la spontanéité avec laquelle elle laisse ses impressions s'exprimer. Elle le tire par la manche pour l'entraîner tour à tour près de chacune des fontaines.

— Tu es prêt ? Vas-y, ferme les yeux. On écoute…

Ils se retrouvent accroupis, les yeux clos, à goûter la musique spécifique de l'eau devenue instrument paysager dans la conception de leur projet. Elle a gardé une main sur son avant-bras. Il triche et entrouvre un œil pour la regarder. Elle a le visage détendu et un sourire serein flotte sur ses lèvres. Elle a l'air envoûtée par ce son régulier et apaisant. Pourtant, une minute après, elle bondit comme un cabri vers une petite cascade ovoïde très originale. De nouveau, ils s'accroupissent pour écouter.

— Celle-ci est vraiment intéressante. Tu entends cette fréquence ? Quelle douceur ! J'adore…

— Je peux vous aider ?

Henriette sursaute et tombe sur son séant. Le vendeur s'excuse. Il n'a pas voulu l'effrayer.

— Je ne vous avais pas entendu venir, se justifie Henriette en tentant de se relever avec dignité.

Son coéquipier lui tend la main pour l'aider, mais quelque chose de goguenard dans son sourire pique la jeune femme.

— Je vais me débrouiller, merci.

Une fois debout, elle frotte son short plein de terre puis se tourne vers le démonstrateur en tentant de faire bonne figure.

— Nous voudrions des informations sur cette fontaine, et aussi sur la cascade, là-bas, avec la pyramide de coupelles.

— Oui, bien sûr, je vais vous dire tout ça.

Quelques instants plus tard, ils se dirigent vers la sortie avec de belles propositions pour Claire. Henriette est pressée de rentrer chez elle. Passer autant d'heures en tête à tête avec Auguste l'a épuisée. Heureusement, la circulation est plus fluide dans ce sens. Auguste a remis la radio, et les essuie-glaces jouent les métronomes. Les minutes s'égrènent, lorsque soudain le téléphone d'Henriette sonne.

— C'est Tony, informe-t-elle Auguste avant de mettre en haut-parleur.

— Je vous appelle pour vous dire qu'on va avoir un gros problème pour le chantier Montlhéry. Je viens de raccrocher avec notre fournisseur. Il était embêté : ces plantes que vous avez prévues, eh ben, il les a pas !

— Ce que tu es en train de me dire, c'est que…

— Que vous êtes dans la merde, oui, c'est ça !

Toujours aussi brusque, le Tony, et en plus il a l'air de trouver ça drôle.

— Je ris, mais c'est nerveux, m'en veux pas, hein ?

— J'ai bien compris, Tony. Merci pour l'info. On va voir ce qu'on peut faire.

— Y a pas de quoi.

Auguste a coupé la musique et un silence de plomb s'installe dans l'habitacle. Cela étant, la capacité à rebondir fait partie intégrante de la réalité professionnelle. L'esprit pratique d'Auguste revient au galop. Pragmatique, il regarde le GPS et le temps de parcours estimé pour les ramener dans la capitale.

— Nous avons quarante-huit minutes pour trouver une solution de remplacement.

Henriette le regarde, bouche bée, hésitant entre l'admirer pour sa calme détermination et le détester pour la pression qu'il leur impose.

Elle qui commençait à sentir une petite faiblesse, elle va devoir chercher loin un rab d'énergie. Car, pour sûr, ses neurones vont être secoués dans tous les sens…

14

La phrase est tombée comme la lame d'un couperet.

— Je ne vois qu'une chose à faire. Aller à la pépinière de Pistoia.

— Pistoia ? C'est où, ça ?

Ce n'est pas une question qu'elle pose, mais un cri qui jaillit.

Auguste répond comme si c'était une évidence :

— En Italie, près de Florence.

En un clin d'œil, l'étendue de l'épopée apparaît dans l'esprit d'Henriette. Le trajet, l'aéroport, l'avion, l'hôtel, le périple jusqu'à la pépinière et, par-dessus tout, la proximité de tous les instants avec Auguste. Rattrapée par son syndrome de *trophobie*, Henriette a la tête qui tourne. Elle se défend comme elle peut.

— Ah non ! Ça me paraît vraiment trop. Il doit y avoir une autre solution…

Auguste se tourne vers elle avec un regard interrogateur. Il ne comprend pas. Pour lui, c'est juste un déplacement comme un autre. Une contrainte, peut-être, mais pas un problème. Comme d'habitude, Henriette se sent terriblement seule en cet instant, avec sa peur inavouable et le fait de s'interdire toute confession, pour ne pas risquer d'être jugée et incomprise. Elle ne peut pas parler de ses appréhensions, encore moins à Auguste. Elle a envie de se montrer sous son meilleur jour. Oui, elle réalise que l'image qu'il a d'elle compte de plus en plus. L'image professionnelle, et personnelle aussi. Comment la perçoit-il ? Elle suppose qu'il aime les femmes à l'aisance naturelle, distinguées, peut-être. Elle considère son look bohème décalé, ses chaussettes montantes à rayures façon colonnes de Buren, ses grosses chaussures… Rien qui cadre avec les standards probables d'un homme comme lui. À ce stade, la seule chose qui importe à Henriette, c'est au moins de sauver les apparences et de ne pas perdre ses moyens dans une situation inconfortable et périlleuse, comme il ne manquerait pas de s'en présenter s'ils étaient obligés de faire ce voyage en Italie. Son esprit dopé par la panique grandissante tourne à plein régime à la recherche d'une issue.

— Retournons voir Claire et proposons-lui tout simplement d'autres végétaux ! Il y a sans doute des variétés disponibles chez nos fournisseurs qui feront tout aussi bien l'affaire. Qu'en penses-tu ?

— Pourquoi pas, en effet… Tu l'appelles ?

Henriette s'exécute aussitôt et prie pour que son plan B fonctionne. On décroche. Henriette met le haut-parleur et explique en quelques mots la situation à Claire. Sa cliente, habituellement si avenante, ne cache pas son désappointement. Elle est déçue. Très. Henriette commence à présenter des alternatives végétales disponibles en stock, mais elle entend qu'elle ne convainc pas. Au fil des minutes, elle s'enfonce dans des arguments marécageux. Claire coupe court à la piste.

— Si j'ai aimé et choisi les végétaux que vous m'avez présentés, c'est justement parce qu'ils sont rares et qu'on ne les trouve pas partout ! Les plantes disponibles sont plus communes, même si elles ont un air de famille avec celles que je souhaite. C'est toute la différence entre un sac de marque et une contrefaçon, vous comprenez ?

Henriette déglutit et sent l'étau se resserrer. Elle est à court d'arguments. Elle fait une ultime tentative.

— Vous avez raison, Claire. Malgré tout, avez-vous pensé aux frais supplémentaires qu'impliquerait un voyage en Italie, alors que nous pourrions nous fournir en France si facilement… ?

La cliente ne réfléchit même pas et répond du tac au tac :

— Peu importe ! Je veux le meilleur pour mon jardin exotique, dussiez-vous aller à Tombouctou !

Auguste sourit.

— J'adore votre humour !

Henriette ne peut pas en dire autant. Elle a la gorge serrée et n'a pas besoin d'un mot de plus pour comprendre que son sort est scellé : elle va devoir aller en Italie.

Une fois rentrée chez elle, cette pensée tourne en boucle dans sa tête et elle n'arrive pas à se défaire de son anxiété. Elle a besoin d'en parler à quelqu'un. Au moment où elle décroche le téléphone pour appeler sa mère, elle sait déjà que c'est une erreur. Après avoir échangé quelques banalités, Henriette tente d'aborder le sujet de ce déplacement qui l'inquiète, et, comme d'habitude, sa mère minimise, tourne sa peur en dérision.

— Je ne comprends pas ce qui t'effraie, au juste ? Tu sais, à Florence, il n'y a ni crocodiles ni mygales ! dit-elle en éclatant d'un rire qui blesse Henriette dans son amour-propre. Tu devrais plutôt te réjouir d'une telle opportunité !

Puis elle revient à elle, invariablement.

— Je me souviens, moi, quand j'y étais allée pour un colloque… J'avais passé des moments inoubliables !

— Tu veux dire… pendant que je restais seule avec papa à la maison ? rétorque Henriette avec un brin de cynisme qui n'échappe pas à sa mère.

— Pourquoi faut-il toujours que tu sois désagréable ?

Sa mère émet un raclement de gorge contrarié, puis écourte la conversation.

— Bon, je dois te laisser, je suis invitée à un vernissage… On se rappelle à ton retour ?

— Oui, c'est ça… « On » se rappelle.

« On », pronom impersonnel par excellence, à l'image de sa relation avec sa mère. Henriette raccroche, le cœur gros. Jamais sa mère n'aura eu une parole pour la rassurer, comme si la nature sensible de sa fille lui faisait honte. Elle ressent un sursaut de rage salvateur. Elle fera ce voyage, coûte que coûte. Pas pour sa mère. Pas pour ses clients. Pour elle. Pour se prouver qu'elle en est capable.

Henriette serre fort la poignée de son petit bagage cabine. Huit kilos seulement, mais trois heures trente à réfléchir à ce qu'il convenait d'emporter. Oui, tout ça pour moins de quarante-huit heures de voyage. Bienvenue dans le monde d'Henriette. Elle aperçoit Auguste qui agite au loin les billets d'embarquement pour attirer son attention. L'arrivée à Florence est prévue pour 18 h 15. Auguste a l'air décontracté, comme s'il partait en vacances, les lunettes de soleil dans les cheveux. Pour elle, ce simple déplacement prend des airs d'épreuve initiatique. Mais Auguste n'en saura rien, elle y veillera. Après tout, quitte à aller en Italie, autant adopter les pratiques de la *commedia dell'arte*. Alors Henriette a déjà mis son masque de « personne normale » qui gère ce type de situation avec maestria. De toute façon, leurs mains ne se toucheront pas, donc tout va bien. Auguste ne sentira pas à quel point les siennes sont moites.

Elle a tourné en rond toute la journée, incapable de s'occuper en attendant le départ. Elle dort mal depuis trois jours à l'idée de ce voyage. Son esprit se situe à un niveau expert dans l'anticipation anxieuse. C'est harassant. Elle part donc déjà avec un déficit de sommeil. Autant dire avec un sérieux handicap pour relever le défi qui l'attend. Auguste, lui, déroule leur programme, feuille de route en main.

— Dès qu'on arrive, on file à l'agence de location de voiture. J'ai réservé une Fiat 500. C'est sympa, non ?

— Super ! s'exclame Henriette d'un ton faussement enjoué.

— Ensuite, direction l'hôtel pour le check-in et déposer nos bagages.

— Parfait ! lance-t-elle avec un sourire figé d'automate.

— Et demain, tout de suite après le petit déjeuner, on file à Pistoia, directement à la pépinière ! Tu n'y es jamais allée, encore ?

— Non, jamais…, répond Henriette d'une voix blanche.

— Tu verras, c'est extraordinaire, autant de variétés ! Par contre, je ne te cache pas que c'est très physique…

Il dit ça d'un air détaché, et Henriette sent son estomac se nouer. Tiendra-t-elle le coup ?

15

Le vol n'a duré qu'une heure quarante-cinq. Ce qui, dans l'espace-temps d'un angoissé de l'avion, revient au triple. Le phénomène est assez semblable à la température réelle *versus* la température ressentie. Quand elle descend de l'avion, Henriette a l'impression d'y avoir passé la journée. D'une manière assez prévisible pour un mois d'hiver, le ciel pendant le vol était particulièrement chargé avec, par moments, de grosses bourrasques. Et donc d'effrayantes secousses.

— Ça va, Henriette ? Tu es un peu pâle.

— Oui, oui, tout va bien, tu m'excuses, je vais juste faire un arrêt technique avant qu'on aille chez le loueur.

Henriette fonce vers les toilettes de l'aéroport et s'enferme dans l'une des cabines. Elle a à peine le temps de soulever la lunette qu'elle est prise d'un haut-le-cœur. L'estomac chaviré, elle essaie de se rafraîchir tant bien que mal et de tromper les apparences avec un peu de blush et une touche de rouge à lèvres.

Auguste attend à l'extérieur. Il vérifie encore une fois les documents de réservation pour la voiture de location. Il est toujours soucieux que tout se déroule selon le planning prévu. Le trajet en avion s'est bien passé, à l'exception de ce maudit trou d'air ! Henriette a eu peur, elle aussi, et elle lui a agrippé l'avant-bras par réflexe. Heureusement que ce geste lui est venu en premier, car, sans cela, c'est probablement lui qui lui aurait saisi la main. Il craint beaucoup les zones de turbulences en avion, mais il aurait été très embarrassé qu'elle s'en rende compte. Il la voit sortir des toilettes. Elle a l'air mieux. Elle a repris des couleurs.

— Excuse-moi, je suis un peu barbouillée. L'avion me fait toujours ça.

Il rit pour la mettre à l'aise.

— Moi aussi, ne t'inquiète pas. On va boire un soda, ça te remettra d'aplomb.

En effet, quelques instants après, grâce à l'effet miraculeux de la boisson, Henriette se sent ragaillardie. Tandis qu'ils prennent la route à bord de la petite Fiat 500, elle regarde s'éloigner l'aéroport de Peretola. La nuit tombe vite. L'hôtel est en plein centre-ville. Florence se dévoile, parée de ses atours de lumière, comme une sublime cantatrice un soir de première à l'opéra. Henriette en a le souffle coupé. Néanmoins, elle est pressée d'arriver et de se poser enfin. Elle n'a plus qu'une idée en tête : se retrouver seule dans sa chambre pour enfin se détendre. Par chance, ils ne mettent pas très longtemps à gagner l'hôtel Botticelli.

— C'est mon peintre préféré de la Renaissance italienne ! lance Auguste.

— Oui, moi aussi ! Tu sais d'où lui vient ce surnom de Botticelli ?

— Non, dis-moi.

— Du patronyme de son premier maître, un orfèvre portant le nom de Botticello. Ce sont sans doute ses premières heures dans l'orfèvrerie qui lui ont permis d'acquérir une si grande précision dans son dessin.

— Tu as fait de l'histoire de l'art ?

— Oui, j'avais des cours dans mon école d'archi. Ça me passionnait.

— Tu dois adorer l'Italie, alors ? Il y a tellement de joyaux culturels !

— Ah ça, oui ! s'exclame-t-elle pour masquer son embarras.

Comment lui avouer que c'est sa première fois en Italie, qu'elle n'avait jamais mis les pieds ne serait-ce qu'à Rome ou à Florence, tant le moindre voyage lui coûte…

Un portier les accueille, et ils se dirigent vers la réception pour l'enregistrement. Henriette est séduite par le charme du petit salon. L'œil devine déjà le moelleux du canapé et des fauteuils. Elle aime aussi l'élégance des motifs vert-de-gris avec de grandes rayures or. Elle s'attarde sur les autres ornements pendant qu'Auguste s'entretient avec l'hôtesse d'accueil.

Il revient vers elle en brandissant les clés.

— Et voilà ! La 202 pour toi, la 212 pour moi.

Ils prennent l'ascenseur jusqu'au deuxième étage. La chambre d'Auguste est située dans le couloir à gauche et celle d'Henriette dans celui de droite.

— On se retrouve en bas dans cinq minutes ?

Henriette cache comme elle peut son désarroi.

— Comment ça, dans cinq minutes ?

Il la regarde sans comprendre.

— Ben, oui, on va sortir dîner en ville ! Ce serait quand même dommage de venir ici sans en profiter, d'autant que nous sommes à deux pas du plus beau quartier de Florence !

Henriette ravale sa protestation en toussotant. Son rêve de room service et de tendre édredon s'éloigne. Elle commence à comprendre qu'il n'y aura pas le moindre moment de repos dans ce voyage d'affaires !

— OK, acquiesce-t-elle du bout des lèvres.

Cela lui laisse juste le temps de déposer son bagage. Petit réconfort : la chambre est jolie et a l'air confortable. Une reproduction de la *Vénus* de Botticelli trône au-dessus du lit. Il y a une poutre apparente en bois sombre et des rideaux clairs à la fenêtre dotée de petits carreaux offrant une vue sur la cour. Elle n'a qu'une envie, se jeter sur le lit, se mettre en boule comme un petit animal et s'endormir.

Elle se contente de se rafraîchir et rejoint Auguste dans le hall.

— *Pronta per una passeggiata, bella signorina ?*

— Tu parles italien, maintenant ?

Auguste éclate de rire.

— Non, j'ai lu la phrase dans mon guide touristique !

— Et ça veut dire quoi ?

— « Prête pour une balade, jolie demoiselle ? »

Il lui tend son bras pour qu'elle s'y accroche. Elle hésite une seconde, puis se lance comme on se jette à l'eau. Leurs pas résonnent sur les pavés de la Via della Stufa. L'air est doux, pour un mois de janvier.

— Tu m'emmènes où ?

— Tu verras bien, répond-il avec une agaçante intonation énigmatique.

Henriette essaie de faire bonne figure, mais sa nature inquiète reprend le dessus. Elle ne peut s'empêcher de se demander où ils vont aller, combien de temps durera cette escapade nocturne alors qu'elle se sent déjà si lasse. Malgré tout, elle reconnaît que le moindre coin de rue est charmant. Partout où ses yeux se posent, il y a du beau à ciel ouvert. Et là, soudain, au détour d'une rue, le Duomo !

Le célèbre dôme rouge de la cathédrale Santa Maria del Fiore, précise Auguste, ravi de la voir le souffle coupé.

— C'est grandiose !

— Tu vois que tu as bien fait de venir, la taquine-t-il.

Elle râle pour la forme, mais elle est contente de l'avoir suivi. Elle sait que chaque fois qu'elle sort de sa zone de confort, elle y gagne…

Après quelques instants d'émerveillement et de recueillement passés à l'intérieur du majestueux édifice, Auguste entraîne Henriette vers un autre site, la Piazza della Repubblica, le centre de la ville à l'époque de l'Empire romain.

— Oh, le manège ! Il est magnifique ! J'adore ces chevaux de bois à l'ancienne !

— On fait un tour ?

— T'es fou ?

— P't'être… Alors, chiche ?

Cet homme a le don de la faire sortir de sa coquille !

— Chiche.

Le tour de manège est un long éclat de rire. Est-ce la musique envoûtante, les regards d'Auguste sur elle, flous et presque irréels avec le mouvement de cette attraction foraine ? Henriette se sent grisée. Quand elle descend de son cheval de bois, elle s'accroche malgré elle à Auguste. La tête lui tourne. Il la soutient de ses bras, un sourire irrésistible aux lèvres.

— Ça va ?

Elle répond oui comme un automate. En réalité, ça va mieux qu'elle ne l'aurait cru. Étonnée, elle constate qu'elle s'amuse en dépit de sa fatigue.

— Alors on continue, crie joyeusement Auguste. Viens !

Il la prend par la main et la conduit jusqu'à une drôle de sculpture en bronze. Un sanglier !

— C'est la Fontana del Porcellino. Il y a une tradition ici, explique-t-il en fouillant dans ses poches.

Qu'est-ce qu'il fabrique ? se demande Henriette en fronçant les sourcils. Elle a sa réponse un instant plus tard.

— Tu dois frotter son nez, si, si ! Puis mettre une pièce de monnaie dans sa bouche et faire un vœu lorsqu'elle tombe dans la grille. Si la pièce de monnaie passe à travers, ton souhait se réalisera…

— Pff… J'y crois pas, à ces trucs-là…

— Allez, miss Rabat-joie ! Joue le jeu !

Elle attrape la pièce de monnaie qu'Auguste lui tend, frotte le museau, place la pièce et…

— Oh ! Elle est tombée à travers la grille !

Auguste se bidonne à ses côtés.

— Alors ton vœu va être exaucé. T'as demandé quoi ?

— Tu crois quand même pas que je vais te le dire ?

— J'aurai les moyens de vous faire parler, *signorina* !

— Ah oui ?

Ils se taquinent ainsi tout en déambulant dans les rues. Henriette pense à son vœu. Se sentir toujours aussi libre et heureuse qu'en cet instant, allégée de ses peurs qui la suivent comme une ombre et lui gâchent si souvent le tableau… Auguste attire son attention sur la splendide collection de statues en plein air dans la Loggia dei Lanzi. Elles méritent qu'on y regarde de plus près : à Florence, l'art explore aussi la noirceur. En témoigne la sculpture de plus de quatre mètres de haut de l'enlèvement des Sabines. Violence d'un moment historique dramatique, lorsque Romulus, le fondateur et premier roi de Rome, ordonne l'enlèvement des femmes des voisins, les Sabins, afin que les Romains puissent être assurés d'avoir des enfants. Dérangeant et impressionnant.

— Ça ne laisse pas indifférent, n'est-ce pas ?

— Pour ça, non…, souffle Henriette, touchée.

— Tu dois avoir faim, maintenant ?

Henriette avait oublié l'heure. 22 heures ? Oui, il est vraiment temps qu'elle s'alimente si elle ne veut pas avoir un malaise devant lui !

— Je t'emmène dans une trattoria typique, tu verras, c'est sympa…

Pourvu que ce ne soit pas à des kilomètres, s'inquiète Henriette dans son for intérieur. La fatigue la rattrape de nouveau. Elle a l'impression que le sang s'est retiré de ses joues. Ils arrivent devant un petit restaurant à la devanture qui ne paie pas de mine. La Osteria Nuvoli. *Ouh, là !* songe Henriette, pas vraiment rassurée sur ce qu'elle va avaler là-dedans…

— Tu me suis ?

On les emmène au sous-sol. Henriette se laisse guider, avec un peu d'appréhension. On les installe à une table en bois rustique. Henriette observe le décor autour d'elle et respire. L'endroit a beaucoup de charme. Elle aime les murs en pierre, les vieilles casseroles suspendues, l'atmosphère conviviale où elle entend chanter la conversation des locaux.

— Tu te laisses surprendre ? On va partager les plats pour que tu puisses goûter.

En entrée, elle se régale des tartines (épinards, foie de volaille, chair à saucisse et tomates, a-t-elle compris). Puis ils échangent des bouchées de leurs plats respectifs. Elle, les raviolis *al pomodoro fresco*, ricotta et épinards, lui, les tripes à la florentine.

— Mmm… C'est très très bon, en fait !

Il rit, content. Elle a repris des couleurs. Le chianti lui va bien. Sur le chemin du retour vers l'hôtel, elle s'accroche un peu plus lourdement à son bras. Il aime cette sensation qu'elle s'appuie sur lui. Ils sont un peu gris tous les deux. Il n'empêche, ils n'oublieront pas de sitôt cette taverne pittoresque ni cette soirée au charme inattendu dans un voyage d'affaires.

— À demain, lui dit-il en la raccompagnant jusqu'au seuil de sa chambre.

— À demain.

Elle aurait voulu le remercier pour la soirée, pour ce moment, mais elle ne trouve rien à dire. Elle se réfugie dans sa chambre. *Enfin !* songe-t-elle. Quelques instants plus tard, allongée dans le noir, le sommeil la fuit. Les sensations entêtantes de la soirée ont envahi son corps et son esprit d'une adrénaline qui mettra plusieurs heures à s'estomper. Elle s'agite, s'énerve, sans réussir à plonger… Dans quel état va-t-elle être demain ?

Ils se rejoignent pour le petit déjeuner. Aux aurores. C'est-à-dire 8 h 30 pour Henriette. Elle a mis ses lunettes noires. Pas envie de montrer ses yeux bouffis par l'insomnie.

— Tu joues la star ? la taquine Auguste.

— Très drôle ! dit-elle, le nez plongé dans son café, la tasse fermement enserrée par ses deux mains.

Comme elle s'y attendait, elle a très mal dormi. La soirée, le lit inconnu dans un pays inconnu… avec un presque-inconnu ! Maintenant, il va falloir tenir.

— Tu devrais manger quelque chose ! La journée va être longue…

— Pas faim…

Auguste hausse les épaules d'un air de dire : *Comme tu voudras*. Lui s'est servi une copieuse assiette : de l'omelette, du jambon cuit et fumé, des toasts, du fromage… Henriette grimace comme si tout cela la dégoûtait. Il redouble de simagrées pour montrer combien il se délecte, à croire qu'il prend plaisir à la voir râler. C'est vrai qu'elle est mignonne, avec son air de petit chat des rues abandonné qui sort les griffes quand on essaie de l'approcher… Il secoue la tête pour chasser cette pensée et se lève pour lancer le départ.

— Déjà ? gémit Henriette qui aurait rêvé de deux ou trois cafés supplémentaires.

— On a de la route et une seule journée pour tout faire !

Il se dirige vers la voiture. Il faut absolument qu'Henriette prenne le temps de passer aux toilettes avant ! Toujours le pipi d'anxiété. Surtout avant un trajet avec la peur de ne pas pouvoir s'arrêter.

— J'arrive tout de suite ! s'excuse-t-elle en rebroussant chemin vers les lavabos.

Ah, les femmes ! songe Auguste tandis qu'il branche le GPS. Il programme la Via del Girone. Henriette le rejoint, vaguement essoufflée. Elle a dû se dépêcher.

— En route ! s'exclame-t-il.

Au moins un qui est enjoué, se dit Henriette, déjà fatiguée avant même d'avoir commencé le périple. Les minutes s'égrènent sans qu'ils échangent une parole et elle admire en silence son aisance à conduire dans un pays étranger. Elle ne s'en sentirait pas capable. Rien que la sortie de Florence est complexe. Les noms de rues aux sonorités italiennes s'enchaînent. Lungarno Anna Maria Luisa de' Medici, Lungarno degli Archibusieri, Piazza del Pesce, Ponte Santa

Trìnita, Piazza Carlo Goldoni, Via Il Prato, Via Pietro Toselli, Via Anton Francesco Doni, Via di Novoli, Viale Alessandro Guidoni… Arriveront-ils jamais à gagner l'autoroute ? Enfin, ils trouvent la A11/E76. Auguste roule au maximum de la vitesse autorisée, cent trente kilomètres-heure. Henriette craint la vitesse. Elle ressent comme un appel du vide, comme si la voiture avalait la route à travers le pare-brise. Elle s'accroche inconsciemment à son siège. Sa bouche est toute sèche. Et voilà qu'une voiture se colle littéralement à leur pare-chocs ! Auguste jette des coups d'œil inquiets dans le rétroviseur. Il ne peut pas se déporter sur la droite pour l'instant, car il aperçoit une moto dans l'angle mort. L'autre voiture continue de mettre une pression infernale pour les obliger à se ranger dans la voie de droite.

— Qu'est-ce qu'il a, lui, il a trop regardé *Fast and Furious*, ou quoi ?

La tentative d'humour d'Henriette sonne faux. Si Auguste la connaissait mieux, il percevrait les tremblements dans sa voix. Quand il se déporte enfin, la voiture furibonde les dépasse en se foutant royalement de l'excès de vitesse.

Auguste se racle la gorge et serre fort le volant, comme un pilote, les deux mains positionnées à 14 heures. À la vérité, le chauffard lui a filé les chocottes, et il sent Maverick tout recroquevillé entre ses jambes. Il s'imagine une fraction de seconde avec le blouson d'aviateur de Tom Cruise, dans la peau du pilote d'élite. Cette pensée l'amuse et le ragaillardit.

Il demande malgré tout à Henriette de lui donner la bouteille d'eau pour boire une gorgée. Dieu merci, le reste du trajet se déroule sans encombre et, au fil des kilomètres, les paysages de la Toscane révèlent leur beauté. Bientôt, la pépinière est annoncée.

Innocenti & Mangoni

Quand la Fiat 500 se gare, ils murmurent tous deux une petite prière de gratitude. Auguste parce qu'il a réussi à les mener à bon port. Henriette parce qu'elle a passé la première étape. Le domaine s'étend à perte de vue. La première impression est enchanteresse.

— Voilà. Y a plus qu'à !

Auguste arbore un sourire d'aventurier sur le point de partir en quête d'un trésor caché. Il y a toujours une belle plante aux côtés des héros, mais Henriette doute d'en avoir le profil. Néanmoins elle redresse le menton pour se donner meilleure allure.

— En route, mauvaise troupe !

Elle se mord la lèvre d'avoir sorti cette expression idiote. Lui, il sourit. Il la trouve touchante, de se montrer si vaillante devant l'épreuve qui les attend. Parce que lui, les journées pépinières, il connaît ! Et il sait que ce n'est pas une sinécure…

16

Dans les bureaux parisiens, Gérard convoque Tony et Kenzo. Aux murs sont accrochés de grands panneaux : un vert sur lequel sont notés les projets en cours de conception, et un jaune pour tous les projets en phase de production. Il incombe à Tony de constituer les équipes et de dispatcher les hommes sur le terrain. Les ouvriers sont tous en CDI, ce qui est impératif dans le métier. Il ne s'agirait pas de devoir former une nouvelle main-d'œuvre à chaque nouvelle mission ! Et puis, comme ne manque jamais de dire Tony : « On ne change pas une équipe qui gagne ! »

— Entrez, les gars ! Asseyez-vous. Tony, tu peux peut-être finir ton pain au chocolat après la réunion ?

— Echcuse-moi, ch'ai pas eu l'temps de prendre mon p'tit décheuner.

Tony a des miettes partout sur son pull camionneur qui moule son abdomen rebondi.

— Qu'est-ce que tu veux, il faut bien nourrir l'homme ! C'est pas comme Kenzo qui a un physique de grenouille ! Ha, ha, ha !

— Arrête avec ça ! s'agace Kenzo, pourtant habitué à être charrié.

Comme si envoyer des piques était incontournable pour instaurer une atmosphère de bonne camaraderie.

Gérard connaît Tony par cœur et ne relève pas. S'il commençait à se mêler des chamailleries de ses équipes, il ne s'en sortirait pas. Qui plus est, il sait qu'un Tony au ventre creux n'a pas d'oreilles. L'autre continue donc à boulotter en tenant son petit pain comme un écureuil affamé à la sortie de son hibernation.

— Bien, attaque Gérard en faisant fi des bruits de mastication. Je vous ai réunis ce matin pour lancer le chantier des Montlhéry.

Tony repose son pain au chocolat dans le papier gras, soudain aux aguets. Gérard poursuit :

— Nous avons tout le gros œuvre à mettre en place. Je ne vous fais pas un dessin. Préparer le terrain, creuser un trou à l'emplacement du futur bassin, construire la terrasse pour installer la pergola… Tony, je compte sur toi pour monter les équipes, et sur toi, Kenzo, pour assurer l'interface entre les différents intervenants. Compris ?

— Compris, répond Kenzo du tac au tac.

Tony ne répond pas et garde les yeux dans le vague. Gérard le rappelle à l'ordre.

— Hé oh ? Tony ? T'es avec nous ?

Tony sort de sa torpeur. Quelque chose a l'air de le chiffonner, ce qui n'échappe pas à Kenzo. Le boss n'a pas le temps de s'attarder. Il informe juste les gars qu'il appellera lui-même Claire de Montlhéry pour l'informer des échéances. La réunion s'achève. Tony et Kenzo se retrouvent dans le couloir. Machinalement, Kenzo extirpe de sa poche son paquet de tabac et se rend sur le perron pour s'en rouler une. Tony l'imite et ils fument quelques instants en silence. Tony est perdu dans ses pensées. Il savait que ce moment arriverait et le mettrait au pied du mur. Un conflit intérieur le tenaille. Comment conduire ce chantier s'il ne peut même pas sortir du camion par peur de tomber nez à nez avec ces affreux chihuahuas ? Il faudrait qu'ils puissent être enfermés tout le temps de sa présence, or comment expliquer cela à la maîtresse des lieux sans l'offenser ? Et surtout sans avouer sa peur ridicule de chiens aussi riquiquis ? *Parles-en à Kenzo ! Pas question !* s'insurge Tony en lui-même. Rien qu'à l'idée que son collègue le plus proche puisse l'apprendre, il en a des sueurs froides ! Cet idiot serait capable d'en faire des gorges chaudes ! Quand il dit « idiot », ce n'est pas méchant. *Qui s'aime bien se charrie bien.* Ah, ça, pour ce qui est de charrier Kenzo, Tony ne rate jamais une occasion ! Est-ce sa faute, si Kenzo prend la mouche si facilement et rend la plaisanterie si irrésistible ? Mais, pour l'heure, c'est Tony qui n'en mène pas large. Rien que d'imaginer les petites pattes pleines de griffes, les babines, les crocs menaçants et les grognements effrayants des bestioles, il sent la crise de panique arriver. Il doit agir, vite !

— Dis-moi, Kenzo, amorce-t-il, je pense à un truc… Tu sais, les chiens des Montlhéry ? Ils risquent pas de nous emmerder, sur le chantier ?

— J'en sais rien, gros. Je pense pas, non… T'en as, de ces questions !

Tony se racle la gorge, très embarrassé d'insister.

— Oui, c'est que c'est important, si on les a dans les pattes toute la journée ! Tu voudrais pas demander à la femme de les enfermer, le temps qu'on bosse ?

— Et pourquoi ce serait à moi de le faire ? T'as qu'à t'en occuper, toi !

Tony sait qu'il paie pour toutes les fois où il a chambré Kenzo.

— OK ! Moi, je dis ça parce que tu sais mieux parler aux dames. T'es plus diplomate.

— Te fatigue pas, je te dis. Débrouille-toi tout seul.

Et il s'éloigne, goguenard.

Tony déteste passer des coups de fil et encore plus dans le cas présent pour évoquer ces chihuahuas qui lui font horreur. Il prend plusieurs minutes avant de décrocher son téléphone. Il tombe sur elle.

— Ah, madame de Montlhéry ! Comment allez-vous ?

Chaque fois, il oublie de se présenter. Il est catastrophique en relation client.

— Qui est à l'appareil ? demande-t-elle d'une voix sèche.

— Désolé, m'dame, c'est Tony, le chef de chantier d'Eden Garden.

— Oui ? En quoi puis-je vous aider ?

— Eh ben, c'est à propos de vos chiens, m'dame… V'savez, c'est dangereux, un chantier pour des si petites bêtes… Je m'disais que ce serait sans doute plus prudent de les enfermer quand on travaille avec les machines pour pas risquer un accident…

— C'est très délicat de votre part de penser à eux ! Je vous en remercie. Et oui, vous avez raison, je les garderai dans la maison quand vous utiliserez vos engins de gros œuvre.

— Merci, m'dame. Merci beaucoup. Tant que j'y suis, ça vous va si on vient jeudi pour le repérage et le balisage ?

— Parfait.

Tony n'en revient pas que tout se soit bien passé et il ressent en raccrochant un immense soulagement.

Il n'aurait pas à affronter ces monstres à dents qui l'avaient tant terrorisé dans son enfance…

Tony et Kenzo ont préparé le matériel nécessaire dans le véhicule utilitaire. Ils ont été rapides. L'habitude. Par acquit de conscience, Tony vérifie une ultime fois la liste. Il lit à haute voix et Kenzo regarde à l'intérieur du camion. Leur routine de binôme est bien huilée.

— Piquets ?

— J'ai.

— Poteaux de signalisation ?

— J'ai.

— Barrières ?

— J'ai.

— Passe-câbles ?

— J'ai.

Ils contrôlent l'ensemble des éléments indispensables pour garantir la sécurité des ouvriers, et aussi celle des habitants de la maison et des voisins. Un chantier est toujours une zone dangereuse, et personne ne peut se soustraire aux normes de sécurité. Ils prennent la route. Kenzo allume l'autoradio et se met à siffloter. L'ambiance est légère. Tony se sent détendu depuis qu'il a pu mettre les choses au clair avec la propriétaire. Il aime son travail. D'autres pourraient trouver rebutant de passer sa vie les mains dans la terre. Lui, c'est ce qui lui plaît. Est-ce que cette passion lui vient des bacs à sable ? Peut-être ! Il se souvient de sa mère qui lui disait toujours à quel point il aimait faire « la patouille ».

Tapoter, mélanger, éclabousser… Il adorait fabriquer des routes et des châteaux imaginaires avec ce qui lui tombait sous la main et ce que la nature mettait à sa disposition : sable, brindilles, cailloux, feuilles, eau… Il appréciait par-dessus tout le contact sur sa peau des matières qu'il réussissait à créer. Liquides ou compactes, transparentes ou opaques, lisses ou granuleuses. Cela le réjouissait, de regarder et sentir ces substances vivre entre ses doigts.

— T'as l'air songeur, lui dit Kenzo en lui jetant un regard oblique amusé.

— Non, j'suis pas songeur, j'ai juste besoin d'un café, répond Tony pour esquiver la question.

Il travaille pourtant avec Kenzo depuis plusieurs années, mais cela ne lui viendrait pas à l'esprit de partager avec lui une anecdote intime. En réalité, Tony ne se livre jamais. Pour quoi faire, d'ailleurs ?

« Tais-toi, si c'est pour parler pour ne rien dire ! »

Combien de fois avait-il entendu cette phrase dans la bouche de son père ? Alors Tony réservait ses paroles à des fins utiles. Des infos pour le travail ou bien des choses nécessaires pour gérer l'ordinaire. Principalement ce qui avait trait à la boustifaille.

Ils s'approchent du domaine des Montlhéry. Kenzo gare le camion et en descend aussitôt pour commencer à décharger.

— Tu viens m'aider, ou quoi ?

— Attends ! Je m'en roule une et j'arrive.

Une fois sa clope au bec en place, il l'allume à l'ancienne, avec des allumettes, puis il rejoint Kenzo.

— Pas trop tôt !

— Allez, râle pas, ma poule !

Il se met à rigoler devant la tête agacée de son jeune confrère, quand, soudain, il perçoit des aboiements. Le sang se fige dans les veines de Tony. Les chihuahuas déboulent à toute berzingue dans leur direction, et Tony ne peut retenir un cri archaïque incontrôlable :

— Maman !

Son collègue le contemple d'un air bizarre.

— Tony ? Ça va ?

S'ensuit une scène d'anthologie dans laquelle Tony, terrorisé, tourne en rond autour de la camionnette, poursuivi par les petits chiens et leur vacarme assourdissant. Kenzo ne comprend pas ce qu'il se passe. Quoi ? Ce grand gaillard de Tony, ce roc, ce molosse qui semble n'avoir jamais peur de rien, se retrouve tétanisé par des toutous miniatures à la grande gueule ?

— Maman ! Maman ! ne cesse de répéter Tony en poussant des cris angoissés pour échapper à ses poursuivants. Fais quelque chose, Kenzo !

Capito ! Ni une ni deux, Kenzo ouvre la portière de la camionnette et pousse Tony pour le mettre à l'abri. Kenzo vient s'asseoir à côté de lui et l'habitacle réconfortant étouffe les aboiements des chiens qui encerclent le véhicule. Kenzo regarde Tony en silence, attendant une explication. Son collègue se frotte les mains avec nervosité, le front luisant de sueur malgré le froid. D'ailleurs, l'effroi n'a pas encore quitté ses yeux.

— Allez, vas-y, tu peux te foutre de ma gueule, ce sera de bonne guerre…

— Pourquoi ça ?

— … Parce que je tremble devant ces chiens ridicules et minuscules et que, si ça se sait, je vais être la risée de toute l'équipe…

— C'est pas faux…, répond Kenzo, un peu narquois.

— Ah, voilà ! Tu te venges, maintenant ?

— C'est vrai que je pourrais, pour toutes les fois où tu m'as traité comme un teubé !

— J'suis désolé, Kenzo ! Je sais que c'est difficile à croire, mais c'est parce que je t'aime bien que je te chambre. Je te demande pardon si je t'ai blessé.

Les accents de sincérité de son collègue bouleversé touchent Kenzo.

— OK, je te crois. Si tu me promets de ne plus jamais recommencer, je passe l'éponge.

— Promis ! Et… pour les chihuahuas ? Tu ne diras rien, hein ?

Kenzo garde le silence quelques secondes. À la fois pour savourer sa victoire, il ne faut pas se mentir, et à la fois pour réfléchir à un deal à son avantage. Il n'est pas fou, Kenzo. Il a appris la vie tôt.

— D'accord, je vais t'aider. Je vais aller voir la propriétaire et lui inventer un pipeau pour qu'elle enferme ses chiens…

— Je comprends pas, je lui avais pourtant demandé au téléphone, rapport au danger avec les grosses machines !

— Précisément ! Aujourd'hui on ne fait rien de dangereux, juste de la signalétique. C'est sans doute pour ça qu'elle les a laissés en liberté. Tiens, d'ailleurs, regarde. Elle nous fait signe depuis le perron. Elle a rappelé ses chiens.

— Tu vas trouver une excuse, hein, dis ? Sinon, moi, je ne pourrai pas sortir du camion !

— Oui. À une condition…

— Dis-moi !

Kenzo n'a jamais vu Tony comme ça, prêt à tout pour échapper à cette situation stressante.

— Je vais avoir besoin que tu me rendes un petit service…

17

Henriette marche sur les pas d'Auguste à travers les allées sans fin du domaine de la pépinière. Elle sent son ventre protester dans de longs gargouillements et se met à regretter de n'avoir pas suivi les conseils d'Auguste ce matin.

— Tu crois qu'ils vendent des sandwichs quelque part ?

Il la regarde d'un air taquin.

— Ils en vendent à l'entrée, et nous nous sommes déjà beaucoup éloignés. Je t'avais dit de prendre un bon petit déjeuner !

— Ça va ! Pas la peine d'en rajouter…

Elle lui jette un regard noir, ce qui semble ne faire ni chaud ni froid à Auguste, trop content d'être dans ce lieu magique. Ils poursuivent l'exploration des allées. Les jambes d'Henriette commencent à être flageolantes, et elle a l'impression qu'une ampoule est en train de se former à son pied droit. Ils ont déjà marqué des dizaines de végétaux. C'est ainsi que cela fonctionne : il faut signaler d'une étiquette la plante que l'on veut réserver. Ils sont là en priorité pour le chantier Montlhéry, mais pas seulement. Gérard les a aussi chargés de pourvoir un stock qui servirait pour l'ensemble des projets de l'année. Elle se demande combien de kilomètres ils ont déjà parcourus. Elle préfère ne pas regarder le chiffre sur l'application de son portable. Cela pourrait lui donner encore plus le tournis. Elle ne s'attendait pas à une épreuve aussi physique qui nécessite sans cesse de bouger les énormes pots pour mieux observer les spécimens. Elle a le dos en compote. Auguste semble infatigable.

— Regarde, Henriette, cet albizia aux feuilles foncées !

Henriette s'émerveille devant les plumeaux soyeux, blanc rosé. Elle s'efforce de rester enjouée. Pour lui être agréable.

— C'est magnifique, en effet ! Et ça correspond totalement à la demande des Montlhéry.

— Il va apporter un vrai exotisme à leur jardin. Et tu as vu la finesse du feuillage divisé ?

— Oui, c'est superbe. Et parfait pour apporter de l'ombre aussi !

— On prend, alors ?

— Oui, on prend.

Pendant qu'Auguste marque le végétal, Henriette fouille dans son sac à la recherche d'un de ses bonbons au miel pour tromper la faim.

— On avance bien ! s'exclame Auguste. Mais il nous manque encore des choses. Il nous faut trouver plus de végétaux rares pour le jardin des Montlhéry. Essayons de regarder le plan qu'on nous a donné.

Tous les deux penchés sur la carte de l'immense domaine, les yeux d'Henriette tombent à la hauteur de la mâchoire carrée d'Auguste dont il émane un doux parfum d'eau de Cologne. Comment fait-il pour sentir encore aussi bon après une telle marche ?

— Tiens, regarde, là : *Zona delle piante rare.* Allons-y !

— C'est encore loin ? demande Henriette en essayant de dissimuler le désespoir dans sa voix.

— Non, pas trop. Tu es fatiguée ? On pourra faire une pause après, si tu veux.

Rien que le mot « pause » redonne à la jeune femme un peu de rose aux joues.

Une fois arrivée dans les rangées de plantes rares, Henriette observe Auguste avec un certain amusement. Il s'émerveille et court partout comme un gosse dans une caverne d'Ali Baba.

— Incroyable ! Un genêt de l'Etna. On en voit très rarement. C'est un petit arbre caduc qui a une floraison jaune d'or spectaculaire.

— Ce sera du meilleur effet ! Et on pourrait imaginer un éclairage bleuté qui le mettrait encore plus en valeur une fois la nuit tombée, qu'en penses-tu ?

Auguste lui adresse un franc sourire et la gratifie d'un compliment chaleureux pour son idée. Elle ne l'a jamais vu aussi enjoué, et elle songe que la bonne humeur lui réussit. Cette chasse aux plantes rares a l'air de l'enchanter et montre sa personnalité sous un jour différent. À Paris, au bureau, il est souvent tendu. Ici, il a l'air dans son élément.

— Et là ? Une Diva !

— Une Diva ? répète Henriette sans comprendre.

— C'est le surnom de cette fougère arborescente de Tasmanie.

— Génial ! On prend ?

— Obligé, oui !

La liste s'allonge rapidement avec aussi des albizias Summer Chocolate et deux pins Wollemi.

L'après-midi est déjà bien avancé, et les limites d'Henriette sont dépassées depuis longtemps. Va-t-elle, d'un instant à l'autre, s'avachir sur le sol pour ne plus en bouger ? Sa petite voix intérieure familière lui rappelle les risques qu'elle encourt, si elle ne dit pas stop. *Tu sais où ça peut te mener, quand tu ne tiens pas compte de ton syndrome de* trophobie... *Quand c'est trop, c'est trop, et après, tu craques...* La voix a raison. Henriette appelle Auguste qui marche d'un bon pas plusieurs mètres devant elle.

— Auguste ! Arrête-toi, s'il te plaît. Je n'en peux plus.

Il se retourne vers elle, surpris. Elle s'attend à ce qu'il se moque d'elle. Il n'en fait rien. Il s'approche et lui demande ce qui ne va pas. Elle lui explique qu'elle a les jambes qui tremblent et qu'elle se sent chancelante.

— Excuse-moi, c'est ma faute. Quand je suis ici, je ne peux plus m'arrêter... Attends, j'arrive !

Il disparaît. Elle attend de longues minutes, plantée là au milieu des végétaux. *Ça y est*, se dit Henriette, *il m'a abandonnée ! Et je ne sortirai jamais de ce labyrinthe !* Elle est au bord des larmes quand, tout à coup, elle le voit revenir avec un objet à roue.

— Allez ! Grimpe là-dedans ! Je vais te porter.

— Quoi ! Moi ? Dans une brouette ? Tu n'y penses pas !

— Dépêche-toi avant que je ne change d'avis !

Et la voilà bringuebalée comme un sac de terre, mais au moins un sac de terre souriant. Auguste perçoit avec plaisir le changement d'humeur.

— Je te ramène à l'accueil, *principessa* ! Tu vas bientôt pouvoir te restaurer, et tu te sentiras mieux !

Henriette ressent un élan de gratitude. Lui, la situation a l'air de l'amuser. Il la regarde avec malice. Elle est mignonne, sa petite fleur de serre, dans cette brouette ! Il la charrie et elle rougit un peu. C'est si facile, de la piquer ! Elle a les traits fatigués et le visage exsangue. Il aurait dû faire plus attention à elle et penser à prendre des sandwichs à l'accueil, avant de s'aventurer dans le domaine si étendu ! Quand il est dans une collecte de végétaux, il oublie tout, perd la notion du temps… À l'évidence, maintenant, Henriette est en hypoglycémie… Il s'en veut de son inconséquence. Il n'a pas l'habitude de prendre soin d'une femme. Peut-être même qu'il s'occupe mieux des fleurs. Il serait peut-être temps qu'il apprenne. Il a mal aux mains. C'est difficile, de pousser la brouette sur ce chemin cahoteux.

— Tu me reposes, si tu veux.

— Non, ça va. On est bientôt arrivés, regarde ! Je vais faire un petit sprint final !

— Et les plantes ? On n'a pas fini…

— C'est pas grave ! On a déjà largement ce qu'il faut ! Allez, prête ?

Il éclate de rire tandis qu'il se met à courir pour montrer sa force, tel un coq plein d'allant. Malheureusement, son pied bute contre un caillou et le voilà qui part dans un vol plané incontrôlable. La brouette bascule et se fracasse à terre dans un bruit de tôle froissée. Henriette roule sur le bas-côté. Sa tête a heurté quelque chose et, en touchant son front du bout de ses doigts, elle sent une matière visqueuse qui ressemble fort à du sang. Elle entend non loin un gémissement. Elle aperçoit Auguste au sol, le visage grimaçant de douleur.

— Aïe ! Ma cheville !

Elle accourt auprès de lui, mais, au moment où elle s'agenouille, un vertige l'oblige à poser sa main sur le torse d'Auguste.

— Henriette ! Tu saignes ?

Elle sort un Kleenex de sa poche et l'applique sur son front.

— Ce n'est rien, probablement une égratignure. Et toi ?

— Je crains de m'être foulé la cheville !

— Prends ma main, je vais t'aider à te relever.

Le premier pas le fait terriblement souffrir.

— Accroche-toi à moi, je ferai ta béquille. On va essayer de gagner l'accueil en clopinant.

Leur binôme trijambiste fonctionne plutôt bien. Collés l'un à l'autre et unissant leurs forces, ils aperçoivent enfin l'entrée de la pépinière. Quelqu'un vient à leur rencontre pour leur porter secours. Ils sont désolés, ils n'ont pas grand-chose à disposition pour soigner les blessures. Juste du désinfectant et quelques pansements. Ils examinent la cheville d'Auguste. C'est enflé, mais il peut la bouger et, quand il se met debout, il peut y appuyer le poids de son corps, même si cela lui fait mal.

— C'est sûrement une bonne entorse, dit Auguste à Henriette. Par contre, une chose est sûre, je ne vais pas pouvoir reprendre le volant.

Sa phrase flotte dans les airs, tandis que mille projections anxieuses s'engouffrent dans l'esprit d'Henriette. Dans son état de nerfs et de fatigue, c'est la goutte d'eau qui fait déborder le vase. Elle n'est pas en état de conduire. Et l'idée de ne pas avoir le choix lui serre la gorge comme un étau. On lui apporte un sandwich. Mais ça y est, elle n'a plus faim. Elle se force à avaler quelques bouchées. Elle sait qu'il le faut. *Tenir. Tenir.* Elle se répète le mot en boucle, comme un mantra. Y arrivera-t-elle ?

18

Tony rentre chez lui de mauvaise humeur. Il se retient de dire « d'une humeur de chien », car sa mésaventure avec les chihuahuas ne lui a pas du tout donné envie de rire ! Il est passé à ça de se couvrir de ridicule devant la cliente, et il ne l'aurait pas supporté ! Malheureusement, Kenzo, lui, a découvert son secret, et l'ego de Tony s'en trouve mis à mal. Mais bon. Il n'a pas le choix, il va devoir s'accommoder de la situation. Le jeune a tenu sa parole. Il est allé parler à Claire de Montlhéry pour lui expliquer qu'il ne serait pas commode d'avoir ses chiens dans les pattes pendant qu'ils baliseraient le terrain. Cela n'a pas posé de problème. Cette femme est d'une nature très arrangeante. Si seulement il en avait choisi une du même modèle ! La sienne sort le nez de la salle de bains, les avant-bras trempés et les cheveux hirsutes. Les deux petits derniers prennent un bain ensemble et aspergent tout ce qu'ils peuvent aux alentours. Un objet non identifié cogne le pied de Tony et lui arrache un grognement de contrariété. Il engueule son aîné.

— Je t'ai déjà dit de pas jouer avec ta voiture télécommandée à l'intérieur de la maison ! Combien de fois je vais devoir te le répéter ? Tu as fait tes devoirs ?

Sa femme saisit la perche.

— Non, et ça tombe bien que tu ne rentres pas trop tard, tu vas pouvoir t'en occuper !

Elle retourne à sa besogne avant qu'il n'ait eu le temps de protester. *Flûte de flûte*, songe Tony. Lui aussi, il a des devoirs. Il a promis à Kenzo. Et, sous ses abords abrupts, Tony est un homme de parole.

— Viens là, mon p'tit gars, alors c'est quoi qu'elle a demandé, la maîtresse ? Une poésie ? C'est simple, tu te récites à haute voix les phrases plusieurs fois. Tu t'entraînes un peu et, quand tu es prêt, tu viens réciter à papa. D'accord, fiston ?

Le gamin acquiesce et se met au travail. Vite ! Tony n'aura pas beaucoup de temps. Il s'assoit dare-dare devant l'ordinateur familial et cherche l'inspiration comme il peut sur Internet. Kenzo lui a demandé quelque chose de difficile et de très personnel. Maintenant qu'il a démasqué sa peur inavouable, Tony ne peut plus rien lui refuser. Kenzo veut écrire une lettre d'amour à sa copine Philippine pour qu'elle comprenne enfin la profondeur de ses sentiments. Malheureusement, il s'en sent incapable. « Je suis pas doué avec les mots », a-t-il expliqué avec un air piteux. « Pourquoi tu lui dis pas à l'oral ? » a rétorqué Tony. Kenzo se tortillait devant lui, l'air malheureux. Alors il a sorti l'artillerie lourde des arguments pour le convaincre. « C'est pas ça, gars… Tu comprends, je veux qu'elle ait une bonne opinion de moi. Elle, elle est dans un cycle d'études supérieures, c'est une fille brillante. Je te dis pas le nombre de neurones qu'elle doit avoir… des centaines de milliers, tu imagines ? » Kenzo a hésité à se confier, puis a fini par lâcher le morceau… « J'ai peur qu'un jour elle se rende compte de mon Q.I. de bulot et qu'elle me quitte… Alors, pour pas que ça arrive, je prends les devants. Toi, mine de rien, t'as un BTS et, en plus, tu lis des livres. Il faut que tu m'aides ! »

Kenzo a réussi à l'émouvoir, sans compter qu'il est redevable. Mais, quand même, quelle misère ! Qu'est-ce qu'il y connaît, lui, Tony, aux lettres d'amour ? Quoi qu'il en soit, il n'a pas le choix, il se doit d'aider Kenzo. Alors il n'a plus qu'à se mettre à l'œuvre… Même si le résultat s'annonce très incertain.

19

Henriette s'assoit à la place du conducteur comme à celle du condamné à mort. D'un geste lent et crispé, elle attrape la ceinture de sécurité et la boucle avec un serrement de cœur qui, à l'intérieur de sa poitrine, accélère ses battements. À ses côtés, inconscient de l'épreuve à laquelle Henriette se soumet, Auguste a pris place non sans un grognement de douleur causé par sa cheville endolorie. En cette saison hivernale, la nuit est tombée vite sur la campagne toscane. Henriette a déjà horreur de conduire sur des routes connues en France, alors de nuit et à l'étranger… Sans parler du modèle de la voiture qu'elle ne maîtrise pas. Elle reconnaît l'angoisse qui monte en elle de plus en plus fort. Elle tourne la clé de contact et commence par caler en passant la première. Auguste la regarde en fronçant les sourcils. Comment pourrait-il comprendre ce qui se joue en elle ? Il doit tout de même percevoir son anxiété, car il lui propose gentiment de programmer le GPS pour elle. Elle acquiesce. Ils se mettent en route.

— Tu n'allumes pas tes phares ?

Elle s'aperçoit qu'elle n'avait même pas pensé à ce geste élémentaire. Elle se corrige aussitôt. Ses doigts tremblent sur le volant.

Pour sortir de ces chemins de campagne, ce sont des méandres sans fin. Elle se tient collée au volant, comme une petite vieille qui ne verrait rien à la route. Auguste, croyant l'aider, lui dicte ses indications. « Tourne à gauche. Prends tout droit. Attention, il y a un stop ! » Elle sent ses nerfs lâcher et les derniers garde-fous de la bienséance professionnelle sont sur le point de craquer. Elle a juste envie de lui crier dessus.

— Vas-y, là, là, c'est là, l'entrée de l'autoroute ! s'énerve-t-il sans penser à mal.

Henriette braque brusquement le volant et manque d'entrer en collision avec la voiture de derrière dans son angle mort. Dans son stress, elle n'a pas regardé dans son rétroviseur. Une fois engagée, son pouls est aussi rapide qu'un sprinter aux mille mètres haies.

— T'es fou, de me hurler dessus comme ça ! On a failli avoir un accident !

— Excuse-moi, je ne voulais pas te faire peur !

Auguste se renfrogne dans son siège. Maintenant, il fait la gueule. À l'angoisse de la situation s'ajoute le stress d'une brouille. Henriette se mord la lèvre très fort pour essayer d'endiguer le flot de larmes qui lui monte aux yeux. Sa vue devient floue, l'empêchant de lire les instructions du GPS. Elle ralentit malgré elle et un chauffard klaxonne. Il la dépasse en lui adressant des gestes qui se passent de traduction. Le GPS annonce un embranchement à ne pas rater.

— Merde, merde, merde, il faut tourner où, là ?

Le GPS patauge, Henriette prend une sortie au petit bonheur la chance et comprend quelques secondes après que ce n'était pas la bonne option. Avec horreur, elle constate sur l'écran qu'elle s'est trompée au croisement. Ils se retrouvent au milieu de la campagne toscane, paumés. C'en est trop. Henriette se gare sur le bas-côté, le corps secoué de tremblements, si tendue qu'une crampe commence à poindre dans sa jambe gauche. Elle est incapable d'aller plus loin. À bout de forces, elle éclate en sanglots. Désemparé, surpris par la violence de sa réaction nerveuse, Auguste essaie de la réconforter.

— Henriette ! Calme-toi ! Explique-moi ce qui ne va pas !

Elle tourne vers lui son visage ruisselant de larmes.

— Que je t'explique ce qui ne va pas ! Ce n'est pas évident ? Il y a que tout ça, c'est beaucoup trop pour moi, que je n'en peux plus, que je n'arriverai même pas à te ramener à Florence ! Et le pire, c'est que tu vas me trouver nulle !

Elle hoquette de plus belle. Au milieu de ce torrent de paroles paniquées, Auguste est intrigué par la dernière phrase. Il lui sort un paquet de Kleenex, l'invite à se moucher, à boire un peu d'eau, puis lui demande avec douceur :

— Mais pourquoi donc veux-tu que je te trouve nulle ?

Sa gentillesse a l'air de mettre la jeune femme encore plus hors d'elle-même.

— Parce que ! Même si tu ne le diras jamais devant moi, tu ne pourras pas t'empêcher de penser que je n'assure pas !

Touché de la voir dans un tel état, il ne sait comment s'y prendre pour la réconforter.

— Henriette ! Regarde-moi ! Tu reviens sur terre avec moi, là ? Tu arrêtes tes délires ?

La fermeté semble avoir un impact sur elle, et elle redescend d'un cran.

Il plante ses yeux dans les siens.

— À aucun moment je ne pense que tu es nulle. Au contraire, tu as été très vaillante aujourd'hui et tu as assuré sur toute la ligne. Ça ferait trop pour n'importe qui, toutes ces tuiles qui s'enchaînent dans cette journée à rallonge !

— Tu dis ça pour me faire plaisir !

— Pas du tout. Et tu sais quoi ? Je commence moi aussi à être crevé et borderline !

— Vrai ?

— Grave !

Sa grimace arrache un sourire à Henriette.

— Ah, j'aime mieux te voir comme ça !

Il tend ses bras vers elle pour lui offrir un hug de réconfort qu'elle accepte sans réfléchir. Il sent son corps se détendre. Ils respirent au même rythme. C'est apaisant. Lui aussi, cela lui fait du bien. Il se rend compte à quel point il s'est mis la pression pour ce voyage et, cet après-midi, il a tout donné dans la pépinière pour dénicher les plantes les plus rares. Il est épuisé et, tout comme Henriette, cette péripétie ne l'enchante pas. Néanmoins, il se doit de prendre sur lui pour venir en aide à la jeune femme, comme elle a pris soin de lui un peu plus tôt.

— Ne t'inquiète pas ! On va trouver une solution ! Et le plus important, c'est qu'on est tous les deux, alors tout ça n'est pas si grave. Tu me fais confiance ?

Elle opine du chef comme une enfant hagarde, pas encore sortie de son chagrin. Auguste repère grâce à son smartphone les ressources dans les environs.

— Il y a un domaine viticole pas loin ! Je vais les appeler.

Henriette le regarde téléphoner. Il met le haut-parleur. Il arrive à joindre quelqu'un et entame une conversation dans un mélange de français, d'anglais et d'italien approximatif. Ça a l'air laborieux !

— *Un momento !* finit par répondre la voix de l'homme au bout du fil.

Une voix de femme prend le relais. Miracle, elle s'exprime alors dans un français très honorable, teinté d'un charmant accent italien. Auguste explique leur situation, qu'il est blessé à la cheville et que ni lui ni sa partenaire ne peuvent plus conduire, qu'apparemment ils ne sont pas loin du tout de leur domaine, d'après les coordonnées GPS…

— Je comprends, dit la femme avec amabilité. On va venir vous chercher, d'accord ?

Quand Auguste raccroche, il a le sourire.

— Tu vois ? Tout s'arrange !

Henriette en pleure de soulagement.

— Ah non ! Tu ne pleures plus, maintenant !

Elle sèche ses larmes d'un revers de main et tente de lui offrir un sourire plus présentable.

Un quart d'heure plus tard, un homme se gare près de leur voiture et vient frapper à leur vitre.

— *Buonasera ! Sono il gestore della tenuta, Francesco Conti ! Piacere ! Venite con me ?*

Son sourire et son accent chantant valent tous les canots de sauvetage, songe Henriette, même si elle ne connaît pas un traître mot d'italien.

— Qu'est-ce qu'il raconte ?

— J'en sais rien, mais on le suit !

Auguste et Henriette s'engouffrent dans la voiture de Francesco Conti sans se faire prier.

20

Le petit garçon en a assez, de répéter sa poésie en boucle à voix haute. Plusieurs fois, il est venu tirer la manche de son père occupé à l'ordinateur pour lui demander de la lui faire réciter.

— Je viens, poussin, je viens ! Donne-moi encore cinq minutes !

Et son père recommence à tapoter sur le clavier avec un air concentré qu'il ne lui connaissait pas. Il se demande ce qu'il fabrique. Il a essayé d'espionner en lisant le contenu sur l'écran, en vain. Lassé et boudeur, le petit garçon a abandonné sa leçon. Le feuillet traîne par terre à côté de lui, tandis qu'il se met à jouer avec ses voitures de course. Il imite avec force le bruit du moteur, content de son vacarme.

— Chut, Théo, je n'arrive pas à me concentrer !

Décidément, son père n'est pas drôle, aujourd'hui.

— Joue plutôt avec tes Lego !

Les Lego, c'est bien, mais ce qui est amusant, c'est justement de faire du bruit ! Malgré tout, Théo obéit à son père. Mieux vaut ne pas le contrarier, il n'a pas l'air d'une humeur très commode.

Tony grommelle et s'énerve. Il a du mal à trouver

les bonnes formulations. Il commence à écrire, se relit, juge ça mauvais, efface tout.

— Merde ! J'avance pas.

— Papa ! T'as dit un gros mot. Je vais le dire à maman.

Tony comprend que, s'il ne se met pas son fils dans la poche, il n'avancera pas. Ce petit filou va sûrement vouloir tirer avantage de la situation.

— Bon, si tu me laisses finir gentiment, tu auras une surprise, c'est d'accord ?

— Une figurine !

— Non, Théo, je n'ai pas dit que c'était Noël ! Une *petite* surprise…

— Un deck de cartes !

— D'accord…, cède Tony. Marché conclu.

Les deux hommes se serrent la main. Le gamin a l'air content de la transaction et se met à jouer en silence.

Enfin un peu de paix, songe Tony, soulagé. Il relit ce qu'il a écrit.

Ma Philippine,

Je prends la plume pour te dire des mots doux, légers comme des nuages, car depuis toi, je suis sur un nuage. Je prends ma plume pour te dire des mots fous, comme…

Tony cherche une comparaison qui en jette. Une femme, ça a besoin d'être éblouie.

… comme un feu « pourpre et incandescent », car la flamme que j'ai pour toi brûle de mille éclats…

Oui, ça, c'est bien. Il suit le fil de son inspiration.

Je pense à ma vie d'avant toi. Une aberration, une suite de jours vides, comme des coquillages abandonnés sur la plage.

C'est exotique, la plage. Ça amène une jolie image. Les femmes adorent rêver… Tony se sent sur la bonne voie. Il n'écrit plus pour Kenzo. Il devient Kenzo. Et, soudain, se mettre dans la peau d'un amoureux le transporte.

Je n'aspire qu'à une chose, que tu sois à mes côtés chaque jour de ma vie et, au réveil, avoir la chance de contempler tes sublimes yeux lapis-lazuli posés sur moi, battre des cils comme deux papillons graciles. Un seul de tes regards met mon cœur au zénith du bonheur.

Tony se sourit à lui-même. *Mon cœur au zénith du bonheur, c'est pas mal, ça.* Il ne se connaissait pas de telles dispositions pour l'écriture. Finalement, l'exercice est gratifiant. Il poursuit, pris à son propre jeu :

Je ne pourrai plus jamais désirer une autre femme que toi. J'ai trouvé ma reine, la seule à qui je donnerai les clés de mon royaume.

Tony se demande si ça ne fait pas un peu trop, cette histoire de royaume. Et puis il décide que non. Les femmes aiment bien les histoires de royaume, de princes et de princesses…

Tu occupes toutes mes pensées. Quand tu n'es pas là, je me languis de toi. Je ne suis plus que l'ombre de moi-même et mon ombre a horreur que je broie du noir... Je veux te conquérir et te reconquérir, chaque matin depuis l'aube, jusqu'au crépuscule. Décrocher la lune ? Dompter des licornes ? Te couvrir de perles que j'irai te chercher dans les abysses de l'océan ?

Je te livre mon cœur sur un plateau d'argent, étincelant de tout l'éclat de l'amour que j'ai pour toi... Je suis à toi, pour l'éternité. Ton Kenzo.

Tony réussit à s'émouvoir tout seul tandis qu'il écrit les derniers mots de sa lettre. Il sursaute quand sa femme entre en trombe dans la pièce, visiblement de méchante humeur.

— Tu viens m'aider, s'il te plaît, avec les deux crevettes ! Il faut les habiller ! Et moi, je dois surveiller le dîner qui est en train de cuire…

Tony bondit de son fauteuil, et son cœur s'emballe. Il referme l'ordinateur portable d'un geste brusque et file s'occuper de ses cadets. Il a eu chaud. Dans la salle de bains, c'est un carnage, il y a de l'eau partout. Il attrape les petits corps glissants pour les sortir de l'eau et vite les envelopper dans une grande serviette en les frottant vigoureusement.

— Vous bougez pas, vous deux. Je vais chercher une serpillière à la cuisine. Vous avez fait une bataille navale, ou quoi ?

Son épouse est affairée au-dessus des poêles et casseroles fumantes. Elle s'enquiert juste de l'avancée des tâches de l'autre côté.

— Je gère ! répond Tony, avant de repartir s'occuper des plus jeunes avec l'équipement nécessaire pour éponger le sol.

Dans sa chambre, Théo en a assez, de s'occuper seul. Il va retrouver sa maman dans la cuisine. Il s'ennuie.

— Qu'est-ce qu'il y a, mon grand ? Tu as fini tes devoirs ? Tu n'as pas envie de jouer ?

Il secoue la tête, boudeur.

— Tu as récité avec papa ?

— Non ! Papa, il était trop occupé à écrire.

— À écrire ? À écrire quoi ?

— Je sais pas, mais, en tout cas, il trouvait que je faisais trop de bruit, alors j'ai même pas pu jouer avec mes voitures !

— Oh, mon pauvre lapin. C'est pas drôle, tout ça ! Allez, viens me montrer ta poésie…

— Et mes voitures aussi ? demande l'enfant, plein d'espoir.

— Oui, concède la mère, tes voitures aussi.

Elle baisse les feux, met un minuteur et suit son fils dans sa chambre.

Elle commence la récitation et s'aperçoit que le texte n'est pas du tout rentré dans la tête de son garçon. Elle grimace, et l'énervement contre son mari monte d'un cran. Il sait comme Théo a du mal à se concentrer tout seul et combien il est important d'être derrière lui pour que les choses avancent !

— Qu'est-ce qu'il a fichu, ton père ! C'est ni fait ni à faire ! Et tu me disais qu'il était occupé à écrire ?

Sa mère ouvre l'ordinateur et l'écran s'allume.

— Je ne sais pas si tu peux regarder ! s'exclame l'enfant en toute innocence.

— Comment ça ? Je vois pas pourquoi je ne pourrais pas voir.

— Moi, j'ai pas eu le droit…

De plus en plus intriguée, la femme de Tony ouvre le dernier document Word. En découvrant la lettre destinée à Philippine, elle devient rouge, puis blanche, puis verte. Un hurlement se fait entendre jusqu'au rez-de-chaussée.

— Tonyyyyyyyyyyy !

Il va y avoir du rififi.

21

Francesco Conti conduit vite. Très vite. Henriette, à l'arrière du bolide m'as-tu-vu, oscille entre une reconnaissance débordante pour ce sauveteur providentiel et la peur d'un accident idiot, puis elle essaie de se raisonner, se dit que c'est quelqu'un du pays, qu'il connaît si bien la route qu'il n'y a sûrement pas à s'inquiéter. Francesco a la cinquantaine heureuse, les cheveux noirs bouclés, et un costume parfaitement taillé. Il ne peut guère renier ses origines italiennes. En tant que directeur de l'un des domaines viticoles les plus renommés de la région, il se plaît à montrer sa réussite. Auguste note à son poignet une très belle montre Omega et se dit que, même si l'habit ne fait pas le moine, il contribue indéniablement à donner une première impression marquante. Francesco aime parler. Avec la bouche, avec les mains, avec les yeux. Il adore la France et Paris encore plus, alors, par extension, il aime déjà Henriette et Auguste comme des amis. Auguste rassemble ce qui lui reste d'énergie pour se concentrer sur la conversation et réussir à l'alimenter dans un gloubi-boulga de langues. Cela semble beaucoup amuser leur bienfaiteur. Un peu moins Auguste, qui commence à fatiguer. Heureusement, ils arrivent bientôt au domaine, splendide avec son rétroéclairage nocturne.

TENUTA CONTI
State entrando nelle terre della Famiglia Conti,
secoli di amore per il vino e convivialità.
Benvenuti !

— Et voilà ! s'exclame Francesco, fier de ses deux mots de français. *Ci siamo !*

Francesco les accompagne à l'accueil. L'hôtesse et lui dialoguent dans un italien véloce. Il parle aussi vite qu'il conduit. Francesco invite Auguste à s'approcher et lui explique à grand renfort de gestes qu'on va s'occuper de sa cheville. Il mime l'application d'une pommade et d'un bandage avec une drôlerie qui donne le sourire aux deux rescapés. L'hôtesse revient avec une trousse de secours et un pain de glace dans les mains. Elle s'adresse à Auguste dans un français académique.

— Vous permettez, monsieur, que je regarde votre tibia ?

Elle se trompe de mot, et Auguste la reprend avec amusement.

— C'est la cheville !

La jeune femme rosit légèrement de son erreur. Elle semble mettre un point d'honneur à parler un français impeccable.

— Ah oui, c'est vrai. Je m'ai trompé !

Auguste ne relève pas la faute, et retire doucement sa chaussure pour appliquer la poche de froid tendue par l'hôtesse.

— Vous pouvez le garder « disse » minutes ?

Elle n'a pas encore appris que le « x » reste muet devant une consonne. Il acquiesce avec gratitude.

— Après, je reviendrai vous mettre la pommade et le bondage…

— Bandage ! intervient gentiment Henriette. Je peux m'en occuper ! Vous devez avoir fort à faire.

L'hôtesse observe tour à tour Henriette et Auguste.

— Ah, bien sûr, si votre femme veut s'en occuper, il n'y a pas de problème.

— Ce n'est pas ma femme ! s'écrie Auguste.

L'hôtesse écarquille les yeux et répond malicieusement que la maison est « d'une discrétion absolue » avant de s'éloigner pour regagner son poste de travail. Bon sang… Est-ce qu'elle pense qu'ils sont… amants ! Henriette étouffe un rire dans son poing devant le quiproquo. Des gens passent devant eux et les regardent du coin de l'œil. Ce hall n'est pas le meilleur endroit pour se soigner !

— Henriette ! Tu ne veux pas aller leur demander, pour nos chambres ? Ce serait quand même plus discret pour les soins !

— J'y vais.

Elle retourne donc voir la jeune femme de l'accueil. « Angelina », lit-elle sur le badge.

— M. Conti a dit que nous pouvions vous dépanner pour dormir cette nuit. Vous avez de la chance, car il nous reste une chambre. Et, au vu de votre situation particulière, il tient à vous proposer un « prix d'ami ».

Henriette analyse à toute allure les informations qu'elle reçoit : *Primo*, Angelina a bien dit *une* chambre ? Auguste et elle vont devoir la partager ? La catastrophe continue… *Secundo*, elle regarde le papier tendu par l'hôtesse sur lequel elle a barré le tarif habituel pour noter le « prix spécial ». Il s'agit de la suite, qu'ils n'ont sans doute pas réussi à louer en basse saison. Trois cents euros au lieu de cinq cents, c'est déjà généreux de leur part. Par contre, ça risque de tousser à Paris. De toute façon, Henriette est si épuisée qu'elle aurait dit amen à tout !

— Vous ai-je dit aussi que nous avons un vol demain en fin de matinée et que nous devons absolument repasser à notre hôtel avant de nous rendre à l'aéroport pour récupérer nos bagages… ? Est-ce que vous savez si quelqu'un pourrait nous y conduire ?

— Et votre voiture de location ?

Comme c'est embarrassant ! Angelina n'a pas l'air de comprendre pourquoi Henriette ne s'en sert pas pour le retour.

— Je… Je ne me sens pas de conduire sur vos routes…

Angelina la dévisage comme si elle était une extraterrestre.

— On préviendra demain l'agence de location pour qu'une dépanneuse vienne la chercher, ajoute Henriette, gênée d'avoir dû avouer son incapacité à reprendre le volant.

Pourvu qu'ils ne nous assassinent pas sur les frais de dépannage, songe-t-elle au passage. Tous ces « extras » qui rallongent la note ! Une pointe de culpabilité l'assaille de nouveau.

— *Capisco*, répond l'hôtesse aimablement avant de se tourner vers le directeur.

Ils discutent quelques instants à bâtons rompus en italien.

— C'est arrangé. M. Conti pourra vous conduire à Florence car il a lui-même un rendez-vous d'affaires tôt là-bas. Ça ne le dérange pas.

— *Grazie mille !*

Henriette va chercher Auguste.

— Ah, te voilà ! Je commençais à en avoir marre, de tenir ce bloc de glace sur ma cheville. Regarde, ma peau est toute bleue ! Alors ?

— Tout va bien. Nous avons une chambre…

— Une ?

— Oui, une… Il va falloir qu'on cohabite, mon cher !

— Décidément.

Henriette ne sait pas comment elle doit interpréter la réaction d'Auguste. Il aurait lui aussi certainement préféré pouvoir se reposer seul et profiter de son intimité pour récupérer après cette journée éprouvante.

Henriette l'aide à clopiner jusqu'à l'ascenseur.

— Bah, on ne s'en tire pas si mal ! marmonne Auguste.

Ils pénètrent dans l'ascenseur en poussant le même soupir. Henriette n'ose même pas jeter un coup d'œil dans le grand miroir face à eux. Elle doit être affreuse, et une vague de tristesse l'envahit. Loin de marquer des points auprès d'Auguste, ce séjour aura sans doute achevé de forger l'opinion défavorable qu'il a d'elle. Elle imagine ses traits tirés, ses yeux rougis et gonflés, tant par le manque de sommeil que par les larmes. Sans parler de sa petite crise d'anxiété généralisée, classée dans le top trois des motifs de fuite des prétendants masculins.

Auguste, lui aussi, observe sa tête dans le miroir. Il a des cernes violacés et le teint blanc. Et cette barbe mal rasée lui donne un air négligé. Quant à ses cheveux, ils sont depuis longtemps décoiffés et sa coupe ne ressemble plus à rien. Il déteste ça. Il songe qu'il n'aura pas son nécessaire avec lui pour reprendre figure humaine et cela l'embête. Il est contrarié. Bizarrement, cela lui tient à cœur, d'apparaître à son avantage devant Henriette. Parce que, après tout, c'est lui, le chef de mission. Il représente l'agence ! Et puis, depuis le départ, ils sont dans une sorte de compétition, tous les deux. Or il ne faut jamais baisser la garde devant les adversaires ! Auguste tente de se persuader de ce discours tandis qu'il pénètre dans la suite en précédant Henriette.

Elle pousse un cri de ravissement.

— Comme c'est charmant ! J'adore !

C'est drôle, cette capacité qu'elle a de changer vite de visage ! Ce n'est déjà plus la même personne qu'il y a une heure. Elle semble rassurée d'être dans ce lieu cosy et chaleureux, et rien que cela suffit à la métamorphoser. Ses jolis yeux trop bleus pétillent de reconnaissance et un large sourire se dessine sur son visage. Elle est magnifique. Un peu trop. Auguste déteste cette sensation en lui. À son tour d'être inquiet. Tout à l'heure, dans la voiture échouée au milieu de nulle part, la détresse d'Henriette l'a profondément touché. Sa vulnérabilité a réveillé quelque chose en lui qu'il n'avait pas ressenti depuis longtemps. Une envie irrépressible de la protéger et de prendre soin d'elle. Comment expliquer cela ? Une femme qui craque, en général, cela énerve les hommes, non ? Eh bien, là, contre toute attente, c'est l'effet inverse qui s'est produit. Cette part d'ombre d'Henriette l'a fasciné. Auguste comprend alors que lui-même n'a jamais eu le droit d'exprimer sa fragilité quand il était enfant et que cela lui a beaucoup manqué. À travers ses expériences personnelles, il s'est aperçu que, plus il essayait de camoufler ses émotions véritables, plus elles rejaillissaient intensément à un moment ou à un autre. Se fabriquer un visage de façade en décalage avec ses ressentis profonds lui apparaît de plus en plus toxique. Tout à coup, il mesure à quel point Henriette a dû prendre sur elle pendant toutes ces heures avant d'en arriver à ce point de non-retour nerveux, et il n'en a que plus d'empathie pour elle. Il s'en veut de ne pas avoir perçu les signes avant-coureurs plus tôt, pour pouvoir lui épargner un épisode aussi fâcheux. Jamais il ne lui aurait demandé de prendre le volant s'il avait su ce que cela lui coûtait. Ils auraient trouvé une autre solution.

Il revient à son inquiétude. Parce qu'il sait les reconnaître, les signes d'un début de gros crush. Et il ne veut surtout pas. Dès qu'il a de l'affection ou, pire, des sentiments naissants pour une femme, il perd ses moyens. Il redevient l'ado maladroit et peu sûr de lui. Après sa première expérience désastreuse avec cette fille qui ne l'aimait pas, son sexe a continué à n'en faire qu'à sa tête. Il bandait quand il ne fallait pas et ne bandait pas quand c'était enfin le moment. L'enchaînement de plusieurs situations gênantes, de moqueries qui marquent l'esprit au fer, a eu raison de sa confiance en ce qui concerne ses relations avec l'autre sexe. Tant que les sentiments ne s'en mêlent pas, tout va bien. Il gère. Par contre, dès que les sentiments le gagnent, c'est la déroute. Et pour rien au monde il ne veut revivre l'humiliation d'un tel blocage.

— Assieds-toi, je vais te masser.

La voilà agenouillée à ses pieds, en train d'appliquer la pommade avec ses mains chaudes et douces, concentrée sur de petits mouvements circulaires. Il ferme les yeux pour échapper à cette vision troublante. Il l'arrête.

— Ça chauffe trop ?

— Oui, c'est ça, ment-il comme il peut. Je vais me débrouiller pour le bandage, merci.

— Mais non ! Laisse. C'est plus simple que ce soit moi !

Elle s'exécute avec habileté, puis se lève d'un bond.

— On va dîner ?

Elle tourne les talons en direction de la salle de bains, et il la voit ajouter une touche de rouge à ses lèvres.

— Bonne idée. Allons-y avant la fin du service !

Auguste lui tient la porte pour la laisser passer, et il regarde son déhanchement, gracieux malgré elle. Il lance un *Mamma mia* silencieux, et prie pour être capable de ne pas tomber dans le pétrin.

22

Depuis une heure, le salon est transformé en vallée de larmes. Tony contemple sa femme qui pleure comme une fontaine et écoute, contrit et impuissant, les jérémiades qui sortent de sa bouche. Ses joues sont rouges comme un pélargonium… ou une amaryllis… ou une amarante… Tony se rend compte qu'il est complètement inapproprié de chercher la comparaison de couleur la plus juste entre le visage de sa femme empourpré de colère et une fleur rouge. Déformation professionnelle ! Isabella questionne Tony en boucle et semble sourde à ses explications.

— D'abord, c'est qui, cette femme ?

— Ça fait cent fois que je te le dis ! C'est la copine de Kenzo.

— La copine de Kenzo, et pourquoi pas celle du pape, pendant que tu y es !

— Je te jure que c'est vrai, ma beauté !

— Ah non ! Pas de manipulation, s'il te plaît !

— Mais enfin, ma fleur, mon petit canard laqué… Tu sais bien que je ne regarde que toi ! Je comprends que les apparences sont trompeuses, pourtant je t'assure que c'est vrai, je rends service à un copain, rien de plus.

Les enfants, cachés derrière la porte, ne perdent pas une miette de la dispute et se demandent ce qui rend leur maman aussi furieuse. Les petits commencent à pleurnicher, Théo les fait taire d'un « Chut » autoritaire. Il tient à entendre la suite.

Tony transpire à grosses gouttes. Jamais il ne se serait attendu à un tel cataclysme ! Quel cauchemar !

— Tu veux me faire croire que tu peux être aussi inspiré pour une nana que tu ne connais même pas ?

— Ah bon ? Tu trouves que c'est inspiré ? tente Tony du bout des lèvres.

Sa femme le fusille du regard.

— Tu n'as jamais été fichu de m'écrire le moindre mot et comme ça, d'un claquement de doigts, tu te transformes en Cyrano ? Cherchez l'erreur !

— Mon petit bichon maltais, je te jure, je me suis juste pris au jeu !

— Je ne bougerai pas d'ici tant que tu n'auras pas avoué le nom de cette femme.

Tony sent qu'ils sont dans une impasse.

— Écoute, puisque tu ne me crois pas, on n'a qu'à appeler Kenzo ensemble.

— Et qu'est-ce qui me dit que ce n'est pas ton complice ?

À ce stade, Tony a vraiment envie de jeter l'éponge. D'un coup, devant l'injustice de la situation, il voit rouge et se met à crier avec sa grosse voix des mauvais jours :

— Isabella Marie Madeleine Josée ! Tu vas m'écouter, nom de Dieu ?

— Ne jure pas.

— Je jure si je veux chez moi, bordel !

Il est furieux. Le silence succède aux gros mots. Isabella finit par émettre d'une petite voix :

— D'accord. Appelons ton pote pour voir si tu dis vrai.

— Ce que tu ne me fais pas faire !

Tony compose le téléphone de Kenzo, met le haut-parleur et la voix du jeune homme s'élève dans la pièce.

— Hello, Kenzo. Écoute, je suis avec ma femme Isabella. J'étais en train d'écrire le texte que tu m'as demandé pour ta copine et elle est tombée dessus. Et maintenant elle s'imagine qu'il y a une autre femme qu'elle. Est-ce que tu aurais la gentillesse (et dans le mot gentillesse, Tony met toute la pression et poigne possible) de lui expliquer la vérité ? Merci bien !

— Bonsoir, madame. Votre mari dit vrai. C'est moi qui lui ai demandé de m'aider à écrire une jolie lettre pour mon amie... pour qu'elle comprenne la force de mes sentiments pour elle.

— Ah ! Et vous pouvez pas l'écrire vous-même, votre lettre d'amour ?

— Eh ben... justement... j'ai du mal...

— Vous avez du mal à quoi ? s'impatiente Isabella.

— Du mal à aligner des mots qui ressemblent à quelque chose ! s'énerve Kenzo au bout du fil, honteux de devoir avouer son incapacité à une étrangère.

Tony reprend le téléphone des mains de sa femme en coupant le micro.

— Et voilà, maintenant tu l'as vexé !

Puis il reprend Kenzo en privé.

— Je suis vraiment désolé. Ça ne devait pas se passer comme ça ! J'ai pas eu de chance que ça provoque un quiproquo avec ma femme. N'empêche. Je l'ai écrit, ton texte ! Je te l'envoie tout de suite...

Kenzo le remercie. Lui aussi est désolé que son collègue ait des problèmes à cause de lui. En même temps, il est tellement reconnaissant et soulagé d'avoir une belle lettre romantique à remettre à sa chérie !

Après avoir raccroché, Tony se dirige vers son bureau, décidé à expédier le message à Kenzo. Sa femme marche sur ses talons, encore furieuse.

— Ah, parce que tu comptes quand même envoyer cette lettre ?

— Évidemment ! répond Tony, aussi énervé qu'intraitable. Puisque je te dis qu'il s'agit de rendre service à mon pote !

— Il a bon dos, ton pote ! Avoue que tu as pris un sacré plaisir à l'écrire !

Tony se relit en diagonale et un léger sourire flotte malgré lui sur ses lèvres. C'est vrai, doit-il s'avouer. Il a carrément adoré l'exercice. Cela fait longtemps qu'il n'a pas ressenti une telle jubilation. Il ne sait pas très bien si la joie vient de l'écriture ou de jouer, l'espace d'un instant, à l'amoureux transi. Cette question, jaillie de nulle part, le perturbe. Il va falloir qu'il y réfléchisse. Sérieusement.

23

Tandis qu'ils entrent au restaurant du domaine de Conti, Henriette prend sur elle, dans un ultime effort, pour donner la meilleure image d'elle-même à Auguste après cette désastreuse journée. Tout son corps est tendu. Malgré tout, elle se force à se tenir droite et à sourire quoi qu'il lui en coûte.

— Tu as meilleure mine, lui glisse Auguste tout en regardant la carte des vins.

Ça, traduit Henriette, *ça veut dire combien je devais être misérable tout à l'heure...* Elle est rattrapée comme d'habitude par une immense culpabilité à cause de ses faiblesses inavouables. Un peu plus tôt, elle a craqué, et elle n'arrive pas à se le pardonner. Henriette se juge très durement pour ce qu'elle appelle son instabilité émotionnelle. Sa *trophobie* qui, dès qu'elle dépasse ses limites, prend le dessus et lui joue des tours si préjudiciables. Elle observe Auguste, élégant même dans son costume défraîchi, à l'aise face à cette carte de vins impressionnants. Elle se demande comment un homme tel que lui pourrait s'intéresser à une femme comme elle. Il commande un brunello-di-montalcino. Le serveur lui propose de goûter. Elle n'ose pas refuser et tente de donner le change. Elle mime les gestes souvent aperçus pendant les dégustations, fait tournoyer le vin dans le verre, regarde s'il pleure, approuve le bouquet. Auguste a l'air d'apprécier. Si elle avait su qu'être connaisseuse en vin serait un atout en séduction, elle se serait mise à l'œnologie plus tôt. Elle boit son verre d'un trait.

— Doucement, ce n'est pas du jus de pomme !

Henriette s'en fiche. Elle a envie d'oublier cette journée, d'oublier qu'elle a été décevante, d'oublier qu'elle se retrouve toujours tôt ou tard face à ses propres limites. Le premier verre de vin a l'effet escompté. Ses muscles se détendent enfin et l'alcool ramollit ses pensées tels des boudoirs imbibés dans une charlotte.

— Très heureux de voir que tu retrouves une humeur joyeuse !

Henriette prend une nouvelle gorgée de vin et émet un claquement de langue approbateur.

— Il est délicieux ! Un nectar. Tu as bien choisi.

Elle finit son deuxième verre avant même que leur plat soit servi.

— Tu devrais manger un bout de pain…

— Je ne te connaissais pas si prévenant.

Est-ce qu'il se trompe ou est-ce qu'elle le fixe d'une manière enjôleuse ? Lui aussi finit son verre. En face de lui, Henriette n'a même pas pu changer de tenue. Alors il se demande ce qui est différent. Les cheveux. Elle les a détachés. Pourquoi est-ce que le simple fait de laisser ses cheveux longs retomber en cascade sur ses épaules suffit à créer cet émoi ? Leurs assiettes arrivent. Une montagne de spaghettis à la carbonara, accompagnés d'une salade de tomates, burrata et pancetta. Face à un homme qui lui plaît, Henriette en général mange très peu. Les émotions lui coupent l'appétit. Surtout quand l'homme en question l'impressionne favorablement. Les spaghettis deviennent non plus des simples pâtes, mais un défi de première catégorie. La difficulté est grande. Il s'agit, *primo*, de ne pas avoir les mains qui tremblent – et Dieu sait que le chemin est grand entre une fourchette pleine de spaghettis et la bouche –, *secundo*, de réussir à enrouler avec style chaque bouchée en se servant de la cuillère mise à disposition, et *tertio*, d'enfourner tout ça sans éclabousser ses vêtements de sauce. Henriette se sert un troisième verre de vin, et tant pis si Auguste la juge. Elle n'y parviendra pas sans ce petit coup de pouce. Auguste l'imite.

— Tu as raison, il ne faut pas se laisser abattre.

Chacun observe l'autre en train de se dépatouiller avec les spaghettis et les bonnes manières.

— Tu y arrives, toi ?

— Non, pas du tout…

Ils éclatent de rire face au carnage et décident d'envoyer balader la cuillère. Ils mangent les pâtes, le nez dans leur assiette, en se barbouillant les lèvres et le menton de sauce.

— Ça n'a jamais été aussi bon ! s'exclame Henriette, la bouche à moitié pleine.

— Bien d'accord avec toi !

Leur hôte passe les voir et les découvre détendus et hilares.

— *Tutto bene ?*

— *Si, si, tutto* plus que *bene* ! répond Henriette, sur la mauvaise pente de la griserie.

Elle éclate de rire sans raison, suivie par Auguste, sous le regard indulgent de Francesco Conti. Il se contente de leur rappeler l'heure de rendez-vous du lendemain matin. 8 h 30 à l'accueil.

— *Va bene ?*

— *Si, si !*

— Ce n'est pas nous qui allons rattraper la réputation des Français sur leurs penchants pour la bouteille ! souffle Henriette, tandis que Francesco Conti s'éloigne.

Ils en profitent pour trinquer de nouveau.

Pour le dessert, on leur apporte un tiramisu avec deux cuillères. Henriette n'en a jamais mangé de meilleur. Ses yeux brillent de gourmandise. *Ça lui va bien*, se dit Auguste.

— Tu veux un café ? demande-t-il.

— Ah non, merci ! Pas de café le soir, sinon, je ne dors pas !

Dormir… Pour un peu, elle aurait presque oublié ce détail. Dire qu'elle était enfin en train de se détendre… Sa cuillère reste en suspens. Avec lui à côté, c'est sûr, elle va passer une nuit blanche, les yeux collés au plafond. D'autant qu'elle n'a même pas ses affaires ! Elle pense à son précieux « sac de secours » resté dans la jolie chambre d'hôtel de Florence, et un petit nœud se forme au fond de sa gorge.

— Quelque chose ne va pas ?

— Non, je suis fatiguée, c'est tout.

— On va monter.

Auguste est perturbé de s'entendre dire ça. « On va monter », c'est plutôt une phrase que d'ordinaire il dit à une amante. Est-ce qu'Henriette a relevé ? Apparemment pas. Elle a l'air préoccupée par autre chose. Heureusement. Il est nerveux. L'idée de dormir en sa compagnie le met mal à l'aise. Il n'est pas très au clair avec ses pensées. Il faut dire que le voyage ne s'est pas vraiment déroulé comme prévu. Bizarrement, les incidents qui ont jalonné leur parcours lui ont permis de découvrir Henriette sous un jour différent.

Un jour désastreux, dirait-elle. *Un jour troublant*, songe-t-il plutôt.

Dans l'ascenseur, aucun des deux ne parle. Chacun est tendu par la situation qui s'annonce. La chambre n'a qu'un lit double. Par contre, il est immense.

— Je me ferai tout petit, promet Auguste.

Henriette trouve son intention touchante, toutefois, elle sait par avance que rien ne saurait lui faire oublier sa présence. La réceptionniste a eu la délicatesse de leur dégoter des brosses à dents, et l'un comme l'autre se jettent dessus comme sur le plus précieux des cadeaux. Ils n'ont pas de vêtements de rechange. La seule chose qui peut servir d'habits de nuit sont les peignoirs mis à leur disposition par l'hôtel.

— Je vais sous la douche, lance Auguste, à la recherche de n'importe quelle excuse pour avoir un moment d'intimité.

— Vas-y ! J'irai après toi.

Henriette se laisse tomber sur le dessus-de-lit et entend l'eau couler. Elle ne veut pas penser à la proximité de ce corps enveloppé de vapeur chaude. Ce n'est pas une découverte, Auguste lui plaît physiquement depuis le premier jour. Cependant, avec ce voyage, son attirance prend une autre teinte. Pendant toutes ces semaines de travail au bureau d'études, il s'est souvent montré avec elle piquant, têtu et surtout compétiteur. Elle l'a même jugé énervant, voire insupportable. À tel point qu'elle était persuadée que c'était un homme dénué d'empathie, qui certainement la mépriserait s'il découvrait ses fragilités. Pourtant, quand elle a craqué tout à l'heure dans la voiture, il ne s'est pas moqué d'elle. Il l'a soutenue, a trouvé une solution. Peut-elle pour autant baisser la garde ? Rien n'est moins sûr. Auguste ne lui a rien dit ouvertement pour critiquer son moment de faiblesse, mais il n'en pense peut-être pas moins. À force de cogiter, sa tête devient lourde, si lourde. Quand Auguste sort de la douche après avoir enfilé le peignoir brodé aux initiales de Francesco Conti, il s'approche doucement du lit et constate qu'Henriette s'est endormie tout habillée avec la lumière allumée. Il ressent un certain soulagement. Cela va leur épargner le malaise de devoir chercher le sommeil malgré la proximité de leurs corps dans ce grand lit. Il se penche vers son visage pour la regarder de plus près. Elle respire calmement, et il en conçoit presque une petite fierté, comme si c'était un peu grâce à lui qu'elle avait pu se détendre après une journée si difficile. Ses longs cheveux sont éparpillés sur l'oreiller en vagues soyeuses. Il hésite et ne peut s'empêcher d'y passer une rapide caresse. Elle pousse un soupir et il recule d'un bond. *Arrête, idiot, tu vas la réveiller !* Il est embêté qu'elle se soit couchée sur le plaid. Il va chercher une couverture dans le placard pour la couvrir. Il ne veut pas qu'elle ait froid pendant la nuit. Il éteint la lumière et se glisse le plus discrètement possible dans le lit. Il lui tourne le dos, petite utopie pour tenter de la faire disparaître de son esprit.

24

Quand Henriette est réveillée par le jour qui perce à travers les rideaux, elle ne sait plus où elle est. Elle a un moment de panique et, en se retournant, tombe nez à nez avec le corps d'Auguste endormi. Le peignoir dont il s'était recouvert s'est largement ouvert pendant la nuit, laissant apparaître son buste nu. Tout à sa contemplation, elle ne s'attendait pas à ce qu'il ouvre les yeux. Ils poussent tous les deux un cri de surprise.

— Henriette ?

— Auguste ?

Puis les événements de la veille leur reviennent en mémoire et ils recollent les morceaux de l'histoire.

— Tu t'es endormie comme une souche, hier soir.

— Incroyable…, marmonne-t-elle.

En d'autres circonstances, Henriette aurait savouré la cocasserie de la situation. Elle, qu'il faudrait assommer à coups de gourdin pour qu'elle arrive à s'endormir aux côtés d'un homme ! Par quelle magie a-t-elle sombré en quelques minutes ? *Ta magie porte l'étiquette d'un cru de Toscane*, rigole sa petite voix intérieure. À moins que l'enchaînement des épreuves et des émotions n'ait eu raison de ses résistances habituelles à trouver le sommeil ? *Et si c'était parce que, pour une fois, je me suis sentie sereine ? Non !* se moque sa pétocharde, gardienne de ses doutes. *Tu étais bourrée, crevée, à bout de forces… Il n'y a pas à chercher plus loin. Qu'est-ce que tu vas t'imaginer ?*

— Je file sous la douche !

Elle s'y enfuit plutôt et s'enferme à double tour. Son reflet dans le miroir lui arrache un cri d'horreur. Elle n'a même pas une trousse de toilette pour se refaire une tête. Néanmoins, l'eau chaude la réconforte. Aujourd'hui, elle doit absolument retrouver une dignité auprès d'Auguste. Avoir exhiber ainsi ses fragilités la veille, quelle catastrophe ! Ce matin, elle se déteste de s'être laissée aller. Le souvenir de sa crise de panique dans la voiture ramène en elle une honte indescriptible. Lorsqu'elle sort de la salle de bains, elle a les cheveux encore humides, mais c'est d'un ton sec qu'elle dit à Auguste qu'elle l'attend en bas pour le petit déjeuner. La tortue a remis sa carapace, et elle compte bien ne plus rien laisser transparaître de son hypersensibilité.

Auguste n'est pas de meilleure humeur. Il a passé une nuit exécrable à se tourmenter. Il n'aurait jamais dû commencer à la regarder dormir. Avec ses petits poings serrés, ses moues presque juvéniles dans le sommeil, son corps recroquevillé en position fœtale… et en même temps, la finesse et la grâce de ses lignes féminines dont la beauté s'est révélée à lui tandis qu'elle s'abandonnait à la nuit dans ce lit inconnu. Oui, elle s'est endormie à ses côtés, remettant en quelque sorte entre ses mains la responsabilité de son sommeil. Cela l'a bouleversé. C'est comme si, implicitement, elle l'avait chargé de veiller sur elle. Hier, dans une même journée, il a vu une femme forte et fragile à la fois, si entière, si vivante, si complète, finalement…

Alors, ce matin, il ressent un choc comme après une révélation. Henriette lui est apparue dans sa vérité crue, dévoilant ses facettes les plus intimes. La plupart du temps, Auguste trouve les gens lisses. Les différents visages d'Henriette le fascinent. Il est touché par les failles qu'elle s'évertue à cacher. C'est justement ce qui lui a plu : cette vaillance et cette détermination à toute épreuve qui apparaissent derrière la détresse. Elle avait l'air d'avoir tellement honte d'elle-même, après sa crise d'angoisse. Non seulement il ne lui en veut pas, mais il a aussi éprouvé une grande empathie et une envie de lui apporter la sécurité dont elle a probablement manqué.

Auguste, tu déconnes complètement ! Il se rend bien compte que c'est le genre de propos qu'on tient envers une femme qu'on a l'intention de séduire. Or, *un*, Henriette est une partenaire professionnelle. *Deux*… Il ne peut pas y avoir de « deux » ! C'est une collègue, donc ça s'arrête là. Le dialogue intérieur se met en place : *Je te rappelle, qui plus est, que tu as un petit souci avec les femmes pour lesquelles tu as le béguin… Moi, le béguin ? Jamais de la vie ! Ce n'est pas parce que cette fille réveille mon instinct protecteur que j'ai un crush pour elle… Alors pourquoi est-ce que ça fait dix minutes que tu essaies de te coiffer devant ce miroir ?*

Irrité, Auguste attrape sa sacoche et descend retrouver Henriette au petit déjeuner.

Comme le premier matin, elle a mis ses lunettes de soleil. Dommage. Il aurait aimé voir ses yeux, pour essayer de décoder ses ressentis par rapport aux événements de la veille. Peine perdue. Elle reste murée dans son mutisme aux gestes économes, justes suffisants pour porter la tasse de café brûlant à sa bouche et plonger son nez dedans. Francesco Conti s'approche d'eux.

— *Siete pronti ?*

— *Che cosa ?*

— *Andiamo ?*

— *Ah si ! Si ! Andiamo !*

L'Italien perçoit le changement d'humeur de ses hôtes. Ah, les Français ! Ils s'y connaissent, en folles nuits, et après, les lendemains sont difficiles ! Une chose est sûre : ces deux-là en pincent l'un pour l'autre…

Tout le long du trajet, Henriette et Auguste portent un masque courtois et distant. Auguste se frotte discrètement la cheville.

— Tu as mal ?

Il répond sans la regarder.

— Oui. C'est encore gonflé.

— Tiens, prends ça.

Elle sort de son sac un antalgique, se passe de lui dire qu'elle pourrait être une pharmacie ambulante. Elle devance aussi son besoin d'eau. Elle a toujours une bouteille sur elle. Il est surpris. Elle le voit à ses sourcils haussés. Cependant, il ne fait aucune remarque et se replonge aussitôt dans ses pensées en regardant à travers la vitre le paysage toscan défiler. Francesco Conti les dépose à l'hôtel de Florence et leur fait promettre de revenir le voir. Ils le remercient chaleureusement, puis vont récupérer leurs bagages pour se rendre à l'aéroport en taxi. Auguste entre dans la boutique de location de véhicules pour déclarer « leur sinistre » qui n'en est pas un, afin qu'une dépanneuse aille chercher la voiture au lieu indiqué. Il s'embrouille dans ses explications, les mêmes que la veille avec l'hôtesse.

— Non, la voiture n'a rien. Mais, non, je ne pouvais plus la conduire. Oui, je me suis tordu la cheville. Mais, non, ce n'est pas un accident ni une panne, je vous dis.

Il finit par hausser la voix.

— Bon, est-ce que vous pouvez, oui ou non, aller récupérer cette voiture ?

Il tend les clés et indique les coordonnées de géolocalisation. L'agent précise qu'il ne peut pas rendre la caution avant qu'ils aient récupéré le véhicule et vérifié son bon état de marche. Auguste s'y attendait et ne relève même pas. Henriette l'attend dehors.

— Ça s'est bien passé ?

Il perçoit dans son intonation une note de culpabilité et, une nouvelle fois, il a envie de la rassurer.

— Hey ! Ne t'inquiète pas. Ça arrive à tout le monde, de bloquer de temps en temps.

Elle le remercie avec une moue boudeuse. Elle est grognon. Elle a pourtant dormi, elle ! Il peut en témoigner. Il décide de s'en tenir à ses bonnes résolutions : rester à l'écart. Ils attendent dans un café à l'aéroport. Elle feuillette un magazine en feignant l'indifférence. Il l'imite, faisant mine de traiter ses mails en retard. Ils sont aimables l'un envers l'autre comme deux étrangers. Quand ils montent dans l'avion, il lui laisse le hublot. Elle insiste pour que ce soit lui qui en profite. Ils se font des politesses jusqu'à ce que l'hôtesse les prie de s'asseoir : ils gênent le passage. Lorsque l'avion décolle, Henriette récite des prières invisibles tout en affichant un visage impassible. Auguste, lui, parle mentalement à Maverick pour se rassurer. La première heure se déroule normalement. Puis les conditions météorologiques se dégradent. Soudain, un trou d'air. À croire qu'aucun trajet en avion ne peut échapper aux zones de turbulences ! Ils crient et, dans un même élan, s'attrapent la main. La petite lumière rouge s'allume pour inviter les passagers à garder leur ceinture bouclée. Henriette déteste cette petite lumière rouge. Elle presse encore plus fort la main d'Auguste dans la sienne. Elle le regarde. *Aurait-il peur, lui aussi ?* s'étonne-t-elle en voyant son visage crispé.

— Tout va bien se passer, Henriette.

Elle est touchée. Justement parce qu'il se donne la peine de la rassurer, alors que lui non plus n'en mène pas large. S'il n'avait pas peur, ces six petits mots n'auraient pas la même saveur. Mais, là, ils prennent encore plus de poids.

La lumière s'allume et s'éteint, renforçant l'impression de chaos. Allumé, éteint, allumé, éteint… La main d'Henriette tremble dans celle d'Auguste. Elle cache son visage dans son cou. Ils sont si proches qu'elle perçoit son souffle saccadé contre sa tempe. Au milieu de cette terreur, elle se sent soudain étrangement calme. L'instant semble durer une éternité. Puis la lumière verte se rallume enfin. Ils ont passé la zone de turbulences. Ils se regardent. Ils savent. Qu'ils ont échappé au pire, mais qu'ils ont rendez-vous dorénavant avec quelque chose de meilleur et de tout aussi terrifiant. Leurs sentiments naissants.

25

Philippine a reçu la lettre de Kenzo et lui a donné rendez-vous dans un café. Kenzo ressent une bouffée de gratitude pour son pote Tony. Sous ses airs brut de décoffrage, il a le cœur sur la main. Kenzo a été très impressionné par le poème.

« Ma parole, t'as un vrai talent artistique ! a-t-il dit à Tony. Tu devrais songer à écrire plus souvent.

— Imagine ce que diraient les gars, s'ils découvraient que je me suis transformé en poète du dimanche ! Ils se foutraient copieusement de ma gueule ! »

Tony n'a peut-être pas tort. L'univers des jardiniers paysagistes ne laisse pas beaucoup d'espace à l'expression de toute forme de sensibilité et de délicatesse. C'est un métier dur et physique, par extension, macho. Et appelons un chat un chat : aimer la poésie, chez eux, ça ne fait pas assez « viril ». Dans le milieu, on manie plus la truelle et la pelleteuse que la plume.

« En tout cas, moi, j'ai adoré ce que tu as écrit ! »

Kenzo a vu que ses compliments ont touché son collègue, même s'il les a balayés d'un « C'est rien » embarrassé. Pudeur masculine.

À présent, Kenzo marche d'un bon pas vers le lieu du rendez-vous. Il sent qu'il a le vent en poupe. Il est sûr, avec cette lettre, qu'il va réussir à gagner le cœur de sa chérie pour de bon. Il entre dans le café et l'aperçoit. Il la trouve belle avec ses cheveux coupés en dégradé court qui dégage sa nuque fine. Elle a les yeux baissés sur son écran de portable, occupée à écrire des messages. Il voit s'agiter sur le clavier ses doigts ornés de bagues de toutes sortes. Elle a de très longs ongles. Philippine a un goût prononcé pour les fantaisies esthétiques. Elle a ainsi recours au *nail art*. Aux piercings, aussi. Il aime le bijou qu'elle porte au creux de sa narine. Mais celui qu'il préfère est caché aux yeux du tout-venant. Une zone si sensible qu'il adore s'y attarder… Elle lève enfin les yeux et l'aperçoit. Il lui adresse un grand sourire devant lequel elle reste de marbre. Il s'assoit en face d'elle, sans comprendre. L'affreuse impression d'être bête le saisit de nouveau. Est-ce qu'il est encore incapable de comprendre quoi que ce soit ? Qu'est-ce qui lui échappe ? Pourquoi n'a-t-elle pas l'air contente de le voir, après avoir reçu une lettre d'amour aussi jolie ? Il s'agite nerveusement sur sa chaise

— Salut.

— Salut, répond-elle sur le même ton réservé.

Il aperçoit la lettre qu'il a pris soin de recopier à la main et d'envoyer par la poste.

— Je vois que tu as reçu mon courrier.

— Oui, en effet…

— Je pensais qu'il te ferait plaisir…

— …

Elle laisse planer un silence gênant. Kenzo sent grandir en lui le malaise. Il a cette fille dans la peau et là, il paraît évident qu'il a tout faux. Il bout à l'intérieur et ne sait pas s'il a envie de chialer ou de froisser ce foutu papier ! Il tente de camoufler ses émotions comme il peut.

— Tu m'expliques ?

— Quoi ?

— Qu'est-ce qui ne va pas, dans ce que je t'ai écrit ?

— Rien.

— Comment ça, rien ?

Est-ce qu'il est teubé à ce point ? Il ne voit pas où elle veut en venir.

— Rien, répète-t-elle d'une manière énervante. Tout était bien, dans ta lettre, tout était parfait. Un bon style, des belles phrases, pas de fautes d'orthographe…

Il écarquille les yeux, encore plus déconcerté par les compliments de Philippine.

— Eh ben, alors ? Je ne comprends pas…

— Il n'y a rien à dire, Kenzo ! Si ce n'est que ce n'est pas toi qui as écrit cette lettre ! Et que tu me prends vraiment pour une conne !

Maintenant, ses yeux lancent des flammes de colère. Kenzo blêmit d'incompréhension et d'indignation.

— Te prendre pour une conne ? C'est tout l'inverse ! Je voulais te dire ce que je ressens pour toi et aussi que tu sois fière d'être avec moi !

Elle plante un regard froid et inquisiteur dans ses yeux.

— Réponds ! Ce n'est pas toi qui as écrit la lettre !

— …

— Avoue !

— Non ! Tu es contente ? Ce n'est pas moi qui l'ai écrite, mais tous les mots qui sont dedans sont exactement ceux que je voulais te dire !

Sans qu'ils s'en aperçoivent, l'un et l'autre ont haussé le ton et des gens se tournent vers eux dans le café.

— Ah oui ? Et pourquoi tu as eu besoin de demander à quelqu'un de l'écrire ? Tu n'as pas assez d'inspiration quand tu penses à moi pour que ça te vienne tout seul ?

Kenzo comprend soudain l'ampleur du malentendu.

— Ce n'est pas du tout ça ! Bien sûr, que tu m'inspires, au-delà de tout ce que tu peux imaginer ! Sauf que…

— Sauf que quoi ? s'énerve-t-elle.

Il hésite à se confier, triture la dosette de sucre servie avec son café. Et si elle riait de lui ? Il lâche rageusement :

— Sauf que je n'ai pas les mots !

— C'est-à-dire ?

Ce coup-ci, c'est à elle de ne pas comprendre.

— J'ai du mal à m'exprimer, tu captes ? J'ai jamais été bon à l'école. Si c'est moi qui t'avais écrit une lettre, elle aurait été bourrée de fautes et d'imperfections ! Alors que moi, je voulais quelque chose digne de toi ! Voilà ! Maintenant que tu sais tout, tu peux me jeter !

Kenzo se lève pour partir, mais elle le retient par la main. Il se rassoit, le souffle court, le rouge aux joues et les narines sifflantes. Elle se penche vers lui pour que lui seul puisse profiter de ses paroles.

— Je m'en fous, moi, des jolies phrases des autres. Je les aurais aimés, moi, tes mots tordus et mal écrits, tes mots qui te seraient venus en pensant à moi !

— Ah ?

Il reste interdit. Il ne sait plus quoi dire.

— T'es sûre ?

Elle fait oui de la tête. Il regarde sa main qui est restée dans la sienne et tente le tout pour le tout :

— Alors, est-ce que ça veut dire que tu veux bien continuer à être avec moi ?

Elle le fait marronner quelques secondes, puis elle dodeline un oui de la tête. Il sent son cœur s'emballer dans sa poitrine, tandis qu'il voit les lèvres de Philippine s'avancer vers les siennes. Il a une pensée pour son pote Tony. Il veut bien faire barrage aux chihuahuas jusqu'à la fin des temps pour le remercier…

26

Le silence autour de la table est pesant.

— Ça suffit, Maël ! Tu termines ta purée, maintenant !

Tony jette un regard en coulisse à sa femme et ne dit rien. Depuis la lettre, elle lui bat froid. Autant Kenzo le porte aux nues, autant lui a tendance à le maudire ! À cause de cette histoire, rien ne va plus avec Isabella. Il a eu beau expliquer dix-huit fois qu'il s'agissait d'un exercice de style pour rendre service à son collègue, elle lui en veut. Elle considère que ce n'est pas neutre, qu'il y ait pris autant de plaisir. D'ordinaire, tout roule entre eux. La maison, les enfants… Leur ménage a une organisation bien huilée. Malheureusement, cet épisode semble avoir ouvert une brèche. Tony sent que sa femme se contient, mais qu'elle est sur le point d'exploser. Il envoie les enfants jouer et charge l'aîné de s'occuper des deux plus petits. Il ferme la porte du couloir. Isabella s'est réfugiée près de la fenêtre et lui tourne le dos. Il s'approche d'elle et lui touche l'épaule. Elle a un geste de rejet.

— Isabella ! Je t'en prie, parle-moi. Tu as bien compris que ce n'était pas pour de vrai, cette lettre ! Alors je ne vois pas pourquoi tu es si contrariée…

Elle se retourne vers lui et il aperçoit ses yeux embués. Il a du mal à saisir d'où lui vient une telle émotion. Elle, elle le regarde, et ce sont des années de mots qui restent coincés dans sa gorge. Le bouchon est solide. Il n'arrive pas à sortir. Avec toute la douceur dont Tony est capable – autant dire celle d'un ours à qui l'on demanderait de broder un napperon au crochet –, il l'invite encore une fois se confier.

— Cette lettre… Cette lettre n'était pas pour moi, mais pour une femme qui n'existe pas…

— Justement ! Ça ne devrait pas te blesser !

— Eh bien, détrompe-toi ! Tu as eu de l'inspiration pour cette femme que tu as fantasmée. Les mots te sont venus, car tu l'as imaginée belle et attirante. Alors que moi…

— Quoi, toi ?

— Moi, ça fait longtemps que je ne t'inspire plus de désir !

Tony devient écarlate de contrariété et de confusion.

— Ce n'est pas vrai ! Qui c'est qui te fait l'amour au moins une fois par semaine malgré le boulot et les gamins ? C'est pas un signe, ça ?

Mais nul n'est plus sourd que celui qui ne veut pas entendre.

— Tu crois que je ne sais pas, moi, que je ne suis pas belle ?

— De quoi tu parles ? Pour moi, tu es la plus belle du monde !

Isabella se met à pleurer et semble inconsolable.

— Nan, c'est pas vrai ! Chuis pas belle.

Elle songe avec désespoir à ses vilains pieds. Des pieds à hallux valgus, dit le terme scientifique, élégant. Par contre, les gens, par chez elle, ils appellent ça des « oignons ». Une horrible expression qui l'a toujours choquée. La déformation est venue très jeune chez elle, et elle se souvient encore de ses camarades qui se moquaient d'elle les jours de piscine. « Qu'est-ce que t'as aux pieds ? », « Ils sont bizarres, tes pieds. Ils vont rester comme ça ? », « C'est marrant, t'es bossue des pieds ! ». La honte la crucifiait. Plus le temps a passé, plus elle a grossi dans sa tête le complexe physique jusqu'à en faire un véritable problème. Chaque fois qu'elle pense à cette petite bosse disgracieuse, l'image d'un bulbe répugnant et malodorant apparaît. C'est ainsi qu'elle a construit une représentation d'elle-même repoussante. À cela s'ajoutent les inexorables bourrelets des grossesses successives et les cernes creusés des nuits écourtées par la maternité. Pas vraiment de quoi se transformer en muse pour inspirer des poèmes d'amour à son mari ! D'ordinaire, elle n'y pense jamais et est trop absorbée par ses tâches quotidiennes pour se faire des nœuds au cerveau avec des excès de sentimentalité. Sauf que là, c'est différent. La révélation des dispositions de son mari pour l'écriture créative la bouscule. Une part d'elle-même a tellement envie d'être honorée et courtisée par de telles démonstrations amoureuses ! Tony s'approche d'elle pour l'enlacer, mais, boudeuse, elle le repousse.

— Ah non, c'est trop facile !

Tony perd patience.

— Qu'est-ce que tu veux que je fasse, alors, bon sang ?

Isabella n'ose pas lui avouer son désir qu'il lui écrive un beau poème. Elle lui en veut de ne pas le deviner par lui-même.

— Tu n'as qu'à réfléchir et, on ne sait jamais, peut-être que tu trouveras une idée !

Tony perçoit l'ironie railleuse dans sa voix et en conçoit un sentiment d'agacement et d'injustice.

— Très bien, fais la gueule, puisque ça a l'air de t'amuser ! Moi, je m'en vais. Je vais bosser. Au moins, au boulot, les gars ne me cassent pas les bonbons !

— C'est ça ! Va faire mumuse avec tes p'tits camarades !

Tony ne relève pas la provocation, lui qui travaille dur pour ramener un salaire décent à sa famille. Il claque la porte d'entrée et, une fois seul au volant de sa camionnette, essaie de faire le tri dans ses émotions. Il est furieux, et en même temps il déteste se disputer avec sa femme. Il n'aime pas la voir contrariée. Peut-être qu'il ne le lui dit pas assez, mais elle est sa boussole, son nord, sans elle, sa vie ne tournerait pas rond. Il enrage que cette histoire de lettre crée de tels problèmes chez lui. *Dommage*, songe-t-il. Il s'était tellement amusé à l'écrire. Comme si cette lettre avait révélé une partie de lui-même dont il ne connaissait pas l'existence et qui lui plaisait beaucoup. Lui, créatif ? Il ne l'aurait jamais cru. Pourtant, s'autoriser cette expression lui ouvre soudainement des perspectives nouvelles et très réjouissantes. Il découvre dans les mots un exercice jubilatoire. Isabella ne devrait-elle pas se réjouir qu'il prenne plaisir dans une nouvelle activité ? Il ne comprendra jamais les femmes. Quel casse-tête pour les satisfaire ! *Il faudra que j'en parle à Kenzo*, pense-t-il en se garant devant les locaux d'Eden Garden.

Quand il entre, il tombe sur Auguste et Henriette, en train de discuter sur le pas de la porte de la salle de réunion.

— Salut. Alors, c'était comment, la Toscane ?

Puis ses yeux s'abaissent sur la béquille posée contre le mur.

— Tu t'es fait mal ?

— Oui, j'ai une entorse à la cheville.

— J'ai l'impression que le petit séjour n'a pas été de tout repos !

Le regard de Tony passe d'Henriette à Auguste, et il croit déceler un semblant de gêne. Il est vrai que, depuis le début, ces deux-là sont à couteaux tirés. Pas simple, de devoir partir ensemble pour un tel déplacement professionnel quand on a du mal à s'entendre !

— Vous avez pu trouver les végétaux rares pour le projet Montlhéry ?

Ils répondent en chœur :

— Oui, oui.

— Parfait, alors… Nous aussi, on a bien avancé sur le chantier. D'ailleurs, vous avez vu Kenzo ?

— Oui. Il est sorti s'acheter du tabac. Il ne va pas tarder.

Tony remercie et décide de partir à sa rencontre. Il aimerait réussir à l'intercepter à l'extérieur pour pouvoir lui parler de son affaire personnelle. Il a besoin d'un avis masculin. Il faut absolument qu'il répare les pots cassés avec Isabella.

Henriette et Auguste se regardent en chiens de faïence. Depuis le retour d'Italie, la semaine précédente, rien n'est plus tout à fait pareil entre eux. Le climat est… contradictoire. Un mélange de chaud-froid. Plus l'attirance se manifeste, plus ils battent en retraite et adoptent une distance professionnelle à la limite de la froideur. Chacun, pour des raisons différentes, préfère nier les signes avant-coureurs d'une idylle. Henriette s'est montrée désagréable avec

Auguste, une réaction injuste mais irrépressible : mortifiée de s'être donnée en spectacle pendant l'épisode de la voiture et de sa crise d'angoisse en direct, elle est persuadée que, même s'il n'en dit rien, Auguste la trouve minable et bizarre. Et, par réflexe de protection, elle préfère le rejeter avant qu'il ne la rejette. Elle se sent si honteuse qu'il ait été témoin de sa vulnérabilité, qu'il l'ait vue dans cet état de nerfs déplorable. Elle lui en veut presque d'être aussi gentil depuis, car elle a l'impression que c'est par commisération. Or en aucun cas elle ne veut de sa pitié. Elle sait qu'un homme comme lui ne voudra jamais d'une femme comme elle, avec autant de failles et de fragilités. Depuis l'incident, il s'inquiète de savoir comment elle va, ce qui la vexe plus que de raison. Elle voudrait montrer qu'elle sait aussi être forte, qu'elle n'est pas tout le temps cette petite chose fragile qui craque quand ça déborde. Sauf que, pour elle, être forte revient à être fermée et froide. Elle s'est composé un visage de marbre, sans expression. Auguste ne doit pas percevoir son désarroi et encore moins son trouble grandissant. Ce changement d'attitude n'échappe pourtant pas à ce dernier qui a du mal à suivre. La personnalité complexe d'Henriette le fait passer par toutes les couleurs des émotions. Au début, l'agacement, l'excitation de la compétition, l'admiration teintée d'une pointe de jalousie face à son talent indéniable, puis l'arrivée incongrue et inattendue de sentiments plus tendres. Elle a forcé son respect pendant cette grosse journée à la pépinière, et il a admiré sa vaillance lorsqu'elle lui a porté secours. Et quand elle a craqué dans la voiture après s'être trompée de bretelle d'autoroute, il a trouvé sa vulnérabilité désarmante et touchante. Il a ressenti une grande joie à lui venir en aide, à se sentir utile en retour. Combien de fois a-t-il eu lui-même le sentiment d'étouffer parce qu'il lui était interdit de montrer la moindre défaillance ? Il se souviendra toujours de ce jour où, enfant, lors d'une balade en forêt, alors que la foudre était tombée près d'eux, il avait commencé à pleurer. Son père l'avait giflé en lui disant : « Tu veux effrayer ton frère ? » La leçon était claire : il devait être exemplaire en toutes circonstances, être fort, ne pas montrer ses émotions. Un rôle harassant pour des épaules de petit garçon. Et pour l'homme qu'il est devenu. Ne pas avoir été accueilli dans ces moments où il aurait eu besoin de réconfort et de non-jugement a laissé en lui une fêlure. La fragilité qu'il perçoit chez Henriette fait écho à la sienne. Il a juste pris soin de l'enfouir en lui, à l'abri des regards. Malgré tout, il connaît la façon dont la blessure ressurgit dans sa relation avec les femmes. Cette peur terrible de la défaillance lui gâche la vie et lui interdit d'être heureux en amour. Ses doigts se crispent autour du gobelet de café. Il scrute Henriette et essaie de sonder ce qui se passe en elle. Elle rompt le contact visuel et décide qu'il est temps de mettre fin à cette pause.

— On y va ?

Ce n'est pas une question, mais une affirmation. Elle se dirige déjà vers le bureau quand il la retient par le bras.

— Henriette ?

Elle se retourne, étonnée. Il s'approche d'un pas gauche. À cause de sa cheville pas tout à fait remise, mais surtout de sa maudite hésitation à parler à la jeune femme d'une idée qui lui trotte dans la tête… Elle écarquille les yeux. Sous l'effet de la surprise, elle n'a pas le temps de maquiller son expression. Il surprend cette lueur si spéciale qu'il guettait depuis des jours, et tout à coup quelque chose se détend en lui. Un sourire lui vient aux lèvres malgré lui.

— Oui, quoi ? demande-t-elle pour dissiper le sentiment de gêne qui l'envahit.

— Non, rien…

Elle se dégage avec agacement pour aller rejoindre sa table de travail. Il observe sa silhouette qui s'éloigne et sa drôle de dégaine à laquelle il s'est habitué. Elle porte toujours des vêtements fantaisistes qui, pourtant, savent lui donner un look unique. Une combinaison vintage en patchwork portée sur un sous-pull noir très fin. Son petit corps menu flotte à l'intérieur. On dirait une barboteuse. Il a soudain envie de glisser ses mains par les côtés évasés.

— Tu rappliques ?

Le ton d'Henriette le rappelle à l'ordre, et il interrompt sa fugace rêverie. Il va avoir du mal à se concentrer, mais, trop tard : le mal est fait. Ou plutôt le bien, il ne sait pas trop quoi en penser. Il a envie d'elle et pas que… Il sent d'ores et déjà l'inquiétant petit supplément d'âme qui s'ajoute au désir et qui va venir tout compliquer. Il ferait mieux d'oublier. Après tout, encore quelques semaines, et le projet sera fini. Elle repartira comme elle est venue. Il pourra reprendre le cours normal de sa vie… Ne pas risquer de s'exposer. Ne pas risquer de ne pas être à la hauteur. Dit comme ça, quel soulagement ! Ou alors quel dommage…

— Qu'est-ce que tu penses de cette idée ?

Il se rend compte qu'Henriette attend sa réponse et qu'il n'a pas écouté un traître mot de ce qu'elle a raconté. La phrase sort toute seule de sa bouche :

— Tu veux dîner avec moi ?

Dans un élan irréfléchi, il s'est jeté à l'eau et a franchi la ligne. *Qu'est-ce qui te prend, idiot ?*

Elle le regarde, bouche bée, figée dans l'incrédulité. Un ange passe. Ou plutôt plusieurs, à en juger par la longueur du silence qui s'installe. Elle va dire non, c'est sûr.

— D'accord.

Mince, elle a dit oui. Maintenant, il va falloir assumer. Et aussi faire face à cette chose merveilleusement inquiétante : le trouble des sentiments.

27

Le lit d'Henriette est couvert de vêtements. À en juger par la hauteur de la pile, elle a sorti toute sa penderie. Choisir la tenue adéquate paraît un casse-tête insurmontable. Il lui a donné rendez-vous dans un restaurant italien un peu huppé de la capitale. Sans doute pour le clin d'œil à leur séjour toscan. Elle a regardé des photos du lieu sur Internet. Lustres de Murano, velours rouge et laque noire. Elle ne peut se permettre une de ses habituelles tenues excentriques ! Elle cherche désespérément à composer un ensemble classique, ce qui est un véritable défi avec sa garde-robe pleine de couleurs et de motifs. Elle finit par dégoter une unique petite robe noire en stretch. Elle ne l'a jamais portée, tant elle lui paraît moulante. Henriette déteste attirer l'attention sur son corps. Elle déniche aussi une veste rouge, un peu trop grande mais qui fera l'affaire pour cacher l'ensemble. *Pourquoi ai-je accepté ce fichu dîner ?* songe-t-elle en se maquillant. Quand il a formulé sa proposition, elle a été tellement prise de court qu'elle n'a pas eu le temps de mettre sa garde en place. Elle a dit oui. La vérité est sortie d'elle-même. Car elle désirait cette invitation, tout en la redoutant à égale intensité. Auguste lui plaît.

Même s'ils sont partis du mauvais pied au départ. Elle a compris les enjeux qui entouraient l'affaire des Montlhéry et pourquoi il a pu voir en elle une rivale indésirable. Puis ils ont appris à se connaître. Les hommes ont généralement tendance à la stresser. Pourtant, elle se sent en confiance auprès d'Auguste. Ce soir, c'est différent. Ils franchissent un cap. Impossible de faire passer ça pour un rendez-vous pro. Tous les deux savent que c'est un rencard. L'ambiguïté est levée et le trac monte d'heure en heure. Sa machine à scénarios catastrophes se met en route toute seule. *La panne de courant dans les transports boîte à sardines, une embuscade de vendeurs à la sauvette qui me mettra en retard, ou une diseuse de bonne aventure collante, ou mon portable à plat qui me privera du GPS pour trouver le restaurant…*

Rien de tout cela n'arrive.

Henriette entre dans le restaurant parfaitement à l'heure, scrupuleusement ponctuelle. Jamais le métro n'a été aussi fluide. Elle a attrapé sa correspondance sans aucun temps d'attente. Aucune embûche n'est venue entraver son parcours. Auguste n'est pas encore arrivé. Elle a même le loisir de passer aux toilettes se rafraîchir et jeter un dernier coup d'œil à sa tenue dans le miroir. Elle glisse ses mains dans son soutien-gorge pour replacer ses seins et affiche son sourire d'ânesse pour vérifier qu'elle n'a pas du rouge à lèvres sur les dents. Tout a l'air en ordre. Elle prend une profonde inspiration avant de regagner la salle. Auguste n'est toujours pas là. 20 h 10. Dépitée, elle s'assoit et commande une eau pétillante pour se donner une contenance. *Qu'est-ce qu'il fout ?* Elle essaie de chasser de son esprit le spectre du lapin.

À quelques mètres de là, sur le trottoir d'en face, Auguste hésite à entrer depuis dix minutes. Est-ce que cette soirée est une connerie monumentale ? Henriette n'est vraiment pas le genre de fille avec qui l'on sort un soir pour s'amuser. D'autant moins que c'est une collègue. *Alors à quoi tu joues ?* s'interroge-t-il avec sévérité. Il ne joue pas. C'est bien ce qui l'inquiète. Ce pressentiment. Cette intuition qu'il pourrait s'agir d'une histoire pour de vrai. Ce qu'il entend par une histoire pour de vrai ? Plus engageante. Plus impliquante, plus tout… le « plus tout » est le lieu de toutes les pressions. Quand l'histoire est légère, l'affaire d'une nuit, il n'y a pas d'obligation de résultat, pas d'enjeux. Il n'y a personne à décevoir ou, dans le cas d'une déception éventuelle, il n'y a pas à subir les revendications et autres retombées désagréables. Il a les mains moites. Ce rendez-vous, pourtant, il le veut. Il sait combien il pourrait y prendre plaisir s'il arrivait à se débarrasser de cette foutue pression. Il en vient presque à regretter les débuts où il ne ressentait rien pour elle. Il consulte sa montre. 20 h 20. Il ne peut pas la faire attendre davantage et doit se décider à entrer dans le restaurant. Quand il arrive à la table, elle se lève d'un bond. Il prétend avoir eu un problème d'embouteillages, feint d'être essoufflé. Cela lui évite au moins d'avoir à justifier son souffle court en la voyant dans cette robe près du corps qui révèle comme jamais ses courbes, le plus souvent dissimulées sous des vêtements trop amples.

— Tu es magnifique.

Elle rosit sous son blush qui met en valeur l'éclat de ses yeux trop bleus. Elle minimise pour la petite robe.

— Je l'ai eue pour trois fois rien dans un vide-grenier.

Une fois encore, elle l'intrigue. Peu de femmes avoueraient avoir acheté une tenue au rabais. Mais Henriette n'est pas comme toutes les femmes. Elle se fiche de se conformer et de paraître ce qu'elle n'est pas. Il envie chez elle cette forme de liberté.

— Tu as dû avoir le temps de regarder la carte.

— En effet ! Les linguine à la poutargue ont l'air incroyables !

— Très bon choix. Je suis tenté par les penne à la fleur de burrata…

Un serveur se présente.

— Madame, monsieur, désirez-vous boire quelque chose ?

Il tend la carte des vins à Auguste. Elle est sacrément fournie. Que choisir ? Il se retrouve embarrassé et ne veut pas avoir l'air d'un néophyte devant Henriette. Il se raccroche aux régions et décide de prendre un ruffino de Toscane.

— Il ne sera jamais aussi bon que celui que nous avons bu chez Francesco au domaine de Conti, mais je suis sûr qu'il se mariera bien avec nos plats !

— Excellent choix, monsieur. Ce libaio a un très joli bouquet, des notes fruitées et légèrement minérales qui devraient plaire à madame.

Madame lui adresse un sourire joyeux. Elle semble aux anges. Auguste n'a jamais vu Henriette aussi détendue et rayonnante. Elle est tout simplement resplendissante, et il se demande si c'est lui qui lui fait cet effet-là. Si cet éclat brillant dans ses yeux signifie ce qu'il croit qu'il signifie, il a des raisons de s'inquiéter. Son trac monte d'un cran. Le serveur remplit les verres et attend que monsieur goûte. Il boit cul sec et approuve. Henriette l'observe et lui décoche des sourires. Il a chaud. À cause du lieu bondé et surtout de sa stupide émotivité, très rare d'ordinaire, et qui ne se manifeste que dans ce type de circonstances. L'implication de possibles sentiments le submerge. Tout un mécanisme psychique se met en place à l'intérieur de lui. Il a peur des poignées de sable jetées sur les rouages. Ses quelques mauvaises expériences passées ont créé une appréhension qui a la peau dure. Maintenant, il a peur de la peur. Il se voit stressé et cela le stresse encore plus. Il a envie d'enlever sa veste, mais, tout à coup, il imagine l'horreur de possibles auréoles honteuses qui auraient marqué sa chemise blanche. Alors il la garde.

— Tu n'as pas trop chaud, avec cette veste ?

— Non, non, penses-tu…

Elle aurait pourtant juré que si. Ce n'est pas grave. Elle passe un délicieux moment. Elle le sent troublé et, le vin aidant, elle se laisse gagner par une douce euphorie : pour une fois, sa pétocharde lui fout la paix ! Avec toute son attention ainsi tournée vers lui, elle a oublié d'avoir le trac. *Je crois que je le dévisage*… Elle le trouve beau. Elle n'en revient pas, qu'il soit assis là avec elle, pour elle. Il demande l'addition. Ils se regardent en silence, se posent la même question. *Et après ?* Ils cherchent une approbation muette. Henriette sourit. À la sortie, il l'embrasse sous un porche. Ses lèvres sont douces et chaudes. Passionnées aussi. Ça fait longtemps qu'embrasser une femme n'a pas été aussi délicieux. *Alors vas-y, fonce, mon gars ! Arrête de te faire des nœuds au cerveau et profite !*

— Tu veux venir chez moi ? lui glisse-t-il à l'oreille.

Elle ne semble pas surprise. Elle s'attendait à cette proposition. L'issue de la soirée était-elle si évidente ? Elle acquiesce. Il serait si heureux si cette satanée nervosité voulait bien lui lâcher les baskets…

28

Ils commencent à faire l'amour dès le vestibule. Tous les deux gagnés par la même fièvre, ils se livrent avec passion. Henriette, incrédule, n'en revient pas d'être dans ses bras, d'être en train de l'embrasser follement comme si c'était normal. Les sensations sont délicieuses. Elle a envie de s'y abandonner totalement. L'alchimie entre eux est immédiate. Comme si leurs peaux avaient des choses à se dire. Elle retient son souffle quand il caresse son dos avec la paume de sa main chaude, après avoir descendu lentement la fermeture Éclair de sa robe noire moulante. Il embrasse comme elle aime. Jeune fille, elle a longtemps été dégoûtée par l'idée qu'un garçon puisse introduire sa langue à l'intérieur de sa bouche. Elle jugeait ça bizarre, dérangeant. Aujourd'hui encore, elle déteste les hommes qui imposent trop leur langue ou, pire, des baisers trop goulus mouillés de salive. Rien de tout cela avec Auguste. Elle se demande comment il va trouver ses seins. Il les regarde et les caresse longuement, maintenant qu'il a fait tomber sa robe sur les escarpins qu'elle ne porte jamais d'habitude. Il les libère et les gobe avec gourmandise, tandis qu'elle plonge ses mains dans ses cheveux soyeux. Elle tente de défaire les boutons de sa chemise. Elle a du mal. Elle manque un peu de pratique. Il l'aide et envoie balader le vêtement au loin.

— On ne va pas se laisser emmerder par une chemise !

Elle rit. Il aime l'entendre rire. Ce n'est pas un rire sophistiqué ni en retenue. C'est le genre de rire qui vient de loin. Leurs ébats s'intensifient. Ils tremblent légèrement. Tant de volupté d'un coup les désarçonne. Henriette ne se lasse pas de caresser le buste d'Auguste, aux reliefs inspirants. Il a la peau douce. À ce point, c'est inattendu chez un homme. C'est un buste addictif. Henriette sait qu'il n'a pas fini de l'aimanter. Ils sont allongés sur le lit. Un très grand. Sûrement un cent quatre-vingts. Elle a un peu froid.

— Tu veux te mettre sous la couette ?

Oui, elle veut bien. Il ne semble pas très à l'aise, tout à coup. Elle non plus. Ce n'est pas facile les premières fois de se retrouver nue dans un lit avec un homme qu'on connaît encore si peu. Elle est partagée entre un sentiment d'étrangeté et d'excitation. Elle est surprise par l'intensité de son désir. Auguste le perçoit et en conçoit à la fois un vif plaisir et une montée de pression. Va-t-il réussir à la combler ? Que va-t-elle penser de son sexe ? Sa forme, sa taille lui plairont-elles ? Il se souvient autrefois, dans les toilettes de la cour de récréation, de ce stupide concours de zizis. À qui aurait le plus grand. Pantalons baissés et yeux rivés sur l'appendice des copains. Pas évident, d'être surpris biroute à l'air par la maîtresse ni de se faire passer un savon mémorable sur un thème aussi intime et inavouable… Il ressent encore le sentiment de honte cuisant, sans parler de la frustration que tout ça n'ait servi à rien : il n'avait même pas eu vraiment le temps de regarder pour pouvoir se comparer aux autres. Quand Henriette glisse sa main dans son boxer, il se raidit, mais d'appréhension. Maverick va-t-il se braquer ? *Je te rappelle que t'es censé être un as du manche, mon pote !* Henriette le dégage lentement du sous-vêtement. Elle redoute aussi ce moment pour de multiples raisons. Tout d'abord, elle a toujours trouvé étrange la physionomie masculine. Ce phallus érigé qui se tient là, debout, comme posé au milieu de l'entrecuisse, presque indépendant du reste du corps, incongru… Elle a longtemps eu du mal à s'habituer et, même encore aujourd'hui, au moment de se retrouver nez à nez avec ce membre inconnu, elle a un sursaut de timidité et de gaucherie. Elle craint aussi de mal s'y prendre et ne sait si elle doit jouer les affranchies, feindre une aisance de call-girl ou respecter sa sensibilité féminine : elle ne veut pas avoir l'air coincée, mais elle a besoin d'un temps d'apprivoisement pour oser certaines pratiques. Auguste sent son hésitation.

— Ça va ?

Elle est surprise qu'il soit attentif de la sorte. Surprise dans le bon sens. Peu d'hommes parmi ses rencontres ont eu cette délicatesse.

— Oui, ça va… je suis juste un peu… émue.

Émue ! Voilà, maintenant, il va la prendre pour une gourde fleur bleue ! Elle se mord la langue et, pour contrebalancer ses propos, entreprend, malgré ses résolutions, des gestes plus hardis. Auguste en a le souffle court. Il la fait basculer sur le dos et n'a plus qu'une obsession : vite, entrer en elle. Il pousse un râle de plaisir tandis qu'il s'enfonce dans la moiteur de son intimité qui le rend déjà fou. À demi conscient, il entend Henriette répéter son prénom.

— Auguste ? Auguste !

Il pense tout d'abord que c'est sa jubilation qui s'exprime à voix haute. Puis il s'aperçoit qu'Henriette le repousse de son corps. Elle se redresse sur son séant, mal à l'aise, et croise machinalement ses bras pour cacher sa poitrine.

— Tu n'aurais pas oublié quelque chose ?

Bon sang ! Le préservatif.

— Oh, excuse-moi ! Je suis désolé…

— Tu en as ?

— Oui, quelque part…

Auguste se met en quête de ses capotes. Il fouille dans les tiroirs de sa table de nuit et n'en trouve pas.

— Je reviens.

Il s'éclipse dans la salle de bains et met la main sur une boîte neuve dans son armoire à pharmacie. Il n'arrive pas à ouvrir l'emballage. *Avec quoi ils ont fabriqué ça ?* s'énerve-t-il tandis qu'il essaie de l'arracher avec les dents. Quand il y parvient enfin, il se retrouve comme un con devant le petit bout de plastique rabat-joie qui met son sexe en berne instantanément. Il déroule le caoutchouc en voulant ignorer les signes évidents de pénis à la peine. Il s'énerve, exaspéré de l'incompétence de son capricieux organe. Il commence par lui parler gentiment :

— Si monsieur le héros des sommiers veut bien me faire l'honneur de bander, ça m'arrangerait !

Puis moins aimablement :

— Putain, Maverick, ça suffit, les caprices ! T'as intérêt à décoller fissa ! J'veux lui donner du grand frisson, à Henriette, j'veux qu'on passe le mur du son, tous les deux, t'entends !

Malgré son ton d'adjudant-chef, Maverick refuse le garde-à-vous et reste de marbre. Enfin, de marbre… Malheureusement pas. Triste trique ! Son Maverick braqué a la tête dure et le corps mou. On frappe à la porte.

— Auguste ? Tu es là ? Tout va bien ?

Henriette ! Pourvu qu'elle n'ait rien entendu. Il en crèverait de honte.

— Oui, oui ! J'arrive ! Un instant.

Il tente de gagner du temps. À quoi bon ? Il va devoir sortir, affronter le regard désolé d'Henriette, peut-être même sa mansuétude. Il ne le supporterait pas. Il n'a plus qu'une idée. Sortir, s'habiller et partir. S'enfuir. La planter là, dans son appartement à lui. Il a conscience du ridicule, mais il ne voit pas d'autre issue. Il étouffe. Il a besoin d'air. Il sort de la salle de bains, résolu. Il fonce dans sa chambre et cherche à tâtons dans le noir son caleçon. Quand il se retourne, Henriette lui fait face. Elle a enfilé sa chemise qui est restée entrouverte sur sa nudité. Elle se tortille devant lui et le regarde avec de grands yeux désemparés, comme si elle avait fait quelque chose de mal. Il bafouille des excuses. Dit qu'il ne le sent pas. Que c'est peut-être trop tôt. Il s'entend débiter ces conneries et s'en veut. Contre toute attente, elle répond qu'elle est d'accord avec lui. Elle s'approche d'un pas et lui sourit. Elle n'a pas l'air de lui en vouloir. À bien y regarder, elle paraît même soulagée.

— On se remet au chaud ? propose-t-elle avec une douceur malicieuse.

Ils se glissent ensemble sous la couette et se serrent dans les bras. Elle pose la tête sur son buste et ferme les yeux. Elle entend les battements du cœur d'Auguste se calmer peu à peu. Le bien-être créé par la chaleur de leurs corps a raison de leurs dernières résistances. Ils s'endorment.

29

Tony est au volant de leur Espace familiale. À l'arrière, les gamins s'agitent. L'un des deux petits essaie de se détacher de son siège auto et, n'y parvenant pas, se met à chouiner. Sa sœur rigole. L'autre riposte par une tape et une griffure. La fillette pleure et crie de protestation. Comble du drame, elle vient de laisser tomber son doudou hors de portée. Leur grand frère les engueule. Il n'arrive pas à écouter sa musique. Isabella, excédée, se retourne et les prévient qu'il n'y aura pas de glace en dessert s'ils ne se calment pas. Le silence revient d'un coup. Tony jette un coup d'œil inquiet en direction de sa femme pour prendre la température. L'humeur n'est pas vraiment au beau fixe, et il a dû batailler pour la convaincre d'accepter ce restaurant coréen singulier qui fait aussi karaoké. « Ça va être bruyant ! » s'est-elle exclamée. « Eh bien, comme ça, on entendra moins les gosses ! » a-t-il rétorqué. « Je suis fatiguée, je n'ai pas envie de sortir ! » « Au contraire, ça va te changer les idées ! » Elle est demeurée boudeuse, mais a fini par céder. La perspective de ne pas avoir à cuisiner le déjeuner ce dimanche a eu raison de ses dernières réticences. Depuis plusieurs jours, Isabella se montre distante et fermée avec Tony, et il sait qu'il paie encore l'histoire de la lettre. Curieusement, ces tensions ont relancé son désir pour elle. Il la trouve belle dans cette colère froide. Dans chacun de ses gestes, elle lui fait comprendre qu'elle est froissée, mais elle met dans ces postures des grâces qu'il ne lui a pas vues depuis longtemps. Pour la dérider, il a multiplié les petites attentions : lui presser un jus d'orange frais, lui proposer un massage pour délasser son dos, renoncer à regarder un match important pour qu'elle puisse suivre son programme préféré… Elle a accueilli tout cela comme une reine de Saba, blasée et indifférente, ce qui a rendu Tony encore plus fou. L'autre jour, il a parlé de l'histoire à Kenzo. Son collègue était désolé et s'en voulait d'avoir créé des problèmes. D'autant que lui-même file grâce à son pote le parfait amour avec sa petite amie.

« Elle ne comprend pas que j'aie pu être inspiré à ce point par une femme qui n'est pas la mienne. Elle a eu l'impression que je ne la désirais plus.

— Tu penses que c'est de la jalousie ? » a demandé Kenzo.

Les deux collègues buvaient un coup au bistro du coin.

« P't'être bien… N'empêche que maintenant, je suis bien embêté. Je ne sais plus comment m'y prendre…

— Et si tu lui en faisais une aussi ?

— De quoi ?

— Ben, de lettre !

— Moi ? Lui écrire de la poésie ?

— Ça lui plairait sûrement.

— Tu crois ? »

Tony a réfléchi longuement à cette suggestion et s'est dit qu'il ne risquait pas grand-chose à essayer.

Le soir, en cachette, il a commencé à jeter des mots sur le papier. Des mots d'amour, enfouis depuis longtemps, presque un peu oubliés. Sa petite fille est venue et, curieuse, a cherché à savoir ce qu'il fabriquait.

« Chut ! C'est un secret. Tu ne diras rien à maman, promis ? »

Très excitée à l'idée d'une surprise, elle a promis, et s'en est allée, les yeux brillants et le sourire éclatant à moitié visible derrière le pouce qu'elle suçait à pleine bouche et le doudou pendu à la main.

Isabella observe son homme à la dérobée. Alors qu'il semble concentré sur la route, elle perçoit autre chose, comme une inquiétude. Elle se demande si elle n'a pas été trop dure avec lui, ces derniers jours. Elle a repoussé toutes ses avances et ignoré ses attentions. C'est vache. Pourtant, il s'est montré si prévenant. À croire que la « posture princesse » marche vraiment. Ses copines n'arrêtent pas de lui dire qu'avec un homme il ne faut jamais avoir l'air acquise. « N'oublie pas leur instinct de chasseur. Quand c'est du tout cuit, ils ne font plus d'efforts ! lui a clamé Marguerite, son amie d'enfance. Et ce n'est pas parce que tu as des gosses qu'il faut te laisser aller ! » Isabella a accusé le coup. Elle n'en a pas voulu à son amie de ses propos abrupts, mais l'électrochoc a fait mal. Le soir, elle s'est longuement regardée dans le miroir et a dû admettre que, côté séduction, elle a un peu lâché l'affaire, ces derniers temps. Tentée d'y remédier, le lendemain, elle a poussé les portes d'un magasin de produits de beauté et a découvert l'existence de masques à usage unique concombre, litchi ou thé matcha… Elle a aussi craqué pour un Exfoliating Body Scrub Passion Fruit and Lime – en se demandant ce que Scrub et Lime pouvaient vouloir dire. Qu'importe ! Ça sentait diablement bon – et une crème Silky Body Butter, sûrement une sorte de beurre soyeux. La marque était luxueuse. Était-ce raisonnable ? D'autant que son mari était capable de ne pas le remarquer…

Tony tourne en rond à la recherche d'une place pour se garer dans ce quartier populaire de l'Est parisien. L'excitation monte d'un cran à l'arrière, et les enfants sont déchaînés.

— Je savais qu'on n'aurait pas dû sortir ! s'exclame Isabella, excédée.

Chaque fois qu'elle se penche vers l'arrière pour gronder les enfants, Tony est troublé par les délicieux effluves qui émanent de son corps. Elle s'est parfumée ! Depuis combien de temps n'a-t-elle pas fait ça ? La nervosité le gagne. Il a les nerfs en pelote. Il s'énerve à tout-va, après un automobiliste escargot, puis après un vélo qui n'a pas compris que rouler ne veut pas dire zigzaguer.

— Maman ! Papa, il a dit un gros mot !

Tony se demande ce qu'il lui a pris d'imaginer un tel scénario. Qu'est-ce qui pouvait bien sortir de bon de cette ambiance électrique ? Le miracle se produit quand même. Il trouve une place. La famille passe sur le fait qu'il a raté trois fois son créneau et accusé sans vergogne la ville d'avoir rétréci les espaces de stationnement. Ils finissent néanmoins par s'asseoir autour d'une table dans le restaurant.

— Je te préviens, je ne chante pas !

Isabella continue à lui battre froid, et Tony se sent dépité. Il se rapproche pour consulter la carte avec elle, mais elle le remet à bonne distance en lui tendant un autre menu. Au moins, les enfants sont contents d'être là. Un peu plus tard, leur voracité est réjouissante. Isabella remarque que Tony ne touche pas à son assiette.

— Eh ben ? Tu ne manges rien ?

— J'ai pas très faim…

Elle hausse les épaules en signe d'agacement. En réalité, elle est mal de sentir son homme tourneboulé. Leur aîné demande s'il peut aller chanter. Son ton devient suppliant.

— Je ne pense pas que l'animateur sera d'accord, tu sais…

Finalement, l'animateur accepte de laisser chanter le garçonnet. C'est aussi mignon que faux. Isabella filme et Tony regarde Théo, fier de son audace. Des sueurs froides le gagnent en pensant que, dans un instant, c'est lui qui sera à sa place. Ses mains deviennent moites et sa gorge incroyablement sèche.

— Qu'est-ce que tu as ? Tu n'arrêtes pas de boire !

— Euh, oui, mon plat était très salé…

Leur fils revient s'asseoir.

— Bravo, mon grand ! Tu as été super.

La petite fille de Tony lui adresse des gros clins d'œil complices. Elle est aussi discrète qu'un nez de clown sur une étendue de neige. Ça va être à lui. L'animateur est prévenu. Il lui adresse un signe. Tony se lève et se dirige vers l'estrade. On lui tend un micro. Isabella le regarde d'un air surpris. Elle sait qu'il chante comme une casserole et s'étonne de le voir participer. Tony sort un papier de sa poche, s'excuse pour les lunettes qu'il doit mettre pour lire et pour les vingt ans qu'il n'a plus.

— Les vingt ans, les vingt ans de vie commune avec ma femme Isabella. Vingt ans, c'est long et c'est court, mais entre nous l'amour dure toujours…

Le micro émet un larsen. Tony s'éclaircit la voix et fixe sa femme. Il n'arrive pas à déchiffrer son expression. Le régisseur tourne un spot vers elle pour éclairer son visage. Elle a les yeux qui brillent et semble émue. *Bon sang ! Comment je vais faire pour poursuivre ?* Il déplie le petit papier sur lequel il a écrit son poème.

— Mesdames, messieurs, désolé, je ne vais pas vous chanter une chanson. Je ne prendrai pas longtemps. Juste deux minutes pour vous lire ce texte que j'ai écrit pour elle, Isabella, la femme de ma vie…

Le silence s'abat sur la salle, contrastant avec l'ambiance ultra-bruyante qui noyait l'assemblée dans le vacarme. La larme d'émotion qu'il voit rouler sur la joue d'Isabella lui donne la force de se lancer.

30

Auguste croise Tony, les bras chargés, qui se dirige vers le camion en sifflotant. Toute l'équipe se prépare pour partir chez les Montlhéry. Au programme, une grosse réunion de chantier.

— Il est bien joyeux, ces derniers jours, tu ne trouves pas ? souffle-t-il à Henriette.

Elle répond elle aussi à voix basse :

— Tu veux dire, un peu comme nous ?

Il sourit. Il a envie de l'embrasser. Gérard sort de son bureau.

— Ça y est ? Tout est prêt ?

— On s'active…

— Ce n'est pas vraiment l'impression que vous donnez !

Il n'y a pas de reproche dans les propos du directeur. Ils se connaissent depuis longtemps, Auguste et lui, suffisamment pour savoir que c'est le genre de personnalité qui a besoin d'un management très libre. Auguste est un architecte paysagiste expert. Il n'a pas besoin d'être encadré. Pour Gérard, seuls les résultats comptent.

— Tu nous fais confiance ?

— Oui, c'est ça, le problème ! ironise le boss, plein d'autodérision sur sa propre flexibilité.

Il ne leur dira rien. Pire, il attrape les sacs en attente et entreprend de les porter à leur place jusqu'à la camionnette.

— On devrait s'y mettre, tu ne crois pas ?

Auguste ne l'écoute pas. Depuis l'autre nuit, il a la tête complètement ailleurs. Pêle-mêle, il se sent content, flippé, excité, heureux, bousculé, contrarié, emballé… amoureux ? Non, quand même pas. À moins que… Si vite ? Il regarde la bouche d'Henriette s'agiter. Chaque fois que ses grands yeux trop bleus s'arrêtent sur lui, il a un tressaillement de trouble joyeux.

— Tu es libre pour dîner, ce soir ?

— Auguste ! Tu es terrible ! J'étais en train de te parler du chantier.

— Allez, ne te fâche pas, Petite Fleur…

Petite Fleur, c'est le surnom qu'il lui a donné l'autre matin. Il lui a préparé le petit déjeuner. Un café aux forts arômes et des tartines de pain beurrées. Puis il a lancé cette fameuse chanson de Sidney Bechet et l'a invitée à danser un slow improbable à cette heure matinale. Elle a ri aux éclats et elle est montée les pieds sur les siens pour se laisser complètement porter par ses bras. Elle a niché son visage dans son cou et ils sont restés ainsi collés tout le long du morceau. Auguste n'a pas trouvé d'adjectif assez subtil pour traduire la singularité et le délice de cet instant. Il ne l'oubliera pas. Elle ne semblait pas lui tenir rigueur de sa défaillance de la veille. Peut-être même le contraire. Elle a paru apprécier d'y aller doucement. Depuis lors, Auguste sent en lui un étrange conflit, entre sa tête qui dit un grand oui à cette sage lenteur et Maverick qui ne l'entend pas de cette oreille. Lui, il a envie d'en découdre, de prouver ce dont il est capable. Il a été piqué au vif… Ne pas être au garde-à-vous, c'est le pire des déshonneurs ! Les sexes d'hommes ont souvent un ego surdimensionné. Au royaume de l'Éros, Maverick a su conduire plus d'une créature au septième ciel ! Il a des raisons d'être fier de son palmarès de conquêtes ! Un vrai tableau de chasse. *Oui, mais des conquêtes sans lendemain, c'est facile*, tacle sa conscience. Seulement, avec Henriette, les symptômes ne trompent pas. Ils se pointent en meute.

— Alors, c'est oui ? insiste-t-il en faisant le joli cœur.

Elle râle. Tout le monde les attend.

— C'est peut-être ! Tu n'obtiendras rien de plus de moi tant qu'on n'aura pas aidé à charger cette fichue camionnette !

Il grommelle pour la forme, mais se hâte d'embarquer les cartons.

Claire les accueille chaleureusement. Elle est très excitée par le projet qui prend forme. La grande fosse pour le futur bassin a été creusée. Des tonnes de gravats ont été enlevées. Aujourd'hui, les grands arbres vont être plantés. Ils sont arrivés, livrés dans leurs pots de fortune, dans l'attente d'être replantés en pleine terre.

— Comment ça va se passer ? demande Henriette, curieuse, à Auguste.

— Les trous pour les planter ont déjà été formés la semaine dernière. On va les soulever avec la grue. Il faudra alors enlever le pot de plastique provisoire, aérer un peu les racines, puis les insérer à leur emplacement définitif.

— Tout un branle-bas de combat !

— Je ne te le fais pas dire !

Ils échangent un sourire complice, peut-être un brin trop appuyé. Cela n'échappe pas à Tony qui passe à côté d'eux. Il s'approche de Kenzo, occupé à rassembler les outils.

— Dis donc, ces deux-là, ils ne se sont pas un peu rapprochés, pendant leur voyage en Italie ?

Kenzo jette un regard en direction de ses deux collègues.

— Ah oui ? Peut-être… Je n'avais pas remarqué…

— Si tu veux mon avis, il y a mammouth sous rocher !

Kenzo éclate de rire.

— Tu ne crois pas que c'est plutôt toi qui as tendance à voir du rose partout depuis que tu es devenu poète public ?

— Chut ! Moins fort ! De quoi j'aurais l'air, si ça s'apprenait ?

— Je ne sais pas, moi… d'un mec cool ?

Tony n'est pas sensible à cette boutade et râle après Kenzo. Il voit mal comment les ouvriers du chantier pourraient le respecter comme donneur d'ordre s'ils lui connaissaient cette âme de poète sentimental. Gérard tient la réunion dans le jardin. Tony s'occupe du reporting des tâches restant à accomplir dans le respect du rétroplanning. Henriette et Auguste seront là pour diriger l'équipe terrain, notamment au niveau des éclairages et de tout ce qui concerne la direction artistique de la création des jardins. Gérard reformule les décisions prises et dispatche ensuite les ouvriers paysagers.

Les manœuvres commencent. Un gars se met aux manettes de l'énorme engin chargé de soulever les arbres. Tout le monde a des bouchons d'oreilles. Les instructions sont criées au milieu du vacarme assourdissant. Henriette et Auguste s'y mettent à deux pour essayer de retirer le pot en plastique du tronc du *Cycas revoluta*. C'est dur. Le pot semble avoir collé aux racines.

— Laisse, on va s'en occuper !

— Absolument pas. Je tiens à participer !

— Tu ne serais pas un peu têtue, toi ?

Elle lui adresse une espèce de grimace avant de se remettre à tirer sur le pot. Il cède d'un coup et elle est projetée en arrière. Elle atterrit les quatre fers en l'air. Auguste se retient d'exploser de rire, mais, devant le regard noir que lui adresse Henriette, il se hâte d'aller l'aider à se relever. Ils se retrouvent presque nez à nez et s'aperçoivent de ce que cette posture peut avoir de suspect. Ils reprennent aussitôt une distance professionnelle. L'arbre est maintenant suspendu à un mètre cinquante du sol.

— Il faut dégager les racines ! aboie Tony. Vous vous en occupez ?

— Euh…

Henriette n'est pas vraiment tentée de se casser les ongles pour ça. Pourtant, Tony n'attend pas sa réponse.

— Merci, les gars ! Ça me rend service, je sais plus où donner de la tête !

Pas le choix. Il va falloir mettre la main à la pâte, ou plutôt à la terre. Auguste s'active déjà d'un côté et la regarde, l'air de se demander ce qu'elle attend. Il y a qu'elle a une sainte horreur de la terre, et plus précisément de tout ce qui pourrait grouiller à l'intérieur. Malgré tout, elle ne veut pas faiblir devant Auguste. Alors elle plonge les mains dedans et commence à libérer les racines. Finalement, ça ne se déroule pas si mal. Elle y allait mollement et, maintenant, elle enlève la terre par grosses mottes. Ses gestes vifs créent des projections. Elle en a partout, jusqu'aux coudes et sur ses vêtements aussi. Elle doit en avoir sous les ongles. Cette pensée la répugne ! Néanmoins, elle poursuit ses efforts pour donner une bonne image à Auguste quand, tout à coup, en dégageant une motte, elle pousse un cri strident.

À l'étage, le mari de Claire, André-Louis, accourt à la fenêtre.

— Qu'est-ce qui se passe, en bas ? Qu'est-ce que c'est que ce raffut ? Décidément, pas moyen d'être tranquille pour lire…

Il aperçoit l'arbre en l'air, ses racines aux quatre vents, et se demande ce que les ouvriers fabriquent. Lui qui a si peu de temps libre supporte mal cette agitation. Il grogne en son for intérieur. Ce projet pharaonique de jardin, il l'a uniquement accepté pour faire plaisir à sa femme. Il sait qu'il est souvent absent à cause de son travail très prenant et que Claire souffre de cette situation. Alors, le moins qu'il puisse faire, c'est lui offrir une somptueuse demeure. Si ça n'avait tenu qu'à lui, il se serait contenté d'un projet plus modeste. Pas besoin de ce tralala ! Homme d'affaires pragmatique, il n'accorde qu'une importance toute relative à l'environnement matériel. Par contre, qu'on le dérange dans l'un de ses rares moments de décontraction l'a irrité. Et il compte bien le dire sans détour ! Il se met à la recherche de Claire. Elle n'est pas dans la chambre. Il descend l'escalier. Elle n'est pas dans le salon. Dans la cuisine, peut-être ? Lorsqu'il ouvre la porte, il est surpris par les trois chiens surexcités qui lui sautent dessus en aboyant.

— Oh ! On se calme, les microbes ! Je parie qu'on ne vous a pas sortis, hein ? Voilà ! C'est toujours la même histoire. Et maintenant vous êtes invivables !

Les chihuahuas courent en cercle autour de leur maître.

— Je sens le croche-patte arriver !

Excédé, il ouvre la porte d'entrée.

— Allez, ouste ! Dehors. Allez vous défouler, bande de petits monstres !

Les trois chiens ne se font pas prier et partent à toute berzingue dans le jardin en hurlant comme la bête du Gévaudan.

31

Henriette a du mal à s'en remettre : des centaines de vers de terre grouillent allégrement dans la terre du *Cycas* ! Elle a poussé un tel hurlement qu'Auguste a cru qu'elle s'était blessée. Tony, qui n'était pas loin, a tout de suite accouru. Quand il a découvert de quoi il s'agissait, il n'a pu s'empêcher de la charrier.

— Ha, ha, ha ! Ben quoi, c'est mignon, les petits vers de terre ! Eh Henriette ? Là ! T'as un truc…

Avec son doigt, Tony a fait croire à Henriette qu'elle avait un ver de terre sur sa manche. Elle a crié de plus belle.

— Arrête ! T'es vraiment pas drôle !

Tony était tordu de rire.

Il l'est encore pendant une seconde avant d'entendre de terrifiants aboiements se rapprocher. Il balbutie et commence à trembler de tous ses membres.

— Les chichi… chichihua… chihuahuas !

Henriette pense d'abord à un gag, puis le voit devenir blême. Elle ne comprend pas tout de suite le lien entre sa frayeur manifeste et l'arrivée des gentils petits chiens de Claire. Ils sont maintenant à moins de trois mètres de Tony qui recule, recule sans les quitter des yeux.

— Tony ! Atten…

Tony vient de basculer dans le trou du bassin ! Henriette entend le bruit mat de son corps lourd quand il atterrit sur le sol. Elle en a froid dans le dos. Auguste et elle se précipitent, vite rejoints par le reste de l'équipe et par le couple des Montlhéry. Tony, allongé de tout son long, grogne de douleur. Il est conscient, c'est déjà rassurant ! Auguste est déjà en train de composer le 15. Gérard est le dernier à débouler sur les lieux. Il se fraie un chemin au milieu des troupes pour pouvoir s'approcher. Lorsqu'il voit Tony, et surtout le rouge au niveau de son front, tout devient noir. Il tombe dans les pommes. Auguste, en ligne avec les secours, en vient à demander un second brancard. Henriette saute dans la fosse sans l'ombre d'une hésitation sous le regard médusé de toute l'équipe d'ouvriers. Elle retire le foulard qu'elle porte autour du cou pour compresser la blessure de Tony. Il veut se relever, mais elle l'en empêche.

— Ne bouge pas ! Tu dois rester allongé, le temps que les secours arrivent. Tu es tombé dans le bassin et tu t'es cogné la tête. Tu te rappelles ?

— Aïe ! Je me rappelle surtout les chihuahuas… Où sont les… chihuahuas…

J'ai l'impression qu'il est quand même dans les vapes, songe Henriette. Elle se souvient de sa formation aux premiers secours et des réflexes à adopter. Elle s'agenouille à la tête de Tony et la maintient entre ses deux mains.

— Qu'est-ce que tu fais ? maugrée-t-il.

— T'occupe ! Tu dois rester tranquille jusqu'à ce que les médecins t'auscultent.

— Ça sert à rien ! Je vais bien. Je me suis juste cogné !

Henriette se montre intraitable.

— Pas bouger !

— On t'a déjà dit que tu étais autoritaire ?

Henriette sourit. Elle est un peu rassurée sur l'état de Tony. S'il en est à plaisanter, ça ne peut pas être trop grave. Néanmoins, on n'est jamais trop prudent…

— Tu peux râler tant que tu veux, ça m'est égal. Il faut vérifier que tu n'as rien aux cervicales.

— OK, OK doc ! J'ai compris que je n'avais plus qu'à capituler !

Les yeux d'Henriette se dirigent vers Auguste. Il est occupé avec Gérard qui reprend connaissance. Elle n'en revient pas qu'il se soit évanoui à la vue du sang ! C'est assez inattendu venant d'un homme si maître de lui en toutes circonstances.

— Ça va, Gérard ? Comment tu te sens ? demande Auguste, penché au-dessus de lui.

Les yeux de l'homme papillonnent et il est blanc comme un linge.

— Ça va ! Je suis… Je suis désolé ! Ça doit être une crise d'hypoglycémie. Je n'ai pas eu le temps de déjeuner à midi…

Auguste perçoit le malaise de son patron et n'a pas le cœur de relever le mensonge évident. Autour d'eux, personne n'est dupe. Tout le monde a pu voir pourquoi il a tourné de l'œil. Auguste ressent soudain une réelle empathie pour cette fragilité qui émerge chez son mentor. Lui qu'il tenait pour un modèle infaillible ! Il imagine comment cet incident qui le prend en « supposé défaut de virilité » peut l'atteindre dans son orgueil.

Autour d'eux, les ouvriers essaient de se rendre utiles. C'est un peu la débandade. Claire court après ses chiens pour les rattacher. On dirait qu'ils ont senti l'agitation, car ils en profitent pour n'en faire qu'à leur tête. André-Louis est de la partie. Les deux époux se disputent. Claire ne comprend pas comment les chiens ont pu sortir de la cuisine où elle les avait enfermés. Quand son mari lui dit que c'est lui qui a ouvert la porte, elle est hors d'elle.

— Malheureux ! Si je les ai mis là, c'est qu'il y a une raison ! Tu ne penses vraiment à rien !

Il n'a aucune envie d'encaisser sans rien dire.

— Qu'est-ce que j'en sais, moi, que tu les as mis là à cause du chantier ? Ce n'est pas écrit dessus !

Claire récupère ses chihuahuas et les gronde, tandis qu'elle les ramène vers la maison.

— Vilains chiens ! Vous avez fait peur au monsieur avec votre grosse voix et vos petites dents ! Et en plus vous n'écoutez rien ! Je suis très mécontente !

L'ambulance arrive, le blessé est pris en charge. Gérard aussi est embarqué, malgré ses protestations, pour être examiné. Sur la route en direction de l'hôpital, il rumine. Quelle catastrophe, cet après-midi ! Le chantier qui n'aura pas avancé, Tony qui se blesse à la tête et lui qui tombe dans les pommes… Tout ça n'est pas bon pour les affaires ! Il espère que ce fiasco n'aura pas trop abîmé leur réputation auprès des époux Montlhéry. Il s'en veut. Encore une fois, cette phobie du sang lui a joué des tours. Il a essayé de donner le change devant les équipes, mais il sait que personne n'a cru ses excuses bidon. Quel comble, pour un fils de médecin, chirurgien de surcroît ! Quand il était enfant, son père, très fier de son métier, lui montrait en boucle ses opérations les plus réussies en vidéo, et Gérard se souvient de la nausée qui montait et des vertiges qui le prenaient alors. Puis il y avait eu cet accident de la route. Sa mère avait reçu un choc à la tête et avait abondamment saigné. Cette image ne l'a jamais quitté, et bien que la blessure n'ait été que bénigne, cet épisode l'a profondément marqué. À tel point que, à l'école, le moindre bobo de cour de récréation lui créait un malaise vagal. Un garnement avait imaginé une petite chanson vexatoire intitulée « Chochotte a les chocottes ! ». Nul besoin de s'étendre sur les paroles… Bien sûr, le salopiaud joignait le geste à la parole et avait réussi à lui coller l'étiquette du plus grand flippé du bahut. Ces ancrages négatifs avaient réussi à cristalliser sa peur qui ressurgissait à la moindre occasion. Aujourd'hui encore, pour une simple prise de sang, il était obligé de demander à sa mère âgée de venir avec lui. On prévenait l'infirmière avant pour qu'elle tienne compte de son syndrome et l'allonge préventivement. Gérard déteste cette sensation de malaise : la chaleur étrange qui se propage dans son corps et dans sa tête pour en ramollir toutes les cellules, les bourdonnements d'oreilles, la faiblesse générale et, tout à coup, le trou noir.

— Ça va, monsieur ? s'inquiète l'urgentiste. Vous n'avez pas l'air très bien…

Gérard n'est clairement pas encore remis de ses émotions. Chaque fois, il se sent si honteux de cette « tare ». À son âge ! Tomber en syncope pour un peu de sang !

— Vous savez, c'est très courant, les personnes qui souffrent d'hématophobie.

Gérard jette un regard outré au médecin. Quel toupet, d'oser formuler à haute voix sa faille la plus inavouable !

— Puisque je vous dis que c'est une histoire d'hypoglycémie !

Le médecin lui sourit avec bienveillance et n'ajoute rien pour ne pas le contrarier. Malgré tout, au moment d'arriver à l'hôpital, il lui glisse à l'oreille :

— Je vous conseille les thérapies EMDR. Cela donne de très bons résultats pour ce que vous avez…

Gérard feint de n'avoir rien entendu.

32

André-Louis trône en bout de table. Autour de lui, deux couples. Sa fille Mélanie et son gendre. Son fils Gilles et son petit ami. Deux ménages d'un genre diamétralement opposé. Autant sa fille s'est calquée sur le modèle parental, plutôt traditionnel, autant son fils a suivi d'autres voies et a souhaité très tôt s'affranchir de ce qu'il appelle le canevas bourgeois, avec ses grandes lignes de conduite implicitement obligatoires. Il se distingue aujourd'hui dans la photographie d'art et assume tout autant son style décalé que son homosexualité. Il a décidé deux ans auparavant de faire son coming-out comme on jette un pavé dans la mare : sans prendre de gants et sans se soucier des débris de l'explosion. André-Louis a mis du temps à s'y habituer. Il est resté quatre mois sans parler à son fils. Il ne pouvait pas. C'était trop loin de lui, de son monde, de ses valeurs… Sa femme avait beaucoup contribué à ce que son mari finisse par accepter la situation. Leur fils était enfin heureux. N'était-ce pas la seule chose qui comptait ? Claire de Montlhéry s'affaire pour le service. Elle a mis les petits plats dans les grands. Ce n'est pas tous les jours qu'elle a tout son clan réuni. Des asperges en entrée, un gigot d'agneau enfourné, quelques girolles et des pommes de terre en robe des champs… sans oublier le petit pâté en croûte dont les enfants raffolent. Pour le dessert, elle a prévu une omelette norvégienne, sa spécialité, qu'elle fera flamber sous les yeux ébahis de sa tablée ! Elle possède pour cela une boîte spéciale d'allumettes extra-longues de douze centimètres. Sa fille l'a suivie dans la cuisine.

— Ça va, maman ? Je peux t'aider à quelque chose ?

— Non, penses-tu. Tout va être prêt. Il n'y a plus qu'à découper le gigot. Regarde juste si la vinaigrette est suffisamment assaisonnée pour les asperges.

Mélanie s'exécute et rehausse la sauce de quelques herbes fraîches supplémentaires, de sel et de poivre. Elle a besoin d'aborder le sujet qui fâche. La semaine dernière, sa mère a de nouveau débarqué chez elle en pleine nuit, folle d'angoisse à cause de l'absence de son père, encore une fois en déplacement. Il faut que ça cesse ! Ce n'est plus possible, que sa mère cache ses angoisses nocturnes à son père.

— Dis donc, maman, ça y est ? Tu as pu parler à papa de ce qui s'est passé la semaine dernière ?

Claire est prise de court. Elle ne veut pas reparler de ça. Elle n'en a pas le courage. Elle appréhende énormément la réaction de son mari.

— Je te promets que je le ferai…, dit-elle pour gagner du temps.

Pourtant, elle voit bien que sa fille s'impatiente et en a marre de ses belles promesses.

— Maman ! Combien de fois m'as-tu répété ça ? Et, bilan des courses, tu restes muette comme une carpe !

— Ce n'est pas si simple, tu sais ! S'il te plaît, ne me gronde pas…

— Ah non, alors, ne va pas me donner le rôle de la méchante ! Qui t'a accueillie une fois de plus au beau milieu de la nuit parce que tu ne te sentais pas capable de passer une minute de plus toute seule dans cette grande baraque ? Maman, je t'adore, et tu sais que je me couperais un bras pour toi, mais il est temps que tu assumes ! C'est ton mari, après tout ! C'est dingue, qu'il ne soit même pas au courant de ta peur du noir et de la solitude !

Claire se rapproche de sa fille et dit d'une voix larmoyante :

— Je te jure que je vais lui parler, mais pas comme ça, pas devant tout le monde ! Aujourd'hui, je ne le sens pas, ce n'est pas le bon moment…

Mélanie a l'air remontée et décidée à agir. À la vérité, elle a été bouleversée de voir sa mère dans cet état l'autre nuit et elle ne veut plus que cela se reproduise. Elle s'empare du plat d'asperges et, sur le pas de la porte, se retourne vers sa mère.

— Je te préviens, si tu ne le dis pas, c'est moi qui le ferai.

Quand Claire rejoint tout le monde à table, sa sérénité s'est envolée. La discussion bat son plein. Son mari est en train de raconter la récente anecdote sur le chantier en cours. Il décrit le chef d'équipe.

— Un grand gaillard, une vraie armoire à glace, terrorisé par nos petites crottes de chihuahuas !

Claire déteste que son mari appelle ainsi ses chiens adorés. Les messieurs rigolent, Claire s'indigne.

— André-Louis ! Tu sais bien que j'ai horreur que tu dénigres mes petits bichons !

— Ce ne sont pas des bichons, ce sont des chihuahuas !

Les rires fusent de plus belle. Mélanie voit sa mère serrer les mâchoires.

— … Et je ne trouve vraiment pas ça gentil de te moquer de ce brave homme !

Dans le brouhaha ambiant, sa voix ne porte pas et ses propos se disloquent dans les airs. Tout à coup, elle tape du poing sur la table. Le silence tombe instantanément. Claire peut lire sur les visages de la surprise et une pointe de consternation. À l'autre bout de la tablée, André-Louis jette à sa femme un regard contrarié.

— Claire, qu'est-ce qui te prend ?

Cette dernière inspire bruyamment.

— Il y a que je ne supporte pas ces préjugés ni cette méchanceté gratuite.

Le malaise est palpable.

— Qu'est-ce que tu racontes, Claire ? Ce n'est pas être méchant que de raconter une anecdote plutôt cocasse !

— Justement. Une phobie inavouable comme celle-ci, ce n'est pas drôle du tout, et ça peut arriver à tout le monde ! Ça vous fait rire, qu'un grand gars comme ça puisse avoir peur de si petits chiens. Malgré tout, qu'est-ce que vous connaissez de son histoire ? Qu'est-ce que vous en savez, de ce qu'il a pu subir pour le conduire à une telle frayeur incontrôlable ?

— Enfin, Claire, calme-toi ! Je ne comprends pas quelle mouche t'a piquée ! Si on ne peut même plus rigoler…

Claire monte sur ses ergots.

— Eh bien, non, justement, on ne peut pas rire de tout ! Moi, ce monsieur, je le comprends. Il a dû en voir des vertes et des pas mûres à cause de ce point faible ! Vous, ça vous amuse, ce moment où il a pu être ridicule, ce grand costaud, tremblotant devant des chihuahuas. Pourtant, avant de rire de la faiblesse de quelqu'un d'autre, vous devriez balayer devant votre porte ! Car, la vérité, c'est qu'on a tous peur de quelque chose, mais pas au même endroit…

Elle pointe tour à tour chaque membre de l'assemblée d'un doigt revendicatif.

— Et toi, là ? Tu n'en as pas, une peur ? Et toi ? Et toi ? Et toi ?

— Maman ! Je ne comprends pas le procès que tu nous fais et franchement, là, tu casses l'ambiance ! Je crois qu'il vaut mieux qu'on y aille. Allez, viens, Mathieu…

Le fils et le petit ami se lèvent de leur chaise.

— Ah non, vous deux ! Rasseyez-vous ! Je n'ai pas fini !

Claire s'est levée aussi et se tient dressée comme un écureuil fâché.

— Vous avez eu droit de dire votre vérité au moment de votre coming-out. Aujourd'hui, moi aussi, je veux avoir le droit de dire la mienne…

— Claire ! Tu m'inquiètes… De quoi veux-tu parler ?

Son mari la fixe avec des yeux anxieux. Nom de nom ! Elle ne va quand même pas lui annoncer qu'elle le quitte pour partir avec une femme ? Il a soudain des sueurs froides.

Claire sent les battements de son cœur s'accélérer. C'est l'heure des aveux.

— Tant pis si cela vous paraît ridicule, il faut que je le dise, surtout à toi, André-Louis, qui vis à mes côtés depuis tant d'années sans connaître cette faille qui me ronge…

André-Louis paraît consterné.

— Je… Voilà, j'ai… j'ai peur du noir, et, par-dessus tout, de rester seule dans une maison vide.

La bombe est lâchée. Un lourd silence plane. Son mari prend la parole.

— Et… c'est tout ?

Claire a l'impression de recevoir une gifle. Voilà, c'est ce qu'elle craignait : non seulement il ne comprend pas, mais en plus il minimise. Malheureusement, pour tous ceux qui ne connaissent pas une peur spécifique, il est difficile d'en appréhender les fâcheux effets, tant physiques que psychologiques. Claire tente la pédagogie.

— Tu sais ce que cela fait, d'avoir ce genre de terreur ? De trembler de tous ses membres ? De regarder derrière chaque meuble en craignant d'y trouver un intrus ? D'être obligée à soixante ans passés de s'endormir en serrant contre soi un *doudou* ? Et de finir par débarquer, piteuse, chez sa fille au beau milieu de la nuit ?

— Tu étais au courant et tu ne m'as rien dit ? reproche André-Louis à Mélanie.

Celle-ci se rebiffe :

— Encore heureux, que j'étais au courant ! Je suis la seule à qui maman a osé parler ! C'est moi qui l'ai poussée à le dire parce qu'elle craignait que tu ne comprennes pas et que tu ne la juges. Tu n'as même pas idée de ce qu'elle peut vivre, alors que vous êtes mariés depuis vingt-cinq ans ! Franchement, si j'étais toi, j'aurais du mal à me regarder dans un miroir…

Mélanie se lève en foudroyant son père du regard. Elle entraîne son mari par la manche et embrasse sa mère sur le front.

— Désolée, maman… Bravo de l'avoir dit. Tu m'appelles quand tu veux.

Gilles et son copain en profitent aussi pour décamper. Le petit ami remercie pour le repas qu'il n'aura pas touché. Les deux époux se retrouvent face à face.

33

Henriette a relu dix-sept fois le texto.

« Prépare juste un petit baluchon pour la nuit et je passerai te prendre en voiture… Surprise ! »

Voilà. Ça recommence. L'enfer des surprises. L'histoire avec Auguste partait pourtant plutôt bien malgré ses difficultés à se détendre dans l'intimité. Cela lui était égal, voire cela la rassurait, de ne pas être la seule à avoir des nœuds au cerveau. Auguste, imparfait, apparaissait encore plus touchant et attirant à ses yeux. Cette fragilité inattendue le rendait plus humain, plus accessible. Elle songeait presque à s'autoriser à son tour à n'être pas tout à fait normale et à assumer un peu mieux ses failles. Enfin, tel était le discours qu'elle se tenait encore une heure plus tôt. Mais c'était avant de recevoir ce message.

Foutu texto qui réactive des peurs qu'elle ne connaît que trop… L'idée de ne pas savoir à quoi s'attendre, de ne pas visualiser le lieu à l'avance, de possiblement être entraînée dans une situation qui la pousserait trop loin hors de ses limites… L'angoisse. Son cerveau met en place toutes les stratégies : elle imagine le pire.

C'est plus fort qu'elle. Elle veut pouvoir partir si le cadre ne lui plaît pas, surtout ne pas rester coincée. Or, s'en remettre à quelqu'un, c'est accepter de lui laisser les rênes. Elle effleure du doigt dans sa bibliothèque tous les livres qu'elle a pu acheter sur le lâcher-prise et la confiance retrouvée. « Soyez votre propre lampe, votre île, votre refuge. Ne voyez pas de refuge hors de vous-même. » Sauf que Bouddha n'a pas laissé le mode d'emploi… Elle sait d'où lui vient ce manque de sécurité intérieure. Ces situations où, enfant, elle aurait eu besoin d'être rassurée, consolée. Difficile, avec sa mère souvent absente, amenée à voyager pour les besoins de son groupe pharmaceutique, et son père, artisan graveur solitaire, pas empathique pour un sou. Elle se souvient de son irritation lorsqu'elle cherchait un peu de réconfort après un cauchemar. Il n'avait pas la patience. Lui-même avait besoin de ce temps de solitude pour se retrouver et profiter du calme de la soirée. Du coup, il la renvoyait se coucher sans ménagement, lui intimait de dormir et lui interdisait de se relever. Henriette s'était souvent sentie prisonnière de sa chambre, seule et impuissante pour affronter ses mauvais rêves et la nuit sans fin. Le temps de la peur n'est pas le même. Il passe tout doucement. Une heure peut devenir une éternité. La réalité de la peur est déformée dans un espace-temps effrayant. Pourtant, depuis, l'eau a coulé sous les ponts. Assise sur son lit, le téléphone entre les mains et le message sous les yeux, Henriette essaie de rationaliser. *Cet homme te plaît. Cet homme te veut du bien. Il n'a qu'une seule intention, c'est que tu passes un agréable moment. Alors que risques-tu ? Et puis, tu n'es plus la petite fille terrorisée d'autrefois. Tu es une femme adulte, capable de communiquer ce qui est bon pour toi ou ce qui ne l'est pas. Pourquoi ne pas essayer d'y aller en te donnant toutes les permissions ?*

Henriette est tiraillée. Une part d'elle-même a très envie de se prouver qu'elle en est capable et l'autre part est submergée par le trac. D'une main qui tremble, elle écrit :

« D'accord. Pour quelle heure faut-il que je sois prête ? »

Auguste sourit lorsqu'il reçoit le message. Il se fait une joie de lui offrir cette surprise. Il a longtemps cherché une idée originale et, au gré de ses errances sur le Net, il a fini par tomber sur le site d'AbracadaRoom. D'emblée, il a trouvé le nom et le concept amusants. Pas un énième hôtel sans âme. Il voulait du charme, de l'authenticité, un écrin pour abriter leurs amours. Et, surtout, un endroit relaxant où ils se sentent bien. Il a eu un coup de cœur immédiat pour ces *house-boats* du domaine Escale Royale. Une petite maison sur l'eau, la promesse d'une Venise parisienne… La vision paraissait idyllique. « Amarrée dans le joli port de plaisance de Port Ilon, disait l'argumentaire du site. Une véritable invitation à la détente et au bien-être. » C'était exactement ce qu'il leur fallait ! Avec un peu de chance, ils pourraient même profiter de la baignoire balnéo transparente, et de la terrasse sur l'eau pour admirer le coucher de soleil et l'environnement privilégié, où les murmures de l'eau, des oiseaux et des cliquetis des bateaux les berceraient.

Auguste s'y voit déjà. Il sifflote tandis qu'il prépare son sac. Quand il se gare devant chez elle, il laisse sonner deux fois son téléphone, signal convenu entre eux pour qu'elle descende le rejoindre. Sitôt qu'elle arrive, il se précipite pour l'aider à mettre son sac dans le coffre et lui ouvre la portière côté passager. Les voilà partis. Il éprouve des sensations bizarres. Il ne se reconnaît pas. Sa nervosité a des airs de première fois. Peut-être tout simplement parce que c'est la première fois qu'il emmène une femme pour une escapade en amoureux. Avec ses conquêtes de passage, il n'en a jamais eu l'occasion, ni l'envie. Être à fleur de peau, à son âge… Il se moque gentiment de lui-même. Il revit les émois de l'ado qu'il a été. Pourtant, au volant, il joue l'homme. Il ne dira pas le temps qu'il a pris à regarder le trajet pour ne pas se tromper de route. Ni le coup de fil passé au domaine pour vérifier que la réservation tient et que tout est prêt pour leur arrivée. Parce qu'un homme, ça pense aux détails, ça gère l'organisation, et ça ne stresse pas de faire l'amour à une femme à la nuit tombée… À cette pensée, Auguste s'inquiète de nouveau de sa possible défaillance. Il craint qu'elle ne finisse par n'avoir pas confiance en ses capacités ! Pour lui, avec une femme qui compte, l'enjeu est toujours autre. Auguste a pu en parler avec l'un de ses amis qui en connaît un rayon sur la question. « Cela cesse d'être un problème le jour où l'on accepte qu'il n'y a pas d'obligations à performer. Pas d'obligation à la pénétration. Pas d'obligation à l'orgasme. Il y a mille façons de se donner du plaisir autrement. Reviens plutôt à ce que c'est pour toi, faire l'amour… » Puis son ami l'a poussé dans ses retranchements. « Faire l'amour se résume à "pénétrer" ? C'est vraiment ce que tu penses ? » Ces conseils ont créé un déclic dans sa tête. Tout à coup, il lui a paru absurde de mettre autant de pression dans cet acte, avec cette injonction de prouver sa virilité. De quoi se bloquer ! Alors Auguste a décidé d'y aller tranquillement. Peut-être même qu'il se contentera de la caresser ou qu'ils se blottiront l'un contre l'autre sans qu'il se passe rien d'autre. S'offrir cette possibilité, comme une soupape, le libère. Il prend l'autoroute et jette un coup d'œil furtif à Henriette. Il n'aperçoit que son profil. Elle a les mâchoires serrées et les mains crispées autour du sac qu'elle tient sur ses genoux.

— Ça va ?

— Oui, oui.

Elle a l'air nerveuse. Il tend la main vers l'autoradio. Un peu de musique devrait détendre l'atmosphère. Du moins l'espère-t-il…

34

Sur le papier, ce n'est pas si loin, Saint-Martin-la-Garenne. Une soixantaine de kilomètres, qui auraient dû leur prendre une petite heure. C'était compter sans les aléas de parcours ! Quand Henriette entend venir derrière eux les sirènes des ambulanciers, elle comprend tout de suite qu'ils ne sont pas près d'arriver. Son moral dégringole. Être coincée dans un habitacle, à la merci de circonstances extérieures, est son pire cauchemar. Auguste doit la sentir anxieuse. Il rivalise d'attentions pour la distraire. Pourtant, elle ne peut pas s'empêcher de lui en vouloir un peu : pourquoi diable est-il allé choisir un endroit à pétaouchnok, alors qu'ils auraient pu tranquillement se retrouver dans Paris ? Il doit vouloir l'épater, sûrement. S'il savait ! Elle commence à regretter sa bonne résolution. Elle supporte difficilement les imprévus qui lui demandent trop d'adaptation. Quand elle doit sortir de sa zone de confort, elle redevient vite la tortue planquée dans sa carapace. Il faut une feuille de salade sacrément appétissante pour que la motivation soit suffisante. Henriette se retrouve une fois encore face à ses contradictions : une envie folle de se blottir dans les bras d'Auguste, mais un stress intense de ne pas gérer une situation inconnue. Quand ils parviennent sur le site, presque deux heures après, Henriette a les membres tout ankylosés. Ce lac, ce *houseboat*… C'est ravissant et déstabilisant. Parce qu'elle sait qu'elle n'aura pas le temps d'apprivoiser cet environnement nouveau et que, fatalement, elle se sentira mal à l'aise. Le plus embarrassant, c'est qu'Auguste ne semble pas s'en rendre compte. Il récupère les clés et investit immédiatement les lieux comme s'il était chez lui.

— On va être bien, hein ? Tu as vu la taille du lit ? Waouh ! Et là ? Le fauteuil suspendu sur la terrasse face au lac ? J'adore cette forme ovoïde ! On a envie de s'y lover, tu ne trouves pas ?

Henriette n'arrive pas répondre. Elle a comme une boule dans la gorge. Elle est rattrapée par sa *trophobie*. C'est trop, d'être ici, seule avec lui dans ce lieu inconnu, après ces deux heures de route interminables, qui ont ravivé en elle de mauvais souvenirs. Elle a envie de se carapater, de se retrouver chez elle, à l'abri. La peur de le décevoir décuple son angoisse. Elle est sans doute la seule femme au monde à ne pas pouvoir apprécier un cadre aussi idyllique et elle s'en veut terriblement de ne pas être une amoureuse normale. Il suffirait de se laisser aller… Sauf qu'elle ne sait pas faire. Quand Auguste revient de la terrasse et rentre, il la trouve assise sur le bord du lit, comme prostrée.

— Henriette ? Qu'est-ce que tu as ? Ça ne va pas ?

Elle n'ose même pas relever le visage vers lui.

— Henriette ! Je t'en prie, parle-moi !

Il vient s'asseoir près d'elle sur le lit, mais elle se lève aussitôt pour se réfugier près de la fenêtre. Il a le temps de voir une larme rouler sur sa joue. Il se demande ce qui peut bien aller de travers. Lui aussi a été éprouvé par les deux heures d'embouteillages et par la pression qu'il s'est mise pour que cette escapade soit une réussite. Henriette finit par s'exprimer d'une voix hésitante.

— Je… Je suis désolée… Je ne vais pas pouvoir…

— Pouvoir quoi ?

Il la regarde, ahuri, flairant déjà un mauvais revers de situation.

— Rester là, passer la nuit ici… C'est au-dessus de mes forces !

— Ah…

Il se désagrège de déception. À quoi cela servirait-il de lui demander pourquoi ? Ils ne vont pas rester dans un lieu qui la met mal à l'aise… Son cerveau cogite à toute vitesse. Et rapidement en vient à la conclusion qu'il n'y a pas trente-six solutions.

— Bon, je te ramène.

Une fois sa décision prise, il agit sans tarder. Il attrape les sacs pour sortir. Elle demeure figée, incrédule qu'il soit aussi conciliant. Il s'impatiente néanmoins.

— Alors, tu viens ?

Elle le suit à petits pas contrits comme si elle portait aux pieds des *geta*, chaussures traditionnelles des geishas. Il retourne déposer les clés à l'accueil, remet les sacs dans le coffre sans broncher, et reprend la route sans qu'aucun autre mot ait été échangé. Henriette affiche une mine piteuse. Au bout de quelques kilomètres dans un silence glacé, il finit par prendre la parole.

— Arrête.

— … Comment ?

— Arrête de tirer cette tête sinistre, comme si tu venais de commettre un crime !

Elle ne répond rien, ce qui a le don d'irriter davantage Auguste.

— Henriette ! Tu m'as entendu ! Y a pas mort d'homme. On va s'en remettre !

Il voit les larmes couler sur son visage dévasté et elle répète en boucle :

— Je suis désolée, je suis désolée…

Soudain, Auguste se déporte sur la bande d'arrêt d'urgence et freine sèchement.

— Qu'est-ce qui te prend ? s'écrie Henriette, surprise par la manœuvre.

— Il me prend que j'en ai assez, de t'entendre t'excuser ! J'avais songé à ouvrir un commerce de martinets à une époque, mais, de toi à moi, les trucs à clous, c'est pas mon dada ! J'ai organisé ce week-end pour qu'on passe de bons moments ensemble, pas pour que ce soit un supplice !

— C'est bien pour ça que je suis mal ! Je suis en train de tout gâcher, tu ne vois pas ?

Elle se remet à pleurer, et il ne le supporte pas.

— Écoute, tu ne le sens pas, c'est comme ça, on ne va pas en faire tout un plat ! C'était peut-être trop tôt…

Elle hausse les épaules, désabusée.

— Et si je suis toujours comme ça ?

À l'évidence, elle s'attend à ce qu'il la rejette. Peut-être même qu'elle le provoque. Est-ce qu'elle ne serait pas en train de se punir de la situation ?

Excédé par ce minidrame, il lui attrape les mains et l'oblige à le regarder dans les yeux.

— Henriette, ça suffit ! Je ne sais pas quel mauvais scénario tu te joues dans ta tête, sauf qu'avec moi ça ne marche pas. OK, je ne vais pas te dire que je ne suis pas contrarié ! C'est toujours les boules, quand on veut faire plaisir et qu'on met à côté… et je me réjouissais de passer cette nuit avec toi…

— Ah, tu vois ! Tu es vénère ! Et en plus, c'est de l'argent foutu en l'air à cause de moi !

— Oui, c'est vrai. Mais qu'est-ce que tu crois ? Que j'aurais pu profiter de ce lieu dans lequel tu te sens mal ? Rester coûte que coûte pour rentabiliser le prix de la nuit ? Jamais de la vie…

— Voilà, je le savais, tu m'en veux…

— Non, tu te trompes. Je m'en veux de ne pas encore te connaître assez pour anticiper tes envies ! Je suis déçu de m'être trompé et de t'avoir mise dans une situation de malaise… Mais c'est la vie ! Les ratés, ça fait partie des débuts de relation ! On devrait même en rire !

— Euh, là, je n'ai pas tellement envie de rire…

— Et pourtant ! C'est drôle, l'écart entre les attentes fantasmées et la réalité ! Au début d'une histoire, on voudrait que tout soit parfait, idyllique, alors que c'est justement là qu'on va le plus se planter, parce qu'on ne connaît pas encore bien les goûts de l'autre…

— Une femme normale se serait adaptée !

— Qui te dit que j'ai envie d'une femme normale ? Et c'est quoi, normale, d'abord ? J'ai envie de te rendre heureuse, pas que tu te suradaptes à une situation qui te déplaît. Tu n'aimais pas cet endroit, tu n'avais pas envie d'y rester… Tu n'as pas à te justifier, d'accord ? C'est à moi d'apprendre tes préférences, ce qui te met à l'aise, OK ?

— Je ne comprends pas ! dit-elle, les yeux brouillés de larmes. Ça n'existe pas, des mecs comme toi… C'est un tournage pour une pub ou une caméra cachée ?

— Qu'est-ce qui n'existe pas ? sourit Auguste.

— Un homme qui puisse accepter une femme comme moi…

— Tu veux dire… une femme brillante, originale et sexy ?

— Arrête !

Elle le tape pour qu'il stoppe ces compliments qu'elle ne veut pas croire. Il s'approche de ses lèvres pour l'embrasser et murmure :

— J'ai bien peur que le pire ne soit arrivé : il y a un pauvre gars qui est tombé dans tes filets malgré tous tes défauts, tes trucs bizarres et tordus, et qui n'a aucune envie d'en sortir…

Elle le regarde, bouche bée.

— Je n'en crois rien.

— Ah oui ? On parie ?

Henriette ne répond pas. Visiblement, elle pense que c'est impossible. Il n'insiste pas et reprend la route pour la ramener à Paris. Tout le long du trajet, elle reste renfrognée dans sa bulle, trop déçue par elle-même pour avoir la force de dissiper le malaise.

35

— Je vais l'appeler ! Je vais l'appeler tout de suite ! Donne-moi mon téléphone !

La fille de Claire tente de l'en empêcher.

— Arrête, maman ! Tu as vu l'heure ? Je t'en prie, essaie de te calmer !

— Non, je m'en fiche, je veux lui parler tout de suite…

Claire, sous l'emprise de l'alcool, a une force inattendue. Elle parvient à arracher le portable des mains de Mélanie. Impuissante, la jeune femme est obligée de céder. Claire cherche frénétiquement le numéro d'Henriette, et ses idées embrouillées dans son cerveau aviné compliquent la tâche. Elle appelle une première fois et tombe sur la messagerie. Irritée, elle raccroche.

— Tu vois, je te l'avais dit ! On n'appelle pas les gens à 23 heures un week-end ! Tu l'appelleras lundi !

— Non, non, non ! Maintenant !

Têtue et titubante, elle retente sa chance. Cette fois, ça marche. Quelqu'un répond.

— Henriette ! s'écrie-t-elle avec la même euphorie désespérée qu'un naufragé qui aperçoit un paquebot à l'horizon.

La personne à l'autre bout du fil ne semble pas reconnaître sa voix et lui demande son identité.

— C'est Claire ! Claire de Montlhéry ! Je vous dérange ?

Claire n'attend même pas la réponse. Un flot ininterrompu de paroles plus ou moins confuses sort de sa bouche.

— Vous ne pouvez pas savoir, ce qu'il m'a dit ! C'est odieux ! Il ne comprend rien, vingt-cinq ans que je vis à côté de quelqu'un qui ne me connaît pas, qui… qui… qui me juge ! dit-elle en explosant en sanglots.

Mélanie l'entoure de ses bras et tente de la convaincre de raccrocher, sans y parvenir. Claire se dégage de cette tendre étreinte pour continuer sa confession révoltée. À l'autre bout du fil, Henriette, toujours sur l'autoroute avec Auguste, abattue par cette soirée interminable et désolante, n'est vraiment pas à même d'accueillir le mal-être de sa cliente.

— Claire, mais enfin, qu'est-ce qui se passe ?

— Il se passe que je suis mariée à un salaud égoïste et rigide !

Henriette saisit à présent l'état d'ébriété de Claire. Il est très saugrenu d'entendre de tels propos dans la bouche de cette femme d'ordinaire si calme, posée et distinguée. Elle doit être sacrément blessée pour en arriver là.

— Est-ce que vous pouvez m'expliquer ?

— Non, ça ne servirait à rien ! Je veux juste vous dire qu'on arrête. On arrête tout ! Les travaux, le fichu chantier, ce jardin ridicule, j'en veux plus, je m'en fous, vous entendez, Henriette ?

— Je vous en prie, Claire, calmez-vous !

Auguste lui lance des regards interrogateurs et inquiets. Henriette met le haut-parleur. Claire continue de déverser son désespoir.

— Qu'est-ce que vous voulez que ça me foute, d'avoir une baraque somptueuse avec un jardin pareil, si c'est pour qu'il me laisse tout le temps seule à l'intérieur ?

La fille tente encore d'arracher le portable à sa mère, en vain.

— Il n'est jamais là ! Tout le temps parti pour son boulot ! Moi, je préférerais une bicoque avec quelqu'un à mes côtés, plutôt que cette maison toujours vide où je me traîne comme une âme en peine… Vous savez que j'ai peur, toute seule ?

— Claire… arrêtez…

La voix désolée d'Henriette ravive la colère de Claire.

— Alors vous aussi, ça vous emmerde, quand je vous dis ma vérité ? Sûrement que vous allez me juger aussi, si je vous dis que j'ai peur du noir, d'être toute seule, que je ne me sens jamais en sécurité… Vous savez qu'à mon âge, quand il n'est pas là, je suis obligée de dormir avec un doudou ?

— Claire… Je suis désolée…

— Ah non ! Je ne veux pas qu'on ait pitié de moi ! Je voudrais juste être entendue ! Et aussi être un peu comprise…

— Je… Je vous comprends, Claire, vraiment.

— Ah oui ?

Claire semble désabusée et dubitative.

— Je ne vais pas vous retenir plus longtemps, je m'excuse de vous avoir raconté tout ça, je voulais juste vous dire d'arrêter le chantier. Remballez tout, d'accord ?

Elle répète en criant :

— D'accord ?

Henriette ne peut qu'acquiescer. Mélanie vient de réussir à attraper le téléphone. On entend sa mère protester et râler comme une ivrogne.

— Bonsoir ! Je suis confuse que vous ayez eu à entendre tout ça !

— Ne vous en faites pas, il n'y a pas de problème, ce sont des choses qui arrivent ! Prenez bien soin d'elle et rappelons-nous en début de semaine, d'accord ?

— Oui, merci. Je dois y aller avant qu'elle ne se fasse du mal… On se tient au courant…

Henriette reste médusée.

— Alors ?

— Alors, c'est la catastrophe. Notre cliente est complètement partie en sucette ! Comme tu as pu l'entendre, elle veut arrêter le chantier. J'ai l'impression qu'ils traversent une grosse crise, elle et son mari… Si le projet n'a plus de sens pour elle, ça va être compliqué de la convaincre d'aller au bout !

— Il y a des soirs comme ça où tout va de travers…

Auguste a l'air abattu, lui aussi. Chacun dans ses pensées, le trajet se poursuit en silence. Henriette est soulagée lorsqu'elle reconnaît sa rue. Enfin, ils sont arrivés ! Il y a une place juste devant chez elle. Auguste rate son créneau et peste contre le trottoir qu'il vient de se manger. L'humeur a pris un coup dans l'aile. Henriette s'empresse de récupérer son sac dans le coffre, mais il tient absolument à le lui monter. Elle ne peut lui refuser ça. Au cinquième étage devant l'appartement d'Henriette, ils se disent un au revoir distant et embarrassé, incapables de savoir comment réparer ce naufrage. Auguste l'embrasse sur la joue et détale. Henriette insère la clé dans la serrure et pénètre dans son appartement froid et désert avec le sentiment d'avoir échoué. Puis, tout à coup, elle trouve ça trop con. Elle ne veut pas qu'ils restent sur une telle mauvaise impression. Sans réfléchir, elle ressort et part à sa poursuite dans l'escalier. Elle le dévale si vite qu'elle manque de glisser sur une marche et se rattrape *in extremis* à la rampe. Elle a peur de le rater. Mais, au deuxième étage, elle tombe nez à nez avec lui. Essoufflé, il a eu la même idée de rebrousser chemin.

— Je… Je ne voulais pas te dire au revoir de cette manière…

Elle se tient interdite face à lui, le cœur battant.

— Ah… et comment voulais-tu me dire au revoir ?

— Comme ça…

Il monte une marche pour parvenir à sa hauteur et la prend dans ses bras. Ils s'embrassent si fougueusement que leurs corps oscillent, chavirent, tanguent. Puis ils se décident à gravir de nouveau les étages jusqu'à l'appartement d'Henriette. Auguste a cessé de réfléchir. Il ne pense plus à rien d'autre qu'aux sensations délicieuses qui l'envahissent. Ils se donnent éperdument l'un à l'autre dans une acmé de plaisir rare, intensifiée par le désir de chasser les mauvaises ondes de la soirée et de mêler corps et âme. Les heures passent sans qu'ils retrouvent la notion du temps. Une étreinte sans fin. Un moment de grâce absolu. Auguste a oublié d'avoir peur de sa peur.

36

Il y a réunion de crise à l'agence. Le chantier des Montlhéry est stoppé depuis plusieurs jours. Gérard ne cache pas sa nervosité. Un chantier avorté est toujours une catastrophe pour un bureau d'études. Quand, pour une raison « x », les choses tournent mal, les clients, même les mieux intentionnés au départ, peuvent soudain devenir de très mauvaise foi au moment de régler une addition pour une prestation incomplète, même si la faute leur incombe. Le genre de litige qui peut s'étaler sur des mois. En son for intérieur, Gérard veut croire qu'il ne s'agit que d'une crise passagère et que le chantier pourra reprendre, ce qui n'empêche pas l'inquiétude : les Montlhéry vont retarder tout le reste de son planning ! La catastrophe va avoir un effet boule de neige, et Gérard imagine déjà la kyrielle d'enquiquinements qui va en découler. Il s'adresse sans détour à Henriette et Auguste qu'il a en face de lui.

— Il faut que vous trouviez une solution fissa ! On ne peut pas se permettre de laisser ce chantier en l'état ! Même si nous n'y sommes pour rien, notre réputation pourrait en pâtir. Je ne vous fais pas un dessin : au risque de se retrouver avec tout ce matériel inutilisé sur les bras, sans parler des végétaux rares très difficiles à replacer dans un autre projet. Ce serait autant de pertes et profits ! Il n'en est pas question, compris ?

— OK, Gérard, je t'entends ! Mais qu'est-ce qu'on y peut, si les époux Montlhéry ont choisi ce moment pour se déchirer ? Je te rappelle que je suis architecte, pas magicien !

Henriette reste silencieuse dans son coin. Elle semble réfléchir. Puis elle se tourne vers les deux hommes.

— Je crois que j'ai une idée.

Ils la regardent, avec une lueur d'espoir.

— Vous me faites confiance ?

— Ça dépend, qu'est-ce que tu as en tête ?

Henriette s'explique. Quand elle a fini, Gérard se montre sceptique.

— Un homme comme André-Louis ? Accepter ça ? Tu n'y penses pas !

— Vous avez une meilleure option ?

Les deux hommes concèdent qu'ils n'ont rien de mieux. Gérard est obligé de donner son feu vert.

— D'accord, on tente. Mais si ta stratégie aggrave les choses, c'est toi qui en porteras toute la responsabilité, Henriette !

Malgré un petit tressaillement nerveux, elle relève le défi.

— Entendu. La première chose à faire, c'est de rendre visite à André-Louis…

Le mari de Claire a accepté de les recevoir sans être pour autant dans les meilleures dispositions. Il est de très méchante humeur, mais n'est pas homme à reculer devant ses responsabilités. Lorsque Henriette et Auguste pénètrent dans le salon, ils l'aperçoivent, le visage contrarié et, non loin de lui, le carnet de chèques déjà sorti pour régler l'affaire. Henriette songe que cela va être compliqué de le faire changer d'avis. Elle prend une profonde inspiration et se lance dans la conversation.

— Monsieur, nous avons eu vent du malentendu avec votre femme et nous en sommes désolés !

— Je n'ai pas envie de parler de ça ! Allons droit à l'essentiel. Dites-moi combien je vous dois et arrêtons là le massacre…

— Monsieur de Montlhéry ! Vous n'allez tout de même pas laisser le jardin dans cet état !

— Ça m'est égal ! Je vais probablement vendre cette maison, de toute façon… Les prochains propriétaires n'auront qu'à imaginer leur propre projet d'aménagement paysager. Moi, je n'ai plus envie…

L'homme est vraiment désemparé. D'instinct, elle sait que son ego l'empêchera de se confier en présence d'Auguste.

— Tu ne veux pas aller faire un petit tour dans le jardin pour dresser la liste du matériel à rapatrier, s'il te plaît, Auguste ?

Il comprend la tactique. Voilà Henriette enfin seule avec le mari de Claire. Avec beaucoup de délicatesse et d'habileté, elle l'amène à parler de l'origine de leur dispute conjugale.

— Je n'ai rien compris à ce qu'il s'est passé…, confie-t-il avec une sincérité touchante. Elle, d'habitude si calme, toujours d'humeur égale… s'est transformée en dragon, s'est retournée contre moi avec une violence inimaginable ! Comme si j'étais le pire des salauds ! Comme si je n'avais jamais pensé qu'à moi ! Alors que cette maison, ce jardin de paradis, c'était tout pour elle !

Une fois lancé, André-Louis laisse jaillir un flot de paroles incontrôlables. La confession lave son âme blessée par les accusations. Henriette lui parle avec douceur et bienveillance.

— Vous savez bien que ce n'est pas la question… Il me semble qu'elle avait besoin d'être entendue sur…

Henriette hésite avant de prononcer les mots.

— … sur ses peurs inavouables !

André-Louis paraît gêné d'aborder le sujet. Instinctivement, il baisse la voix.

— Enfin, vous vous rendez compte ! C'est ridicule, d'avoir peur du noir à son âge !

— C'est ridicule parce que, vous, vous n'avez pas peur du noir ni de la solitude dans une grande maison ! Il est toujours très difficile de comprendre une peur que l'on n'a pas. Pourtant, vous-même, vous avez certainement vos propres failles, différentes de celles de Claire, et qu'elle aurait peut-être, elle aussi, du mal à comprendre ?

— Non, je ne vois pas. Je n'ai pas de peurs inavouables.

Henriette sourit intérieurement avec une forme d'indulgence. Pour avoir beaucoup creusé la question, elle sait que nombre de personnes n'atteignent même pas le seuil de conscience suffisant pour oser mettre en lumière leur part d'ombre. Car il faut un certain courage pour aller regarder les parties de soi moins glorieuses en apparence, mais qui méritent notre attention et notre tendresse pour guérir. *Il fait partie de ces gens anesthésiés…*, songe Henriette. Du coup, elle ne relève pas les propos d'André-Louis. L'idée n'est pas de le brusquer. Juste de l'amener à imaginer le point de vue de Claire et sa problématique.

— Même si vous pensez ne pas avoir de peurs, seriez-vous prêt à mieux connaître celles de Claire ?

— Qu'avez-vous en tête ?

Le bonhomme a l'air un peu inquiet de ce que la jeune femme va proposer.

— Vous avez envie d'arranger les choses avec votre femme ?

Il acquiesce sans hésiter.

— Alors il va falloir me faire confiance…

Quand ils entrent dans le parc, André-Louis ne cesse de grommeler contre Henriette et Auguste :

— Votre idée est complètement farfelue ! reproche-t-il à Henriette qui ne se décourage pas pour autant.

— Avouez, vous commencez à avoir peur !

— Pas du tout ! Moi ? Avoir peur ? Je trouve surtout tout ça ridicule…

— Oui, mais vous avez promis de vous prêter au jeu !

— C'est vrai. Et c'est bien parce que je suis un homme de parole que je suis là en train de suivre les deux énergumènes que vous êtes !

Henriette lui adresse un sourire désarmant, et André-Louis n'a d'autre choix que de se prêter à l'expérience. Tous les trois se retrouvent bientôt devant le célèbre manège. C'est le plus ancien et le plus célèbre train fantôme de cette foire illustre. Des générations entières de grands et de petits ont tremblé dans ces wagonnets.

— À votre tour, lui lance Henriette d'un ton espiègle.

— Dans quoi m'embarquez-vous… Je dois être fou, pour vous suivre !

Henriette le prend une ultime fois entre quatre yeux.

— N'oubliez pas, vous êtes ici pour vous mettre à la place de Claire. Quand on a des peurs, des blocages, des phobies, l'espace et le temps ne sont plus les mêmes. Vous n'êtes plus un adulte, vous avez cinq ans de nouveau et l'imaginaire du même âge, peuplé de monstres irrationnels… De la même façon, le temps de la peur est un temps à rallonge. Cinq minutes peuvent sembler une éternité. Un cauchemar ne dure que quelques secondes, pourtant, pour la personne qui rêve, cela peut paraître des heures. Vous comprenez ?

— Je commence à mieux cerner la question…

— Alors, prêt pour embarquer ?

Il a l'air d'un petit garçon quand il lui demande de monter avec lui dans le wagon. Elle rit sous cape, mais accepte volontiers. André-Louis ne se souvenait pas à quel point les trains fantômes pouvaient être angoissants et, quand les portes d'entrée du royaume des morts s'ouvrent, il sent son pouls accélérer. Aussitôt, un noir total les enveloppe, tandis que d'étranges bruits et gémissements s'élèvent. Henriette murmure à son oreille :

— Pensez que ce que vit Claire quand elle est seule dans cette grande maison, sans vous, la nuit, ressemble à cela dans son imaginaire. Quand on a peur, tout est déformé.

André-Louis en a la chair de poule. Il aperçoit une forme inquiétante et pousse un cri tout en attrapant le bras d'Henriette.

— Vous voyez, ce n'était qu'un mannequin et, pourtant, vous avez eu peur. Pour Claire, dans une maison déserte, elle ne peut s'empêcher de vérifier chaque recoin et craint d'y trouver un intrus ou une créature bizarre ! Comme vous en ce moment même, votre imagination vous joue des tours et anticipe le pire.

— J'ai compris ! J'ai compris ! Quand est-ce qu'on sort de ce machin infernal ?

À ce moment-là, une trappe s'ouvre et un squelette animé leur saute dessus. Dans ses orbites, il y a des espèces de billes rouges terrifiantes. André-Louis sursaute et broie la main d'Henriette. Elle étouffe un grognement de douleur et espère en silence que ses efforts n'auront pas été vains. Le petit chariot se bloque soudain.

— Qu'est-ce qui se passe, encore ? s'écrie André-Louis, plus inquiet qu'il ne veut le reconnaître.

À vrai dire, Henriette n'en mène pas large non plus.

— Je crois que les derniers mètres sont à parcourir à pied…

— Oh, non ! Pitié !

Ils descendent du wagon à contrecœur, et immédiatement leurs chaussures s'enfoncent dans une matière bizarre. Ils se cramponnent l'un à l'autre.

— Qu'est-ce que c'est ? C'est… C'est dégoûtant !

— Je ne sais pas… Peut-être du mucus d'araignée ou de la morve de zombie ?

— Vous n'êtes vraiment pas drôle, Henriette !

Elle rit, malgré son malaise grandissant dans ce couloir étroit, sombre et interminable, où certainement les derniers pièges les attendent… Ça ne rate pas. Une lucarne s'ouvre et un mort-vivant tente de les attraper. Ils hurlent de peur et se mettent à courir aussi vite que possible. La sortie est en vue. Quand soudain ils sentent le sol se dérober sous leurs pieds et leur corps partir en chute libre…

Vingt minutes. Il leur aura fallu vingt minutes pour se remettre de leurs émotions ! Tremblements, tachycardie, fou rire nerveux…

— Ne m'emmenez plus jamais dans un truc pareil !

Auguste les félicite pour leur courage et leur propose d'aller se réconforter à coups de churros et de cidre. Ils se retrouvent autour d'une table, contents de ce relatif retour au calme. Relatif, compte tenu du bruit alentour venant des enfants petits et grands surexcités par la fête.

André-Louis boit quelques gorgées sans toucher aux churros. Il a l'appétit coupé et sent une chape de tristesse s'abattre sur lui.

— J'ai tout faux, n'est-ce pas ? Je me suis comporté comme un abruti avec ma femme, c'est ça ?

— Ce n'est pas ce qu'on a voulu dire ! se défend Henriette.

— Ne cherchez pas à m'épargner. J'ai compris, vous savez… Elle ne me pardonnera jamais mon égoïsme et mon aveuglement…

— Ne dites pas ça, André-Louis ! Je connais un peu Claire, et elle a le cœur assez grand. Ce qui compte, ce ne sont pas les erreurs que vous avez pu commettre, mais votre envie de les réparer.

André-Louis a l'air abattu.

— Je ne vois pas comment…

Auguste intervient :

— Pour ce qui est du comment, on s'en charge…

37

Claire habite chez sa fille depuis trois semaines. C'est très long, trois semaines, quand on s'incruste au milieu d'une famille, même si c'est la sienne. Pourtant, ce temps a été extrêmement bénéfique. Claire a pris du recul et, grâce à Mélanie, a commencé à cheminer pour mieux s'accepter telle qu'elle est, même avec ses zones d'ombre.

— Tu te souviens de l'époque où j'étais morte de trouille à l'idée de monter dans un ascenseur ? Pas très pratique quand on travaille au vingt-deuxième étage d'une grosse boîte ! Eh bien, un jour, j'ai pris le taureau par les cornes pour me faire accompagner par un professionnel… Si tu savais comme c'est bon, d'en finir avec une peur inavouable !

Les arguments de sa fille l'ont aidée à surmonter son sentiment de honte quant à la peur du noir et de rester seule dans une maison vide.

— Toi, tu sais être à l'écoute, pas comme ton père !

Mais, là aussi, Mélanie a été très forte. Sans excuser son père, elle a réussi à lui trouver des circonstances atténuantes.

— Ce n'est pas qu'il te juge, maman ! C'est que c'est tellement éloigné de lui qu'il a du mal à comprendre !

Les hommes fonctionnent différemment des femmes… Et papa, l'empathie, ce n'est pas vraiment son fort… Par contre, il y a une chose dont je suis certaine…

— Ah oui, quoi donc ?

— C'est qu'il t'aime plus que tout !

— Tu dis ça pour qu'on se rabiboche ?

— Pas du tout.

— … Parce que tu en as marre que je squatte votre chambre d'amis, avoue ?

Puis André-Louis s'est mis à appeler tous les jours pour s'excuser et la supplier de revenir à la maison. Peine perdue. Claire s'est sentie tellement blessée par l'image qu'il a d'elle qu'elle a du mal à pardonner. Jusqu'à l'intervention de sa fille :

— Maman, je crois qu'il est temps que tu rentres chez toi.

Dans la voiture qui roule vers Rueil-Malmaison, Claire est boudeuse. En réalité, elle est surtout anxieuse. Elle a laissé sa fille conduire. Claire reconnaît les abords de son quartier. Encore quelques rues, et elle sera arrivée. Son cœur commence à battre plus fort dans sa poitrine. Elle a peur de ces retrouvailles, de la confrontation. Elle se dit qu'on n'est jamais si bien blessé que par ceux qu'on aime. Elle aurait tant voulu qu'André-Louis l'accepte telle qu'elle est, même avec ses failles moins reluisantes…

Mélanie s'arrête à l'angle de la rue et se tourne vers sa mère.

— Ça va, maman ? Tu te sens prête ?

— Oui, merci, ma chérie. Dépose-moi là, si ça ne te dérange pas, je voudrais être seule au moment de le retrouver.

— D'accord ! Laisse-moi juste t'aider à déposer la valise devant la grille…

Les deux femmes parcourent les derniers mètres dans un silence que seul le roulement de la valise vient perturber. Claire prend sa fille dans ses bras et la serre fort pour lui dire au revoir.

— Je ne sais pas quoi te dire pour te remercier…

— Alors ne dis rien ! sourit sa fille. Allez, va vite le rejoindre. Tu m'appelleras ?

— Bien sûr.

Claire a le cœur gonflé de reconnaissance d'avoir une fille comme elle. Elle lui adresse un signe de la main, tandis qu'elle voit sa silhouette disparaître dans la nuit. Seule face à la grille, elle sonne. Le portail automatique s'ouvre. Elle n'en croit pas ses yeux. La voilà, bouche bée, devant un spectacle à couper le souffle : non seulement les jardins sont achevés, mais en outre ils sont entièrement illuminés, comme tout le reste de la maison, tant par des milliers de bougies que par des éclairages doux et sophistiqués. C'est sublime. Merveilleux. Enchanteur. Le plan d'eau est, lui aussi, rétroéclairé. Elle s'avance dans l'allée et ne sait plus où poser le regard tant elle est fascinée par une telle transformation. Soudain, son mari apparaît sur le perron. Il descend les marches d'un pas solennel et s'approche, un papier à la main. Il n'est pas seul. Claire reconnaît l'équipe d'Eden Garden qui l'entoure en souriant. Ils sont tous habillés de blanc, couleur porte-bonheur dans le rituel brésilien de la nouvelle année, sur la plage de Copacabana à Rio de Janeiro. Claire remarque à peine le somptueux buffet dressé sous la pergola et la cascade à champagne illuminée. Elle n'a d'yeux que pour son mari. Quand il est ému et nerveux, il a ce tic de glisser une main dans ses cheveux pour remettre une mèche en arrière. Qu'est-ce qu'il manigance ?

Tout près de lui, le chef de chantier lui adresse un regard complice et a l'air de l'encourager. Quel est donc le rapport entre son mari et ce monsieur Tony qui avait eu si peur de ses chihuahuas ? Claire sent ses mains trembler, car l'instant est chargé d'intensité. Un silence impressionnant s'installe. André-Louis s'éclaircit la voix, chausse ses petites lunettes rondes dont il ne peut plus se passer pour la lecture et se lance :

— Il aura fallu que tu t'appelles Claire pour avoir peur du noir. Mais celui qui était dans le noir, c'était moi. Je n'ai rien vu, comme un idiot. Tu es la femme qui éclaire mes jours depuis plus de vingt-cinq années, et moi, je t'ai laissée dans le noir, trop souvent je t'ai laissée seule avec ces peurs que je ne te connaissais pas. Comment aurais-je pu me douter que chaque ombre devenait une menace et te faisait trembler ?

Dans le public, Tony récite les mots à voix basse en même temps que son élève. Il s'est tellement impliqué pour l'aider ! Sa nouvelle facette de coach en poésie le comble de joie. Il est fier d'André-Louis, même si, comme tout coach, il ne peut s'empêcher de relever les quelques détails qui auraient pu être améliorés. Parler moins vite. Marquer les blancs. Moins gigoter d'un pied sur l'autre.

— Et puis tu es partie. Et mon cœur a cessé de sourire. En moi c'était la nuit. Comme toi, j'ai connu le froid et la solitude. J'ai même pris un train fantôme, j'ai eu cinq ans à nouveau pour me souvenir de la peur du noir, et tout s'est éclairé dans ma tête. Alors aujourd'hui, moi aussi, je veux te confier ce que je ne t'ai jamais dit. J'ai peur des guêpes, d'être piqué ou, pire, d'en avaler une. J'ai également peur des feux d'artifice, des bouchons de champagne qui sautent et du petit tourbillon de l'eau qui se vide dans la baignoire. Quand j'étais petit, j'avais peur qu'il ne m'aspire dans le trou ! Ça semble bête, n'est-ce pas ? Mais maintenant j'ai compris que ce qui semble bête pour les autres a une vraie importance pour la personne qui ressent ces peurs… Et moi je vais te dire ma plus grande peur : celle de te perdre ! Alors je t'en prie, ma tendre moitié, pardonne-moi et laisse-moi une chance de t'aimer pour la nuit des temps. Je sais aussi que si tes ombres te suivent, c'est parce qu'elles aiment ta lumière. Et moi, je t'aime tout court.

Les époux se jettent dans les bras l'un de l'autre et s'étreignent passionnément sous les applaudissements. Un orchestre se met à jouer un air doux. Auguste prend la parole :

— Et maintenant, pour inaugurer votre nouveau jardin, nous vous avons préparé une autre surprise… Suivez-nous !

Il entraîne le couple près du somptueux bassin, féerique avec ses effets sonores et lumineux, ses fleurs qui embaument l'air et sa variété d'arbres rares aux graphismes inspirants. Gérard glisse des compliments sincères à Auguste et Henriette.

— Vous avez vraiment réussi votre pari de jardin polysensoriel ! Bravo ! D'ailleurs, Auguste, il faudra que tu passes me voir au bureau et qu'on parle de la suite, toi et moi…

— De la suite ?

— Tu ne crois quand même pas que je vais me passer d'un associé comme toi ?

Auguste aurait aimé sauter de joie, mais il doit d'abord penser à la surprise pour les époux Montlhéry.

Sur une table, un drap blanc camoufle un objet. Henriette aide Auguste à l'enlever pour découvrir une charmante barque blanche en bois. Elle est remplie de fleurs, d'offrandes et de bougies encore éteintes. Auguste invite Claire et André-Louis à rédiger leurs vœux sur un bout de papier et à les insérer dans une petite bouteille scellée par un bouchon de bois.

— À présent, nous pouvons allumer les bougies ! s'exclame Auguste, les yeux brillants. Il y en a sept. Sept est un chiffre symbolique très important dans le rituel annuel de Rio. Logiquement, pour s'attirer chance et prospérité, on doit sauter sept vagues pour s'attirer les bonnes grâces de Lemanjà, orixà de la mer et des eaux.

— Ça veut dire quoi, orixà ? demande Kenzo, qui a décidé depuis peu d'en finir avec son complexe d'inculture.

Sa copine lui jette un regard empli de tendresse. Depuis qu'il a pu se confier à elle, elle l'aide à reprendre confiance en lui, à s'ouvrir, à s'intéresser à toutes sortes de sujets pour combler ses lacunes. Encouragé à se mettre en mouvement en autodidacte, il a fini par comprendre que la curiosité pouvait remplacer bien des diplômes.

Henriette, très renseignée sur le sujet, intervient, et tout le monde tend l'oreille pour écouter sa réponse.

— Les orixàs sont des divinités d'origine africaine, des êtres d'essence divine qui représentent les forces de la nature et plus précisément l'Axé, l'énergie vitale dans les religions afro-brésiliennes. Dans leur rituel de nouvel an, les Brésiliens réaffirment ce qui est beau et sacré. C'est leur façon de projeter les bonnes énergies à travers le cosmos pour alimenter les rêves. Et nous, on a voulu s'en inspirer pour vous porter bonheur !

Claire en a les larmes aux yeux.

— C'est magnifique.

Son mari la serre contre lui avec tendresse.

— Oui, merci, vraiment, c'est sublime !

— Maintenant, c'est le moment de mettre la barque à l'eau !

Auguste, Tony et Kenzo la portent cérémonieusement.

L'émotion gagne l'assistance devant la beauté du spectacle. Le groupe se met à jouer un air de samba. Tout le monde commence à danser. Rio est bel et bien à Rueil-Malmaison. La soirée est si belle qu'Auguste en oublie la prudence et embrasse publiquement Henriette. Elle s'offusque, mais, quand elle regarde autour d'elle, personne n'a l'air de pousser les hauts cris. Il est peut-être temps qu'elle lâche sa peur du regard des autres.

— Je me doutais qu'il y avait mammouth entre ces deux-là ! s'écrie Kenzo, assis auprès de Tony.

— Tu as l'œil ! Bon, on porte un toast ?

Ils lèvent leur verre.

— À la tienne, collègue !

— Collègue ? Tu te fous de moi ?

Kenzo ne semble pas comprendre. Tony éclate de son rire tonitruant et lance :

— À la tienne, mon ami !

— Ah, parce qu'on est amis, maintenant ?

— Oui, il va falloir t'y faire…

— Ça va pas être facile tous les jours…

Les deux hommes trinquent avec un air faussement désolé. Ils ont chacun retrouvé le bonheur dans leur couple et savent ce qu'ils se doivent l'un à l'autre. Ce soir, il y a de l'amour qui flotte dans le jardin des Montlhéry. Et la lumière a chassé l'ombre.

ÉPILOGUE

Henriette est installée depuis quelques semaines chez Auguste. Jamais elle n'aurait cru que les choses iraient si vite. Dans ses bagages, elle sait qu'elle a aussi apporté encore quelques casseroles, tics, tocs, failles, freins… Qu'importe ! Elle est décidée à y travailler ! Ombre et lumière, force et vulnérabilité, elle a conscience aujourd'hui que ce sont les faces d'une même pièce. Pendant des années, elle s'est évertuée à éradiquer ses fragilités avec toute la rage de son impuissance, sans se rendre compte que, plus elle détestait cette partie d'elle, plus elle la renforçait. Elle appréhendait beaucoup de vivre avec Auguste. Mais ses craintes se sont évanouies les unes après les autres. Ce qui a créé le déclic, c'est de se donner toutes les permissions : s'accorder le droit d'avoir certains traits particuliers et d'exprimer à voix haute ce qui est bon pour elle. Par exemple, elle craignait encore les insomnies. Elle s'est autorisée à en parler à Auguste. Elle lui a expliqué que, ce qui l'empêchait de s'endormir, c'était la crainte de trop bouger et de le déranger dans son sommeil. Il l'a écoutée et, ensemble, ils ont imaginé les possibles. Henriette est désormais persuadée que quelqu'un qui tient vraiment à vous va prendre le temps de vous comprendre et de trouver des solutions sans vous juger. Qu'il faut être doux avec soi et s'aimer tel que l'on est, aussi avec ses particularités et ses failles. Henriette en a profité pour faire le tri dans ses connaissances. Elle a décidé de se recentrer sur les personnes positives pour elle, ouvertes d'esprit et compréhensives, dignes d'être dans son cercle intime. Henriette a aujourd'hui la conviction que tout le monde a une facette intime inavouable, une fêlure quelque part. Des peurs planquées, des parties de soi clandestines, qui se manifestent d'autant plus fort qu'elles sont montrées du doigt, condamnées d'avance par la cour suprême du jugement qu'on se fabrique dans la tête.

Combien de personnes voient leur estime d'elles-mêmes gangrenée par la honte de leurs failles et de leurs faiblesses dont elles portent souvent la responsabilité à tort ? Ces zones d'ombre ne viennent-elles pas d'un vécu ancien, d'un passé, d'expériences que la vie leur a imposées et qui laissent des cicatrices ? Qu'il serait bon d'alléger ce poids de culpabilité qui accompagne la vulnérabilité !

Toute sa vie, Henriette s'est sentie tellement *bizarre* par rapport aux autres. Elle n'arrivait pas à s'ouvrir, et c'est finalement elle-même qu'elle punissait. Aujourd'hui, elle a envie de faire de grands pas. L'amour d'Auguste lui a donné des bottes de sept lieues. Elle ne veut plus se cacher. Elle veut simplement être elle-même, heureuse et imparfaite.

Henriette a souhaité partager ses récentes découvertes. Raconter que ce sont nos ombres qui dessinent notre lumière… Parler de la beauté indicible qui se cache dans chacune de nos fragilités et de la façon dont on peut se réparer en aimant cette partie de nous qui a eu peur, qui a eu mal. Lui donner la tendresse dont elle a manqué.

De là lui est venue l'idée du blog.

Elle a cherché un nom. L'image d'Achille lui est apparue. Le célèbre héros de l'Antiquité, dont le point vulnérable était le talon… Ce point vulnérable qu'Henriette aurait eu envie de protéger, par de belles et douces chaussettes ! D'où le nom de son blog : « Des chaussettes pour Achille ».

Il a tout de suite rencontré un vif succès. Des centaines de personnes ont partagé publiquement leur *inavouable intime*. Très vite, les réseaux se sont enflammés autour de cette idée. Les médias se sont emparés du sujet. Henriette s'est retrouvée à parler sans filtre de ses failles lors d'une interview, sans même en ressentir de honte particulière. En retrouvant Auguste le soir, elle lui a confié ses impressions sur ce phénomène, et ils en sont arrivés à la même conclusion : la parole libère et répare. Le « deviens ce que tu es » de Nietzsche paraît le meilleur remède. Dire qu'elle aurait pu ne pas rencontrer Auguste, si Claire de Montlhéry ne lui avait pas confié cette mission ! Un projet entièrement dédié au monde végétal, qui a été le théâtre de sa propre éclosion ! La joie qu'elle ressent lui a soufflé la première phrase de bienvenue sur son site :

« Au clair de mes ombres, la confiance refleurit. »

Elle sourit en la relisant, tandis qu'elle s'installe pour s'adonner à son nouveau rituel : lire les nombreux témoignages de ses abonnés, qui se confient avec tant de sincérité et de générosité. Auguste l'embrasse langoureusement dans le cou et la laisse à cette nouvelle passion qui la comble tant. Partager !

Elle prend le temps de répondre à chaque personne avec un soin particulier. Elle commence toujours son message par cette phrase :

« Un immense merci à vous qui avez osé lever le voile sur votre inavouable intime. Quand on a le courage d'assumer ses ombres, on a aussi celui d'assumer toutes ses audaces ! Bravo ! »

Ces gens ont tous un talon d'Achille. Tout le monde a ses fragilités. Juste pas les mêmes. Elle ressent une bouffée de gratitude et de reconnaissance, car, grâce à eux, elle ne se sent plus seule. Ils lui ont offert le plus beau des cadeaux : la liberté d'être soi. Elle parcourt les textes truffés d'humour et de tendresse. Ils sont poignants et émouvants. Humains, tout simplement.

Blog

Des chaussettes pour Achille

Au clair de mes ombres, la confiance refleurit.

Peur d'être mis en défaut professionnellement

Gaëtan S. (Auvergne)

Je vais vous parler de ma peur d'être mis en défaut, et c'est surtout dans le cadre du travail qu'elle se manifeste. Je ne supporte pas de ne pas réussir à bien réaliser mon travail en temps et en heure. Quand je dois accomplir une tâche, il faut que ce soit parfait et, si ce n'est pas le cas, j'ai peur de décevoir et de passer pour un bon à rien. J'ai dû mettre en place des systèmes de défense, comme une très bonne repartie, pour ne pas me « laisser dominer ».

J'ai le souvenir d'une grosse présentation devant cinq cents personnes, pour laquelle j'avais préparé un speech de quinze minutes. Alors que je m'entraînais, mon directeur a voulu tout revoir. J'étais à deux heures de la présentation, et je ne me voyais pas réécrire mon speech. J'étais complètement bloqué, et je pense que c'était la première fois que j'étais mis en défaut aussi durement. J'ai fini par tout refaire avec l'aide de mon directeur, j'ai ajouté beaucoup d'humour et j'ai pu faire ma présentation correctement. J'ai même eu des félicitations... J'ai ainsi pu avoir deux enseignements : mieux préparer les choses en amont, surtout quand on ne maîtrise pas tout, et surtout, garder ce système d'adaptation, car on ne peut pas tout contrôler, l'aléa est toujours là.

Je pense que cette peur est liée à mon éducation basée sur la réussite, je dois faire bien, et ne pas montrer que je suis « faible ».

Peur de mes pensées intrusives inappropriées

Elsa M. (Haute-Normandie)

En ce qui me concerne, les peurs irrationnelles qui m'ont bouffé la vie ont été des pensées intrusives. Par exemple : j'ai un couteau dans les mains, un proche en face de moi et, bam, l'image de lui planter le couteau apparaît… Et après ça, forcément, mon cerveau me dit : « Mais tu as un problème, tu n'es pas normale ! »

Ces pensées intrusives ont été là, dans ma vie, dans des moments où je me sentais un peu triste, déprimée ou angoissée, et elles m'ont complètement fait douter de ma santé mentale, à tel point que j'ai consulté une psychologue pour lui expliquer.

Je tentais de me rassurer, mais rien n'y faisait, je me disais : « J'ai un problème, je vais finir folle… » J'avais beau avoir l'explication de la psychologue qui m'assurait que ce n'était rien, que je focalisais juste mon attention dessus et que c'était un cercle vicieux. Et qu'au lieu de m'angoisser avec cette pensée, je devais apprendre à la laisser passer.

Comment je cachais cela à mes proches ? Eh bien, je n'en parlais pas, j'avais honte, tout simplement. Seule ma mère le savait et elle me rassurait du mieux qu'elle le pouvait.

Puis, un jour, j'ai vu le spectacle d'un humoriste que j'adore. Et, à un moment, il a dit : « Des fois, je prends un bébé dans les bras et je me dis, tiens, si je le jetais du balcon, ça ferait quoi ? », puis il a ajouté : « Ha, ha, vous avez tous eu ce genre de pensées et vous pensiez que vous étiez des psychopathes ? » J'ai ressenti un soulagement énorme. Depuis, ça ne m'arrive presque plus, et si je sens venir ces pensées intrusives, car période de stress, je laisse couler et me fais confiance.

Peur d'être en insécurité

Marlène L. (Occitanie)

J'ai une peur irrationnelle d'être en insécurité. J'ai l'étrange sensation de me sentir en insécurité que ce soit chez moi ou bien à l'extérieur. Quand je pars de chez moi, par exemple, je vérifie systématiquement si j'ai bien fermé la porte à clé, au moins trois ou quatre fois. Pour la voiture, pareil.

Autre anecdote : mon compagnon étant pompier volontaire, il est régulièrement amené à partir en intervention la nuit. Le seul fait de me retrouver seule à la maison pour plusieurs heures m'angoisse. Au moindre petit bruit, je tremble. Je laisse même la lumière du chevet allumée. N'est-ce pas pathétique, d'avoir peur de rester seule à trente-quatre ans ? Pathétique ou triste ? Ou les deux à la fois ? Je fuis également toute forme de conflit. Pour moi, conflit égale insécurité. Si quelqu'un de mon entourage se met en colère, je me terre comme une petite souris dans sa cachette. J'essaie immédiatement d'apaiser les choses ou je m'éloigne si je ne suis pas concernée.

Pourtant, l'image que je renvoie aux autres est celle d'une personne sûre d'elle, qui n'a peur de rien. En aucun cas les gens qui m'entourent ne se doutent de la réalité. Je ne laisse rien paraître. Cette peur de l'insécurité me vient, je pense, de mon enfance. Une mère qui n'était pas faite pour être mère, qui me criait constamment dessus, qui levait la main sur moi. Une sœur qui a pris le relais de ma mère et qui m'a fait vivre un enfer pendant quelques années. J'avais peur de ma mère, peur de ma sœur, peur de me retrouver seule en leur présence. Personne pour me protéger, je ne me sentais en sécurité nulle part quand elles étaient là. Vous voilà aujourd'hui dans la confidence.

Ce sentiment d'insécurité me fait aujourd'hui sourire. J'ai pris le parti d'en rire plutôt que d'en pleurer.

Peur du tourbillon d'eau qui s'échappe par le trou de la baignoire

Aurélie P. (Côte d'Azur)

Ma peur irrationnelle ? Le petit tourbillon qui se forme lorsque l'eau du bain se perd dans les méandres de la terre… Horrible. Enfant, je ne pouvais pas échapper à ce rituel du soir. Aujourd'hui, adulte, je ne prends plus de bain et je n'ai jamais eu de baignoire. L'angoisse m'est venue très tôt. Probablement un traumatisme quand je suis tombée, malgré moi, sur le film *Ça*, avec ce foutu clown qui terrorisait les petits à tous les coins de rue. J'ai d'abord essayé les caprices, les crises de nerfs, les pleurs pour éviter que mes pieds et mon corps tout entier ne se fassent aspirer par ce petit trou vicieux et que « l'autre » avec sa gueule peinturlurée ne m'attende au fond.

Ma stratégie : le sacrifice de ma Barbie préférée. À chaque bain, elle y avait droit, mais s'en sortait toujours indemne ! Quelle femme ! Tout était réglé à la minute près. Ma mère partait de la salle de bains, sereine, après avoir (sans le savoir) mis sa fille dans une situation atroce. Vite, décapitation instantanée de la « blondasse ». Hop, je bouchais le trou avec, en veillant à ce que ses cheveux soient bien accessibles dans le trou par le fou à la perruque. Cette tête était une sorte d'offrande pour qu'il m'épargne. L'eau s'écoulait lentement. Et moi, bien assise à l'autre bout de la baignoire, j'attendais une éventuelle aspiration de la mort. Et puis… rien… Mais, ce sacrifice de la « tête blonde décolorée », je l'ai fait des milliers de fois, toujours avec la même ferveur et soif de vivre !

Peur du sang et des blessures

Pauline B. (Nouvelle-Aquitaine)

Depuis mes cinq ans, je tombe dans les pommes à la vue du sang. Quel comble pour une fille d'infirmière et d'un papa que j'ai toujours connu malade avec soins hospitaliers et à domicile ! Au fil du temps, cette problématique a pris de plus en plus de place dans mon quotidien, s'élargissant aux mots qui pouvaient être employés, l'évocation de maladies… Ainsi, j'ai eu plusieurs épisodes de malaises à l'école primaire, au collège, lors de mes études supérieures, puis dans ma vie professionnelle et personnelle. Cela m'a beaucoup impactée et a généré moult usages de stratégies pour ne pas me retrouver exposée à cette peur.

Un jour, nous sommes partis au cinéma avec mon compagnon, pour aller voir un film de superhéros. Ce que je ne savais pas, c'était que le personnage principal, avant d'être un superhéros, avait eu un grave accident qui l'avait paralysé et qui avait nécessité des soins hospitaliers ! Moi qui étais partie pour un moment de détente et de plaisir, dès le début du film, j'ai aussi été paralysée. Lorsqu'une vague de chaleur m'a assaillie, j'ai tenté de faire la conversation à mon compagnon qui, dérangé lors du visionnage, ne s'est pas montré tellement coopératif... Pour couronner le tout, le volume sonore a fini de m'achever. Cette immersion totale, visuelle et auditive m'a fait atteindre mes limites. J'ai pris mon courage à deux mains et j'ai dérangé toute la rangée de fauteuils afin de sortir en urgence de la salle, m'excusant à peine, courant à moitié, transpirant à grosses gouttes comme si j'avais couru un marathon. Je me suis allongée à même le sol, appuyant mes jambes contre le mur afin d'éviter tout malaise. J'espérais très fort que personne ne viendrait à ma rescousse, déjà tiraillée par la honte…

En 2021, j'ai débuté une psychothérapie EMDR, et j'ai beaucoup progressé depuis ! Bien que mes phobies se soient apaisées, je garde des séquelles de l'emprise qu'elles ont eue sur moi. Toutefois, je sais, à présent, que j'ai les capacités de résister et de réussir. C'est un travail constant qui me demande des efforts et qui, j'espère, sera plus facile au fur et à mesure du temps.

Peur qu'on ne découvre mon besoin d'avoir un doudou

Clémence N. (Normandie)

J'ai quarante-deux ans, je suis une femme autonome, plutôt bien dans ma peau. Et, depuis mon enfance, j'ai un doudou (un bout de mouchoir que je tète). Comme un adulte qui sucerait son pouce, ce n'est pas vraiment dans la norme… Ma famille est au courant, et j'utilise ce doudou devant eux sans problème. Mais mes amis et mon compagnon, eux, ne savent rien.

Pourquoi ? Je dirais deux raisons : d'abord la peur d'être regardée, jugée, et puis ensuite, mon envie d'essayer de ne pas être accrochée H 24 à mon doudou. Si la personne en face de moi sait, je pourrai l'utiliser devant elle, alors que, si elle ne sait pas, je dois me retenir et m'en passer. Je me cache, je le cache (dans un foulard, sous mon masque, dans ma main…), mais j'en ai besoin. Quand je ne l'ai pas, il me manque quelque chose. Je le cherche.

En primaire, j'avais essayé d'arrêter, sans doute parce qu'on me disait que j'étais grande… J'avais abandonné mon mouchoir, et puis j'ai rechuté… Je ne sais pas vraiment pourquoi. Ma faible volonté ? Mes parents ? Mon besoin de réconfort ? J'ai eu une enfance heureuse, même si je n'ai pas beaucoup de souvenirs, et je ne pense pas que ce soit pour compenser quoi que ce soit, c'est juste comme ça.

Je n'en parle jamais, je ne veux pas être blessée par des remarques sur le sujet, et j'ai l'impression que mes proches, qui sont au courant, n'y prêtent pas attention ou font semblant et ça me va.

Peur d'avoir envie d'aller aux toilettes au mauvais moment

Ève (Rhône-Alpes)

Alors, comment vous expliquer ça avec finesse tout en étant honnête ? D'abord, il faut savoir que je suis une grande anxieuse. « Une stressée de la vie ». La plus grosse maladie de notre siècle (avant le Covid). Je suis une hypersensible. Je vis tout à fond. Le bon comme le moins bon. Depuis de nombreuses années, maintenant, je souffre d'une « maladie fantôme », comme j'aime à l'appeler : la colopathie fonctionnelle, ou syndrome du côlon irritable. Je l'avais dit, que ce n'était pas très classe. C'est un mal tellement répandu, mais si peu communiqué. C'est tabou. On en a honte, et c'est pourquoi je tenais à vous en parler. Parce que cette « maladie » a fait naître en moi des soucis de phobies sociales, environnementales, TOC... C'est un cercle vicieux qui se répète sans fin depuis 2015.

Ma vie était tellement intense à ce moment-là que tout a explosé pendant un concours à la fac. Mon corps m'a dit flûte. Pendant les vingt premières minutes, ce fut un cauchemar : gargouillements, ballonnements, gonflements... Je demande donc à sortir pour aller faire ma petite affaire puis revenir. Mais non, il faut attendre au moins quarante minutes. Quoi ? Impossible ! Je suis sortie quand même avec la surveillante... La honte. Une fois l'incident clos, avec l'angoisse que ça recommence, je retourne tant bien que mal à mes devoirs. Je termine en sueur, épuisée. Je pensais que c'était juste lié au stress du moment. Mais ça a continué. Cette phobie d'avoir envie au mauvais endroit, au mauvais moment et avec les mauvaises personnes s'est intensifiée. Chez le coiffeur, en repas de famille, au bar, chez les amies, sur la route... Partout où j'allais, c'était l'enfer. MON enfer. Et je n'en ai parlé à personne ! Pendant des mois, presque des années ! Et quand j'étais invitée quelque part, je répondais : « Ah, désolée, je suis occupée » ou : « Je suis fatiguée, désolée, une prochaine fois. » Quand on a cette gêne immense d'être mal vu, de passer pour la « cracra », etc., cela crée des comportements de défense : évitement et isolement social, pensées répétitives et sur-surveillance de l'hygiène alimentaire et corporelle, dépression.

Des thérapies intenses diverses et variées m'ont sauvé la mise. J'ai pu ainsi comprendre énormément de choses sur moi. Entre autres, je suis une hypersensible. Le manque de confiance en moi, mes incertitudes sur tout font que mon corps est également hypersensible. Il communique. Nous ne l'écoutons pas assez. J'ai appris à le comprendre et le décoder. À ne refaire qu'un avec lui.

Peur des sorties festives

Mathilde R. (Pays de la Loire)

Durant mes années de faculté, j'avais très peur des sorties, en boîte de nuit ou dans des bars. Pourtant, ces sorties étaient proposées par des personnes en qui j'avais confiance. Mais impossible pour moi de m'imaginer sortir la nuit, en ville, passer un bon moment, avec mes amies, certes, mais entourée d'inconnus. La société et notre famille nous affirment pourtant que ce sont les plus belles années de notre vie, qu'il faut en profiter, ce qui inclut généralement le fait de sortir. Mes stratégies pour ne pas y aller sans pour autant paraître asociale ou renfermée : j'avançais toutes les excuses et tous les arguments pour déplacer ce type de soirées dans l'appartement de l'une de nous (situation beaucoup plus confortable pour mon esprit). Parmi mes excuses favorites : j'ai encore un travail à préparer pour le cours de demain ; c'est trop dangereux de rentrer à mon appartement en pleine nuit et seule. Sauf que mes amies contre-argumentaient : « Mathilde, tu es toujours à jour dans ton travail », « T'inquiète pas, on révisera sur la pause du midi », « Dors chez moi », « Je te raccompagnerai ». Il me fallait alors trouver autre chose, de plus original.

Toutes ces stratégies sont vaines, et je m'efforce de combattre les peurs créées par mon cerveau. Quand je sors, le stress est à son paroxysme, ma cage thoracique se compresse comme si j'étais enfermée dans une toute petite boîte jusqu'à ce que je vive pleinement le moment. Et, après coup, c'est toujours avec beaucoup de joie que je me remémore cette expérience. Mais l'appréhension est un passage obligé.

Peur de tout, peur des virus

Caroline P. (Québec)

Je crois pouvoir dire, sans me tromper, que les peurs ont toujours fait partie de ma vie. Dès mon plus jeune âge, j'ai eu peur de tout. Et quand je dis « de tout », c'est vraiment le cas. J'ai eu peur de l'eau, des roches (!?!), du sable, des camions trop bruyants, des orages, des esprits, des inconnus, et j'en passe.

J'en ai fait, du chemin, mais, encore aujourd'hui, bien que j'aie surmonté plusieurs d'entre elles, de nouvelles peurs surviennent avec ou sans raison. N'en choisir qu'une seule est donc difficile pour moi. Mais voilà, j'arrêterai tout de même mon choix sur l'une d'elles.

Lorsque mon deuxième enfant est né, il a connu un épisode qui s'est échelonné sur plusieurs mois et au cours duquel il était malade sans qu'on sache de quoi il souffrait exactement. Cette période m'a fortement ébranlée, et je me suis mis en tête que mon enfant ne devait contracter aucun virus de peur de l'affaiblir davantage. C'est alors que j'ai commencé à avoir peur d'être malade. Non pas d'avoir une maladie grave et incurable, mais plutôt peur des petits virus, comme d'avoir une gastro et de contaminer ensuite mon enfant. Je suis devenue la pro en prévention des infections. Je me suis mise à lire tout ce que je trouvais sur la façon dont se propagent les virus, leur durée d'incubation, les microbes, etc.

Sauf que… cette crainte n'est pas sans conséquence. Étant devenue soudainement très limitée dans ce que je pouvais manger (crainte liée à la salmonellose, *E. coli* et autres), mon poids est rapidement descendu… Jusqu'au jour où, m'apercevant dans la glace, j'ai décelé les os de ma mâchoire et j'ai pris le temps de m'examiner pour me rendre compte que mes peurs avaient clairement pris le dessus. Le jour même, j'ai contacté une psychologue, ce qui fut, sans conteste, le plus beau cadeau que je me suis jamais offert. J'ai repris mon poids, je mange avec appétit et, surtout, j'ai appris à mon cerveau à ne pas « mordre à l'hameçon » de mes peurs irrationnelles, aussi nombreuses soient-elles.

Peur des blattes. Peur de ce qu'on ne voit pas

Sarah P. (Occitanie)

Je n'ai pas peur de grand-chose, j'ai une petite et une grande peur. Ma petite peur : ce sont les blattes. Je ne sais pas ce qui l'a nourrie, mais les voir me coupe le souffle, mon cœur s'emballe, j'ai du dégoût et, en plus, ce sont des bestioles qu'il ne faut pas écraser ! Pire que les gremlins ! Un été, en vacances au Panama, avec ma sœur, on dormait chez l'habitant. En rentrant, je vois une BLATTE ! Immense ! Je crie : « *Ayúdame !* » La mamie qui nous accueillait arrive en courant, écrase d'un coup de savate le steak de blatte et me dit : « *Buenas noches.* » J'ai dormi toute la nuit avec ma lampe de poche sur ma poitrine, croyant que la lumière me préservait de ces bestioles et de mes sombres peurs.

Ma seconde peur est ma grande peur. J'ai peur de ce que je ne vois pas. Ma vie n'est pas comme dans le film *Le Sixième Sens*, mais chaque bruit, je le scrute pour comprendre d'où il vient. Des fois, je ne trouve pas l'origine, l'explication, et la nuit cette peur grandit encore plus. Mon corps réagit drôlement, mon cœur palpite, ma nuque se refroidit et mes poils se dressent. Ma lampe de poche est mon plus fidèle compagnon, mon chapelet aussi dans ces moments-là, pour m'aider à faire descendre la pression. En écrivant cela, je m'aperçois que ces deux peurs contrastent avec ma carrure de femme bûcheron. Il m'est souvent reproché d'avancer tête baissée dans des projets ou dans des conflits, car il est vrai que je n'ai pas peur de l'autre, du conflit ni de ce que cela engendre. Avoir peur d'un insecte et de ce qu'on ne voit pas, c'est mon talon d'Achille.

Peur d'apparaître vulnérable et d'être moquée

Carole P. (Occitanie)

J'ai toujours eu peur de l'humiliation, d'être moquée, d'être faible, en somme.

Je me suis donc construit une carapace de supernana. La fille qui sait tout, qui ne fait jamais d'erreur, qui est la meilleure en sport, qui réussit ses études... Ma stratégie a donc été le camouflage. Cacher ma peur d'être faible m'a effectivement bien pourri la vie jusqu'à mes trente-sept ans. Moi qui avais tant besoin de liens et de douceur, je représentais tout le contraire. La frustration de ne pas être moi-même se transformait en colère, une colère qui faisait du mal aux gens que j'aimais et, bien entendu, à moi-même. Une « géante » aux pieds d'argile. Quand je tombais, je tombais de très haut malgré mon mètre cinquante-huit.

L'origine de cette peur date de mes années de primaire. Je devais avoir huit ou neuf ans, et je m'en souviens comme si c'était hier. Comme beaucoup d'enfants, je ne perdais pas de temps à me déshabiller le soir, j'enlevais tout d'un bloc. Sauf qu'en me rhabillant le lendemain matin, avec les mêmes vêtements que la veille, je n'ai pas bien vérifié mon pantalon. Le drame est arrivé pendant la récréation, en marchant, une culotte a commencé à se faire la malle du côté de ma jambe gauche ! Les autres enfants se sont moqués et, moi qui n'étais déjà pas très populaire (la nouvelle de l'école et un vrai garçon manqué), j'ai tout nié en bloc. Ce n'est pas ma culotte, voyons ! N'importe quoi ! Même la maîtresse n'a pas réussi à me la faire ramasser. Je ne vais quand même pas toucher une culotte qui n'est pas à moi ! Aujourd'hui, j'en parle avec beaucoup de tendresse, cette petite fille était loin d'avoir une vie facile… Mais il m'a fallu attendre d'avoir presque quarante ans pour en parler avec légèreté.

Peur d'être coincée au milieu de gens

Aurélie M. (Nord-Pas-de-Calais)

Depuis quelques années, j'ai une peur atroce d'être coincée dans un « bouchon humain ». Et j'ai été de nombreuses fois confrontée à ce problème, dans des braderies, des marchés à forte affluence, des manifestations... Je ne supporte pas non plus d'être coincée en plein milieu d'un rang de fauteuils au cinéma, au théâtre ou dans une salle de spectacle. J'angoisse littéralement, je me liquéfie comme une glace au soleil. Heureusement, il est aujourd'hui possible de choisir sur plan ses places, grâce à la vente en ligne de e-billets. Sauf qu'il arrive des moments où l'on pense tout maîtriser, mais rien ne se passe comme on l'avait imaginé.

Sûre de moi et confiante, j'avais prévu une petite soirée avec mon chéri au casino d'Arras, dans le Pas-de-Calais, pour voir son humoriste préféré. Toute joyeuse, j'étais prête à rire à gorge déployée jusqu'à ce que l'ouvreuse nous amène à nos places. Et là, j'ai eu l'impression de tomber du dixième étage. Mon rire a viré au jaune poussin, fluorescent, même ! Nos places étaient les deux dernières, tout au fond d'un rang, collées à un mur capitonné d'au moins dix mètres de hauteur ! Ils avaient omis de mentionner le mur et surtout l'absence du couloir échappatoire sur ce fichu plan ! Tout le rang déjà installé s'est mis debout afin de nous laisser passer. À ce moment-là, j'ai senti l'angoisse arriver jusqu'à couper l'afflux de sang dans mes jambes qui commençaient à ne plus réussir à me porter, mes mains semblaient piquées par des milliers de petites aiguilles et mes tempes battaient la mesure au rythme d'un métronome. J'avais quelques secondes pour trouver une issue.

Sans même penser à la réaction de mon mari, j'explique à l'ouvreuse que mon mari, atteint d'une maladie, doit pouvoir sortir rapidement en cas de besoin, et lui demande de nous trouver d'autres places. Mon mari m'a regardée avec des yeux tout ronds, perdu entre gêne et stupéfaction. L'ouvreuse est ensuite revenue vers nous et nous a installés tout au fond de la salle, en BORD DE RANG...

On m'a répété bien des fois : « Arrête ton cinéma ! », « C'est dans ta tête, tout ça » ou encore : « Souffle un coup, ça va passer. » Oui, c'est dans ma tête. C'est un combat contre mes propres démons. Mais cela ne rend pas les choses moins difficiles à contrôler. Aujourd'hui, j'essaie de profiter du moment présent, sans l'appréhender. De faire confiance à ce que l'univers me réserve.

Bon, j'achète toujours des places en bord de rang... Rien n'est gagné, mais j'y travaille. Un jour peut-être... petit pas par petit pas...

Peur d'apparaître moche avec des lunettes de myope

Joëlle G. (Provence-Alpes-Côte d'Azur)

Je ne suis pas si moche pour mon âge, soixante-deux ans, mais il reste toujours cette insidieuse petite voix intérieure, celle qui était déjà présente lorsque j'avais six ans : « T'as vu tes yeux de myope derrière tes hublots ? » Ces petits yeux de carpe sous mes verres correcteurs immenses ? Ceux qui me permettent de distinguer clairement les images, mais qui détériorent sérieusement la mienne ? Par miracle, August Müller, lui-même atteint de myopie, a donné naissance aux toutes premières lentilles de contact ! Cela m'a permis de sauver ce reflet détesté renvoyé par le miroir.

Me reviennent souvent en mémoire les risques que je prenais lorsque j'étais jeune : je roulais à Mobylette plus ou moins aveuglément dans les rues de Nice. Et je ne sais pas si vous savez, mais, la nuit tombée, les grands myopes ne distinguent nettement que les couleurs, donc les feux tricolores ! C'est déjà ça ! Mais, je vous l'accorde, tellement dangereux et irresponsable.

Cette peur me handicape toujours. Par exemple, lorsque la sonnerie de Skype résonne dans mes oreilles, sans prévenir, le soir venu, alors que mes lentilles reposent dans une solution nettoyante, impossible pour moi de me montrer avec mes binocles. Mes merveilleux petits-enfants veulent me parler et, à mon grand désespoir, je m'empêche de voir leurs jolies petites frimousses pour dialoguer ! Je ne discerne rien, mais ils ne le savent pas, puisque j'affiche mon plus beau sourire.

D'où pourrait venir ce défaut de fabrication ? Pas de l'hérédité ! Mes parents de quatre-vingt-dix ans ont encore une excellente vue ! Ma petite idée : avais-je déjà peur à six ans d'appréhender le monde avec mes yeux d'hypersensible ? Peut-être ai-je voulu m'en protéger en restant dans le flou…

Peur de ne pas pouvoir tout faire

Anne-France L. (Île-de-France)

J'ai peur de ne pas pouvoir réaliser tout ce que j'ai à faire dans une journée, une semaine. Au-delà de cela, je crains de manquer de temps pour tout, mais aussi de manquer de temps pour moi-même, de m'oublier.

Quand la peur s'empare de moi, j'ai l'impression que mon souffle est plus court, je ressens plus fortement mes émotions et j'ai même tendance à les exagérer. Pour pallier cette peur, je m'organise beaucoup, en faisant notamment des *to-do list*. Je pourrais faire fonctionner ma mémoire, mais j'ai tellement peur d'oublier que je note tout. Cela me tranquillise, car je n'ai plus à penser à ce qu'il y a à faire, et les tâches sont organisées de façon à ce que je puisse normalement tout réaliser. Lorsque le stress lié à cette peur m'envahit, malgré mon organisation, j'essaie de prendre du recul, de me calmer, pour avoir une vision d'ensemble afin de prioriser mes missions du jour et pour avoir l'impression de contrôler le temps.

Ce stress et cette peur de ne pas avoir assez de temps, j'en parle peu autour de moi parce que j'ai honte. Étant thérapeute, j'ai honte de ne pas surmonter complètement ma peur qui, en plus, me paraît insignifiante par rapport à d'autres peurs plus communes et fondées. Il arrive parfois que des proches se moquent de moi quand ils remarquent tout ce que je note sur ma *to-do list*. Ils ne comprennent pas non plus pourquoi je passe autant de temps à organiser mes journées et semaines. Alors, pour éviter que mon entourage ne s'aperçoive de quelque chose, je prétexte que mon travail demande une organisation irréprochable (ce qui n'est pas faux, mais je me cache derrière ça).

Je ne saurais dire à quand remonte cette peur, mais je ne l'ai pas toujours eue. Cependant, dernièrement, j'ai lu une phrase qui disait : « La vie n'est pas juste une liste de choses à faire, il faut se faire plaisir et vivre pleinement. » Peut-être qu'une partie de la solution se trouve dans cette phrase…

Peur des manèges

Stephan A. (Occitanie)

En tant que père de famille dans un milieu rural, où culturellement le paternel est le « roc » de la famille, les peurs sont traquées...

Il pourrait être intéressant, dans ce contexte, d'aborder la peur de ce que j'appelle les manèges « gratte-ciel » ! Face à ces installations, toute personne peu encline à ce type de sensations n'a qu'à passer son chemin, et le tour est joué. Mais quand tu es accompagné de tes amis et/ou de tes propres enfants, tous taquins, le dilemme devient cornélien : prendre sur soi, ou se défiler, et cela restera au centre des conversations pour les mois à venir.

Quand l'option de l'évitement pur et simple se dérobe à moi, toutes les stratégies sont alors bonnes. Je suggère, tout d'abord, quelques mesures de dissuasion : « Il doit faire super froid (ou chaud), tout là-haut ! », « Il y a trop de queue, ça me soûle ! », « On vient de manger une gaufre Nutella-chantilly, c'est pas recommandé ! »... Mais ces stratégies marchent rarement en ce qui me concerne. Vient alors la résignation, mais une résignation « avisée », qui est différente de l'abandon ! Il convient de trouver au plus vite la place la moins exposée au regard des autres, afin de pouvoir fermer les yeux pendant les quelques minutes de supplice ! Et ainsi éviter de crier, tout en se concentrant sur la maîtrise de ses grimaces.

On sort rarement indemne de ce type d'expérience. Immanquablement, on en ressort avec le teint quelque peu blême, et les remarques ne manquent pas de fuser : « T'as fermé les yeux », « T'es tout pâle, t'as eu peur ? »... Mais c'est avec toute la noblesse encore possible qu'il convient d'inventer quelques excuses de mauvaise foi comme : « J'avais un moucheron dans l'œil »...

Peur des requins en piscine

Aurore T. (Champagne-Ardenne)

Née en juillet, mon signe astrologique est un signe d'eau, cancer. Pourtant, l'eau n'a jamais été mon élément. Ma mère elle-même en avait peur, et mon père a appris à nager à quarante ans. J'ai détesté les cours de natation où je restais sur le bord, tétanisée suite à une séance où un copain avait jugé drôle de me maintenir la tête sous l'eau. Jeune adulte, j'ai même réussi à être dispensée de cette épreuve au bac. Il m'a fallu des années avant d'y être à peu près à l'aise, même si plonger reste une épreuve infranchissable et inimaginable.

À cela s'est ajoutée la peur des requins. Cela pourrait passer pour une peur commune ou, en tout cas, compréhensible. Mais avoir peur des requins en piscine est beaucoup plus rare et plus risible, je vous l'accorde !

Quand l'été est là, rien n'est plus agréable que de se rafraîchir dans une belle eau turquoise, limpide et sans danger apparent. En journée, aucun problème, je peux faire trempette en toute sécurité. À la nuit tombée, c'est une tout autre histoire. Et si l'éclairage est actionné, je crois que c'est encore pire. Impossible de ne pas penser à la possibilité qu'un squale surgisse de nulle part.

La faute à qui ? La faute à Sean Connery, évidemment ! Je me revois dans le salon de mes grands-parents en train de visionner *Opération Tonnerre*. Notre cher James Bond, barbotant dans un bassin, se retrouvait nez à nez avec des requins libérés *via* des trappes secrètes par son ennemi juré. Il ne m'en fallait pas plus pour ruiner définitivement mes envies de bains de minuit !

En vous écrivant ce petit récit, je réalise que j'en parle pour la toute première fois. Cette confidence sera-t-elle salvatrice ? À confirmer à la prochaine baignade !

Peur de l'abandon (comblée par l'achat de bijoux solides et précieux)

Manon P. (Belgique)

La peur que je souhaite vous présenter est celle de l'abandon.

Je n'ai pas peur de me retrouver seule, parce que je trouve qu'il n'y a rien de mal à être seule. Cependant, j'ai peur que les gens que j'aime et à qui je m'attache disparaissent d'une manière ou d'une autre de ma vie. C'est la raison pour laquelle je suis très prudente en amitié et que je prends beaucoup de temps avant de me confier et de faire confiance. Je suis « sélective » dans le sens où j'essaie de m'entourer de personnes qui vont rester et qui ne risquent pas de me trahir ou autre. Évidemment, c'est une tâche très difficile, voire impossible. Cela me complique parfois la vie, me la gâche sûrement beaucoup et me rend malheureuse.

Quand j'étais à l'école, on avait le droit de sortir sur le temps du midi. Comme mon école se trouvait dans le centre-ville, j'avais accès à tous les magasins. Je me rendais alors souvent dans des boutiques pour acheter des bijoux. Mais attention, par n'importe lesquels ! Je voulais absolument que ce soient des bijoux de bonne qualité. Non pas parce que j'étais prétentieuse ou quoi que ce soit, mais parce que je voulais des bijoux qui puissent m'accompagner au quotidien et le plus longtemps possible, voire toute la vie. Bref, qu'ils ne m'abandonnent pas. Il est indispensable pour moi de pouvoir me laver avec, par exemple, d'aller dans la mer avec ou encore de faire du sport avec, sans qu'ils s'abîment. Il y avait deux magasins dans lesquels j'allais souvent pour choisir mes nouveaux « compagnons ». Mais je ne voulais pas qu'on pense que j'étais quelqu'un qui dépense son argent sans compter, régulièrement, pour des petites « breloques ». Alors, chaque fois que les vendeuses me demandaient s'il fallait faire un emballage cadeau, je répondais : « Oui. »

L'origine de cette peur de l'abandon remonte, je pense, à mon enfance, lorsque j'ai perdu successivement mes deux grands-mères à l'âge de dix ans. Je n'étais pas du tout préparée à la disparition de proches (même si on ne l'est jamais vraiment).

Peur de montrer mes pieds

Marie D. (Pays de la Loire)

Je ne suis pas écrivaine pour un sou, je vais juste vous raconter mon plus gros complexe du haut de mon pied-à-terre !

À l'âge de mes dix-sept ans, j'ai eu mon premier job d'été en tant que « castreuse de maïs ». Dans une ambiance de colonie de vacances, nous campions tous sur place. Chacun s'occupait de son rang de maïs, sans se voir, donc, nous chantions et rigolions beaucoup. Notre travail constituait à arracher les fleurs mâles des plants afin de mieux contrôler la pollinisation. À l'époque, j'étais obsédée par mes pieds ! Un côté égyptien, l'autre romain, en pyramide ou en escalier, bref, longtemps complexée, je les ai cachés en société. Méduses, espadrilles, claquettes, sandalettes étaient pour moi impossibles… Un podologue m'a même proposé un jour une opération pour casser mes derniers orteils tout recroquevillés et les remettre droit ! Quelle drôle d'idée ! Le temps et surtout un travail d'arrache-pied m'ont appris à accepter mon défaut de fabrication. Je me suis mise à nu (juste mes petons) et, un poil casse-pieds, j'insistais fortement pour que tous mes collègues castreurs de maïs fassent de même. Puis j'ai eu l'idée de dessiner les pieds de chacun. Des petits boudinés, des très larges, des grecs, des romains, et même des pieds palmés ! Et là, j'ai pu relativiser, car il y avait des pieds vraiment étranges !

La morale de cette histoire, c'est que peu importe le complexe ou le problème, il faut arriver à en parler pour dédramatiser ! Car s'assumer, c'est le pied !

Peur de ne pas reconnaître les gens

Audrey N. (Bretagne)

Je ne sais pas si je peux appeler ça une « peur inavouable », mais on peut dire que c'est un comble… Pour faire court : j'ai trente-deux ans, je travaille auprès de personnes souffrant de pathologies type Alzheimer, Parkinson, etc. Je les accompagne dans la vie de tous les jours, mais également pour des « ateliers mémoire » qui consistent à stimuler et à entretenir la mémoire. Donc je peux qualifier d'inavouable le fait de ne pas du tout être, mais alors pas du tout, physionomiste. De ce fait, j'ai souvent peur de ne pas reconnaître les gens !

Pour que je « remette » une personne, il faut vraiment qu'elle m'ait marquée (si je puis dire) : avoir eu une conversation, un échange, une émotion particulière ou quelque chose d'inhabituel permettra à ma mémoire de se souvenir de cette personne ! Ce qui fait d'ailleurs beaucoup rire mon mari, car lui, c'est tout l'inverse ! Il va rencontrer quelqu'un dans le train et le reconnaître s'il le recroise à la piscine avec le bonnet de bain !

Pour vous donner un exemple, il y a quelques années, nous avons fait le réveillon du nouvel an chez nous, avec une quinzaine de personnes. Il y avait des amis communs, ainsi qu'un ami de mon mari que je ne connaissais pas. Un homme gentil, très discret et peu causant. Environ cinq mois plus tard, nous sommes invités chez des amis pour le dîner, nous étions six personnes. Je salue tout le monde et me présente auprès de la personne que je croyais ne pas connaître… mais je sens un malaise. Il me regarde bizarrement en me donnant son prénom en retour et me dit que je le connais… que nous avons passé le nouvel an ensemble… à la maison ! Embarrassée et ne trouvant pas d'arguments pour me « rattraper », je me suis excusée mille fois de ne pas l'avoir reconnu…

Je ne sais pas vraiment d'où cela peut venir, un Alzheimer précoce, peut-être (d'où le comble étant donné ma profession). C'est peut-être un réflexe de protection ! Le cerveau doit cloisonner les choses utiles, importantes, et le superflu… n'est plus !

Peur de paraître inculte

Mélanie P. (Hauts-de-France)

J'ai réfléchi et je pense que l'une des peurs que je garde pour moi, ou du moins celle que je n'ose avouer qu'à peu de personnes, est ma peur d'être nulle, d'être sous-estimée, de ne pas avoir « les capacités de ».

Au sein de mon travail, ainsi que dans mes relations, j'ai peur de paraître idiote et inculte. J'ai une intelligence manuelle. Mes mains sont mes outils au quotidien. Je suis créative et je fais beaucoup de mes dix doigts. Mais, dès qu'on s'attaque au cérébral, c'est différent. Pour pallier cela, ou me camoufler, je rigole beaucoup, je suis très active, et veux montrer ma motivation et mon savoir-faire. Dès que je sais faire, je veux montrer que je suis en capacité de le faire. Je veux beaucoup rendre service, inconsciemment pour « marquer des points » ? Quand on parle de sujets que je ne maîtrise pas ou qui me dépassent, selon les moments, je fais semblant de comprendre, je détourne la conversation, je fais des blagues ou vais voir d'autres personnes pour lancer un autre sujet de conversation. Parfois, j'ose avouer ne pas savoir, mais juste après survient un sentiment d'impuissance, de défaite, de nullité.

L'origine ? Je ne suis pas sûre. Cela peut être dû aux lacunes que j'ai accumulées durant ma scolarité, ma dyslexie. À mon père qui, quand j'étais toute jeune, me disait que j'étais nulle, bonne à rien. Mais peut-être que cette peur est irrationnelle et qu'il faut juste accepter d'être plus doué dans un domaine qu'un autre.

Bananophobe

Vicky B. (Nord-Pas-de-Calais)

Je suis une adulte de trente-deux ans et, depuis plusieurs années, je ne saurais donner une date exacte, je suis bananaphobe.

Ça fait beaucoup rire, ça se moque parfois, mais le pire, c'est quand les gens « pour rigoler » s'amusent à m'envoyer des photos de banane, à m'offrir des sacs ou autres objets dérivés avec des bananes dessus, ou encore s'amusent à dessiner un visage sur leur banane et à la faire danser sous mes yeux... Bref, avec le recul, j'essaie d'en rire, car c'est très drôle, finalement, mais, sur le coup, je ne ris pas du tout. Frissons, dégoût, sueurs froides... Pour tout vous dire, un jour, chez un couple d'amis, j'ai voulu mettre mon sachet de thé dans la poubelle. En ouvrant ladite poubelle, je suis tombée sur une peau de banane... J'ai sursauté, et la contraction musculaire causée par mon sursaut m'a quand même froissé un muscle.

Autre anecdote : je travaille dans la petite enfance et les enfants adorent les bananes ! Je dois prendre énormément sur moi pour ne pas leur transmettre ma peur. Ils sont d'ailleurs au courant, j'ai bien dû leur expliquer pourquoi je cours me laver les mains en pleurant presque après leur avoir donné leur goûter. Que j'ai un haut-le-cœur quand ils écrasent leurs morceaux entre leurs petits doigts ou sur la table.

Une phobie est irrationnelle, et je ne saurai jamais expliquer le pourquoi du comment. Je n'aime ni l'odeur, ni la texture, ni la vue de la banane. C'est quelque chose de plutôt handicapant au quotidien. J'essaie de surmonter cette peur, mais ce n'est pas évident. Je terminerai là-dessus, car j'ai des frissons rien qu'en écrivant tout cela !

Un grand merci à tous ceux qui ont participé à mon appel à témoignages. Vos anecdotes touchantes, profondes, drôles parfois, m'ont beaucoup émue, et ont enrichi ma réflexion autour des peurs inavouables. Avec toute ma gratitude.

Amelia C. (Provence), Anaïs G. (Normandie), Océane U. (Île-de-France), Régis R. (Pays de la Loire), Laura D. (Belgique), Anthony T. (Pays de la Loire), Chrystel D. (Île-de-France), Hélène S. (Alsace), Céline L. (Belgique), Laurane M. (Alpes-Maritimes), Stéphanie B. (Rhône-Alpes), Héléna B. (Alsace), Sandra D.-G. (Auvergne), Christelle W. (Lorraine), Valérie K. (Auvergne), Vicky B. (Nord-Pas-de-Calais), Mélanie P. (Hauts-de-France), Géraldine R. (Occitanie), Christiane M. (Île-de-France), Marie D. (Pays de la Loire), Manon P. (Belgique), Aurore T. (Champagne-Ardenne), Stephan A. (Occitanie), Joëlle G. (Provence-Alpes-Côte d'Azur), Aurélie M. (Nord-Pas-de-Calais), Carole P. (Occitanie), Sarah P. (Occitanie), Caroline P. (Québec), Mathilde R. (Pays de la Loire), Ève (Rhône-Alpes), Clémence N. (Normandie), Pauline B. (Nouvelle-Aquitaine), Aurélie P.

(Côte d'Azur), Marlène L. (Occitanie), Elsa M. (Haute-Normandie), Gaëtan S. (Auvergne), Fiorella C. (Suisse), Karine B. (Centre-Val de Loire), Nadège H. (Normandie), Mathilde C. (Pays de la Loire), Alexandra C. (Belgique), Laetitia H. (Normandie), Christelle C. (Belgique), Anne-France L. (Île-de-France), Bérangère M. (Île-de-France), Yamina E. (Belgique), Margaux R. (Lorraine), Claire K. (Centre-Val de Loire), Audrey N. (Bretagne), Lisa D. (Pays de la Loire), Justine M. (Hauts-de-France), Julie R. (Bourgogne), Évelyne M. (Rhône-Alpes), Julie B. (Nouvelle-Aquitaine), Laurence S. (Occitanie), Vanille B. (Belgique), Camille D. (Île-de-France), Charlotte W. (Belgique), Florence J. (Belgique), Audrey B. (Provence), Anne-Lise A. (Bretagne), Cécilie F. (Occitanie), Catherine L. (Belgique), Mélanie M. (Île-de-France), Cécile G. (Bretagne), Géraldine G. (Lorraine), Céline T. (Belgique), Magali R. (Normandie), Sabine G. (Île-de-France), Fanny R. (Île-de-France), Virginie L. (Nouvelle-Aquitaine), Lucile D.-C. (Nouvelle-Aquitaine), Clarisse T. (Normandie), Stéphanie I. (Lorraine), Séverine R. (Normandie), Éloïse G. (Rhône-Alpes), Hélène C. (Nouvelle-Aquitaine), Hulya A. (Belgique), Alicia B. (Auvergne-Rhône-Alpes), Géraldine G. (Languedoc-Roussillon), Aurélie P. (Lorraine), Hélène B. (Bretagne), Manon A. (Occitanie), Adeline B. (Auvergne-Rhône-Alpes), Florence A. (Nouvelle-Aquitaine), Florence M. (Luxembourg), Karine K. (Nouvelle-Calédonie), Aurélie G. (Provence-Alpes-Côte d'Azur), Marie G. (Auvergne-Rhône-Alpes), Carine F. (Finlande), Guylaine B. (Centre-Val de Loire), Carole P. (Pays de la Loire), Aurélie F. (Occitanie), Laetitia C. (Nouvelle-Aquitaine), Laurent L. (Île-de-France), Isabelle B. (Hauts-de-France), Jennifer G., Véronique S. (Lorraine), Julie F.

(Normandie), Magali M. (Pays de la Loire), Marie W. (Normandie), Sabine L.-M. (Belgique), Cécile M. (Suisse), Laurence S. (Occitanie).

REMERCIEMENTS

Un immense merci à mon cercle intime de m'aimer inconditionnellement malgré mes failles et ma vulnérabilité. Merci de me « supporter », et d'être les vrais supporters de tous mes projets de vie ! Si j'en suis là aujourd'hui, c'est grâce à ce soutien fabuleux, et pas une semaine ne passe sans que nous nous régalions mutuellement de nos échanges nourrissants, drôles, sincères, profonds... Votre amour me fait grandir, me donne confiance en moi, chasse mes peurs et mes doutes.

Ma force, c'est toi, maman. C'est toi, Stéphanie, ma sœur jumelle. Sans vous, rien ne serait.

Merci à toi, Vadim, mon fils. Je suis si fière de toi, qui révèles chaque jour davantage ta profondeur, ton essence. En osant montrer enfin ta sensibilité, tu laisses percer ta lumière et enrichis ta force.

Merci à toi, Céline, mon éditrice. Je suis tellement heureuse que ce roman soit publié chez Récamier, la nouvelle maison que tu as créée après toutes ces tempêtes ! Merci pour ton accompagnement plein de délicatesse et de pertinence. À toi toute seule, tu donnes du sens à l'appellation « maison d'édition ». Merci également à toute la « Team Giordano » : Grégoire, Vanessa, Charlotte, Anne, Léna, Emma, et tous les autres qui œuvrent sans relâche pour porter mes ouvrages.

Un immense merci également à l'entreprise Terrasse et Jardin de Paris, cabinet d'architectes paysagistes, et tout spécialement à César, Janice et Robson, d'avoir si gentiment accepté d'être interviewés. Grâce à eux, j'ai pu découvrir ce métier et planter le décor végétal et exotique de ce roman avec moult détails authentiques.

Mon cœur se gonfle aussi de gratitude envers vous, mes chères lectrices et chers lecteurs, qui me faites l'honneur de me suivre ! D'autant plus que, cette fois, c'est moi qui ai eu l'honneur de vous lire ! Quand je vous ai sollicités pour vous questionner sur vos peurs inavouables, vous avez été nombreuses et nombreux à répondre présent, et j'ai lu avec émotion et intérêt chacun de vos témoignages... Vos mots m'ont profondément marquée, et je ne vous remercierai jamais assez de m'avoir livré une part si intime de vous-mêmes !

Vous et moi, nous avons un lien spécial. Unique. Tendre. Ouvert. Sans jugement. Merci pour votre confiance et votre affection qui m'ont portée tout au long de la concrétisation de ce projet.

Merci aussi à Bénédicte, ma thérapeute Gestalt, auprès de qui je trouve un espace de réflexion subtil et sensible pour continuer à cheminer sur mes propres atypismes et vulnérabilités. Le changement est un processus qui s'opère de l'intérieur. J'espère à travers ce roman décomplexer les grands anxieux et leur dire que, en respectant mieux sa nature, on finit par en faire jaillir le meilleur.

Belle route à tous, et un conseil : ne vous inquiétez pas de cette ombre qui vous suit partout… c'est elle qui dessine le mieux votre lumière !

Je vous embrasse.

Raphaëlle Giordano